LA PRINCESSE DE L'HIVER

FILLE DE L'HIVER

TOME UN

SKYE MACKINNON

TRADUCTION PAR
NINON ADRIEN , VALENTIN TRANSLATION

Peryton Press

TABLE DES MATIÈRES

Chapitre 1   7
Chapitre 2   19
Chapitre 3   33
Chapitre 4   51
Chapitre 5   59
Chapitre 6   67
Chapitre 7   83
Chapitre 8   99
Chapitre 9   113
Chapitre 10   127
Chapitre 11   139
Chapitre 12   153
Chapitre 13   169
Chapitre 14   181
Chapitre 15   189
Chapitre 16   209
Chapitre 17   219
Chapitre 18   233
Chapitre 19   245
Chapitre 20   259
Chapitre 21   269
Épilogue   287

Du même auteur   289
À propos de l'auteure   291

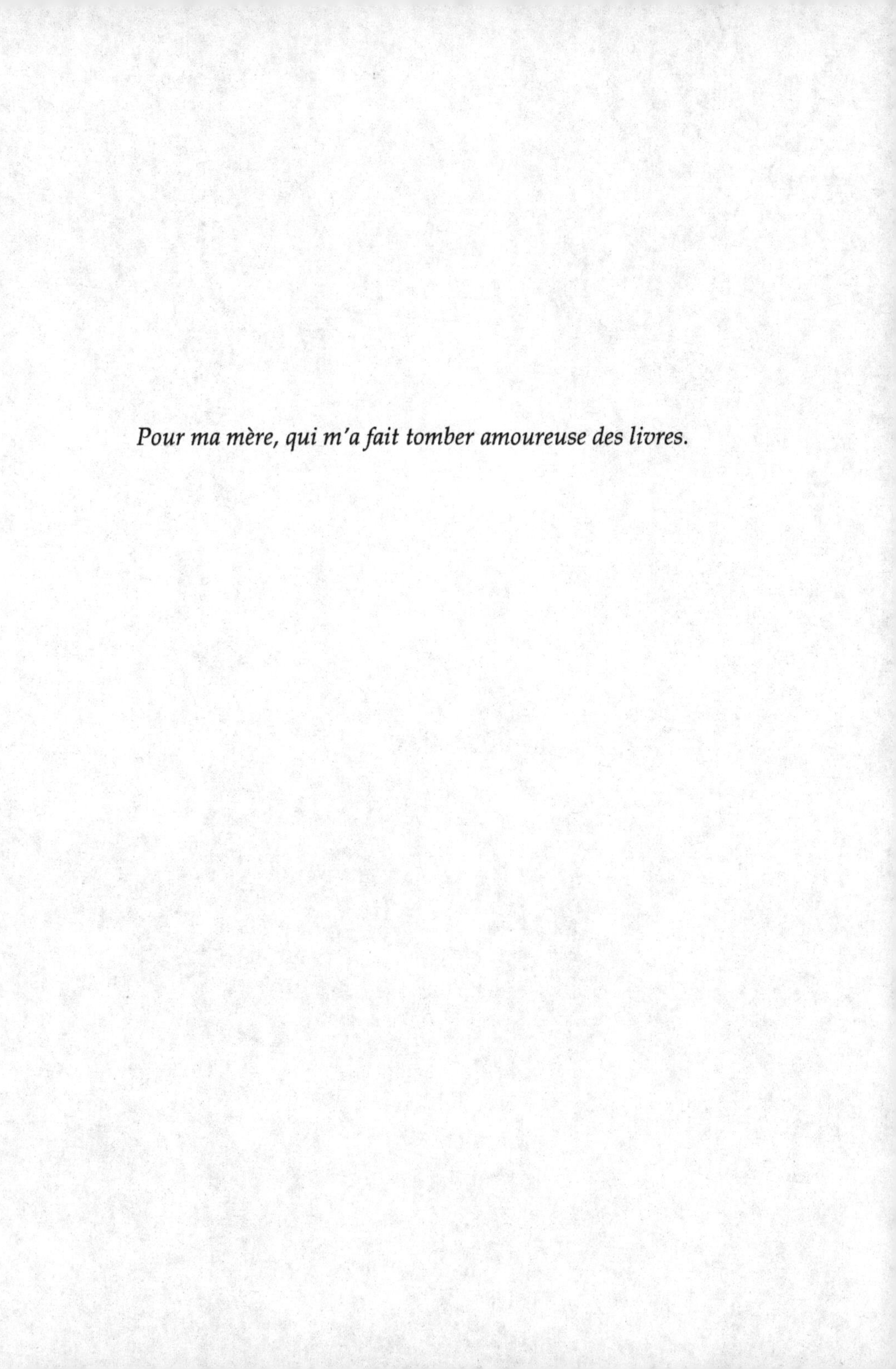

Pour ma mère, qui m'a fait tomber amoureuse des livres.

CHAPITRE
UN

Si je disais aux gens que ma mère est la reine de l'Hiver, ils riraient. Et si je leur disais que je sais faire de la magie, ils m'enfermeraient probablement. Ou s'enfuiraient, ce qui est plus probable.

Ce n'est pas comme si j'avais grandi dans une espèce de palais. Au contraire, j'ai été élevée dans une maison mitoyenne sans intérêt dans la banlieue d'Édimbourg, en Écosse.

De nos jours, la plupart des gens n'ont jamais entendu parler de Beira, la reine de l'Hiver. Je ne sais pas si je dois m'en offusquer au nom de ma mère. Autrefois, tout le monde la connaissait. Elle était connue comme la mère des Dieux et Déesses, la Voilée, la Cailleach[1] et, pas très flatteur, la vieille sorcière à un œil. Vous pouvez sans doute deviner quelle version ma mère préfère.

Malgré les légendes, elle ne ressemble certainement pas à une

---

1. Dans la mythologie gaélique, la Cailleach est une sorcière divine, une déesse mère et divinité du climat.

7

vieille sorcière. Certes, elle est âgée – et je veux dire *vraiment* âgée, même moi je ne connais pas son âge – mais elle est aussi belle que l'on peut imaginer.

Malheureusement, elle ne m'a pas transmis ces gènes. Je suis d'apparence ordinaire, rien de spécial. Cheveux bruns, yeux marron et quelques kilos superflus autour des hanches qui me font maudire mon jean le matin. Je suppose que c'est plus facile de se fondre dans la masse. C'est suffisamment difficile de cacher ma magie, c'est donc une bonne chose de ne pas aussi avoir à cacher une beauté anormale. La voix de la raison, c'est moi.

Ma mère et mon père sont les seuls à connaître mes origines. Ils ne sont pas mes vrais parents, évidemment, mais ils sont bien plus maternants que ma mère biologique l'a jamais été. Je l'ai vue exactement quatre fois dans ma vie. Cinq, si on compte le moment où je suis née.

Je reçois deux lettres chaque année : une pour mon anniversaire, une pour le solstice d'hiver. Elle ne célèbre pas Noël – Jésus et tout ce qui est arrivé bien après le début de son règne. J'ai quarante et une lettres dans mon tiroir du haut, chacune d'elles est froissée et tachée d'avoir été lue des centaines de fois. Aujourd'hui, la quarante-deuxième est arrivée, à temps pour mon vingt-deuxième anniversaire demain.

Je ne l'ai pas encore ouverte, mais je la tiens dans mes mains depuis une heure, à me demander s'il vaut mieux l'ouvrir rapidement et être à nouveau déçue, ou attendre un peu plus longtemps, dans le confort de ne pas, encore, avoir été rejetée. Chaque fois que je reçois une lettre, j'écris une réponse, longue et détaillée, dans laquelle je lui raconte ma vie. Peut-être parce que j'ai envie qu'elle se sente coupable de m'avoir abandonnée. Maintenant que je suis plus âgée, je comprends ses raisons, et je la pardonne presque. Presque. Si seulement elle m'autorisait à lui rendre visite ! Dans chaque lettre, je le lui demande. Mais je n'obtiens jamais de réponse. Ça fait mal.

Elle ne veut pas de toi. Tu n'es pas digne d'être la fille d'une Déesse.

Mais à présent, je vais avoir vingt-deux ans. Dans la tradition païenne, j'atteins la majorité. Demain est le jour où ma magie se spécialisera.

Pour l'instant, je réussis des choses simples ; allumer des bougies, faire léviter des petites choses comme des livres et des couverts (très pratique pour mettre la table), ouvrir des portes avec mon esprit. Oh, et lire les émotions ; pas les pensées, même si je peux les déduire de la plupart des gens à partir de ce qu'ils ressentent. Je fais une plutôt bonne détectrice de mensonge. À l'école, j'étais une source d'ennuis pour mes professeurs quand je les reprenais lorsqu'ils inventaient des réponses aux questions difficiles des élèves. C'est vrai, je n'étais pas populaire auprès de mes professeurs et de mes camarades de classe. Ça gâche tout le plaisir du lycée lorsqu'on est capable de repérer chaque rumeur, fausse ou inventée, comme un mensonge.

Je ne sais pas ce qu'il adviendra de ma magie demain. En général, elle change, amplifiant un pouvoir particulier et se débarrassant de tous les autres. C'est pourquoi les magiciens de feu ne peuvent pas contrôler l'eau et ainsi de suite. J'y ai beaucoup pensé : de quel pouvoir je pourrais me passer ? Lequel est mon préféré ? Quel genre de magicienne j'aimerais devenir ?

Mais je ne suis pas une magicienne ordinaire. Après tout, ma mère est une déesse. Ce qui fait de moi une demi-déesse. Bien que je préfère ne pas en parler.

Nous ne sommes pas nombreux. Pour être honnête, je ne connais aucun autre demi-dieu en vie. Je n'ai que des vieux contes et des légendes à ma disposition. Aucun d'entre eux n'est particulièrement fiable. Dans la plupart des histoires, les demi-dieux ont un pouvoir majeur, mais contrairement aux magiciens ordinaires, ils conservent aussi quelques pouvoirs mineurs. J'espère vraiment que ce sera le cas pour moi aussi. Je ne voudrais pas me passer de ma télékinésie. Ça fait des années que je n'ai pas ouvert mes rideaux à la main.

Je tourne la lettre dans mes mains. Elle porte déjà des traces de gras. Je devrais vraiment en finir avec ça. Je suis habituée à son accoutumée phrase à la fin de la lettre « PS : je crains que tu ne puisses me rendre visite cette année. » Pour le reste, c'est toujours la même chose : Joyeux anniversaire, fais-moi savoir si tu as besoin d'argent, passe le bonjour à tes parents adoptifs. Si j'ai de la chance, elle peut rédiger quelques phrases sur sa vie – sa vie de reine, autrement dit, pas sa vie personnelle. Je ne sais presque rien de ma mère. La dernière fois que je l'ai vue, c'était il y a cinq ans, et encore, elle n'était restée qu'une journée.

Je soupire. Je n'ai pas d'échappatoire possible. Je glisse mon doigt sous le rabat de l'enveloppe et le déchire pour l'ouvrir. La lettre est pliée en plusieurs fois et je l'ouvre avec appréhension. Le papier est épais et semble cher. Je suppose qu'en tant que reine, on peut s'offrir de la belle papeterie.

Je balaye la lettre du regard, à la recherche de mots importants.

Les voilà.

« Certains de mes gardes les plus fidèles viendront te chercher dans la soirée du 15 octobre. Prépare-toi à rester quelques semaines. »

Wouah ! J'ai presque envie de crier de surprise et de joie. Enfin ! Je vais enfin pouvoir voir les royaumes, voir où règne ma mère, en savoir plus sur – eh bien, tout. La magie, les Dieux, les Démons, et tous les autres êtres surnaturels qui existent. Je souris de soulagement. Pas de rejet, cette fois.

Puis je la relis. Pas d'informations supplémentaires. Hormis un rapide « joyeux anniversaire » au début de la lettre, c'est tout. Classique. Plusieurs semaines… il faudra que j'en parle à mon université. Je prépare une thèse, donc je n'ai pas de cours à annuler, mais j'ai des devoirs à corriger pour certains de mes professeurs. Et après les vacances de la Toussaint, j'aurai des séminaires à animer ; et maintenant, j'ai exactement une journée pour tout régler. Merci, mère. Vous n'auriez pas pu me le dire avant, n'est-ce pas ?

Je remets soigneusement la lettre dans son enveloppe et la range dans ma poche. Elle rejoindra bientôt ses sœurs dans mon tiroir. Je dois d'abord en parler à mes parents.

Je descends de ma cabane dans les arbres – oui, j'ai presque vingt-deux ans et je passe toujours du temps dans la cabane que mon père m'a construite dans l'arbre quand j'avais cinq ans – et frappe à la porte d'entrée de mes parents. On vit dans la même maison, mais l'étage supérieur a été transformé en un petit appartement pour moi. C'est moins cher que de louer mon propre logement et j'ai de l'intimité quand je le souhaite. C'est-à-dire à peu près tout le temps.

Mes parents m'ont toujours laissé autant de liberté que je le souhaitais. C'est peut-être parce qu'ils ne sont pas mes vrais parents, même s'ils ne m'ont jamais fait sentir que je n'étais pas leur fille. Ils auraient probablement fait la même chose avec leurs propres enfants, s'ils en avaient eu. Tant que je suivais leurs règles principales et que j'obtenais de bonnes notes, j'étais pratiquement libre de faire ce que je voulais. Je me retrouvais donc souvent à pratiquer la magie dans les champs à quelques minutes de marche de la maison (après que j'ai failli mettre le feu au salon une fois, c'est rapidement devenu l'une des règles immuables).

— Entrez ! crie ma mère.

Je la rejoins dans la cuisine. Elle prépare des cupcakes au

chocolat, fourrés au chocolat avec un glaçage chocolat. Devinez ce dont je raffole.

Je l'embrasse sur la joue.

— Ils sentent délicieusement bon !

J'essaie d'en voler un, mais elle repousse ma main.

— Pas de cupcakes tant que nous ne sommes pas tous assis ensemble.

— Maman, c'est mon anniversaire demain.

— Exactement. Demain. Maintenant, oust ! Va chercher ton père pendant que j'allume la bouilloire.

Je le trouve dans son bureau, les yeux rivés sur l'écran de l'ordinateur. Il a l'air fatigué et usé. Depuis quand mon père a-t-il autant vieilli ?

Ils avaient tous les deux la quarantaine quand ils m'ont adoptée. Ils voulaient un enfant et lorsqu'on leur a proposé une petite fille, ils ont accepté sans hésiter. Même s'ils savaient depuis le début que j'étais différente. Je les aime pour ça.

Je frappe doucement à la porte.

— Papa, le thé est prêt. Tu nous rejoins dans le salon ?

— Oui, donne-moi cinq minutes, soupire-t-il, retournant à son ordinateur.

En langage de papa, ça signifie que je vais devoir aller le chercher dans une dizaine de minutes. Au moins, d'ici là, le thé sera à la température qu'il aime : tiède, une fois le lait ajouté.

Je rejoins ma mère dans le salon et m'avachis sur le canapé, à côté d'elle. Une grande théière est servie sur la table basse, ainsi qu'une assiette pleine de cupcakes. Les dix prochaines minutes vont être une torture. Papa ne peut-il pas être à l'heure pour une fois dans sa vie ? Mais je devrais déjà connaître la réponse à cette question. Il est chercheur en bioéthique à l'université, et quand il commence à lire un livre ou un article de journal, rien ne peut l'arrêter. Ma mère est une artiste, l'une des rares à réussir à vivre de ses peintures. La cabane dans le jardin est devenue son atelier, et elle y passe souvent la moitié de la nuit. Elle expérimente actuellement les peintures fluorescentes, ce qui lui permet de peindre plus facilement dans l'obscurité que pendant la journée. Ma chambre donne sur le jardin, et quand je laisse la fenêtre ouverte l'été, j'entends son fredonnement au loin. C'est comme si elle me chantait une berceuse sans le savoir.

— Des projets pour demain ? me demande-t-elle en passant un bras autour de mes épaules.

Elle est très tactile et fait les meilleurs câlins du monde. Mon père, c'est tout le contraire ; il est plutôt du genre à serrer la main.

— J'ai rendez-vous avec Gina pour le thé dans l'après-midi, et on ira peut-être au pub après. J'avais prévu de fêter mon anniversaire dimanche, mais maintenant…

Je constate que je ne le lui ai pas encore dit. Ma mère biologique est un peu un sujet sensible à la maison. Je pense que mes parents n'aiment pas qu'on leur rappelle qu'ils ne sont pas mes parents biologiques. C'est pourquoi je veille toujours à ne pas l'appeler « mère » en leur présence.

— Beira m'a invitée chez elle.

Cette phrase semble tellement banale ! Sauf que « chez elle », ce n'est pas sur Terre, et ça ressemble plus à un palais qu'à une maison. Enfin, c'est ce qu'elle m'a dit lors de ses rares visites. J'avais cinq jours lorsqu'on m'a amenée à mes parents, je n'ai donc aucun souvenir des royaumes des Dieux. Je ne pourrais même pas vous dire comment on s'y rend. Tout ce que je sais du monde magique, c'est ce que j'ai lu dans les livres que Beira m'a apportés lors de ses visites. Ils sont très simples, mais au moins, ils m'ont enseigné comment faire quelques tours de magie. Tout le reste, je l'ai appris en faisant des expérimentations. Après avoir découvert que je pouvais faire exploser des choses, mes parents m'ont obligée à les tester à l'extérieur. Loin de tout ce qui pourrait se casser. Bien que j'aie cassé un arbre une fois. Oups ! Je ne le leur ai jamais dit.

— Tu as l'intention d'y aller ? demande ma mère, de l'incertitude dans la voix.

— Je pense, oui.

J'essaie de paraître plus réticente que je ne le suis en réalité. Je n'ai pas envie de la blesser en lui disant à quel point j'ai hâte d'explorer les royaumes, d'en apprendre plus sur la magie, de découvrir quelles races surnaturelles existent réellement parmi celles dont parlent les humains. (J'ai été terriblement déçue lorsque j'ai découvert que les loups-garous n'existaient pas. J'ai toujours rêvé de rencontrer un jour un loup métamorphe sexy.)

— Elle envoie des personnes me chercher demain. Je risque d'être absente pendant quelques semaines.

— Oh ! C'est… soudain.

Elle boit une longue gorgée de sa tasse de thé en se cachant le visage.

— J'essaierai de téléphoner, si je le peux. Je ne sais pas si les portables fonctionnent, là-bas. Mais je suis sûre qu'ils ont un moyen de communiquer avec ce monde, même si c'est avec des lettres.

— Merci, ma chérie. Je sais que tu es une adulte, maintenant, mais avec tous ces… trucs magiques, j'ai besoin de m'assurer que tu vas bien.

— Tout ira bien, maman. Ne t'inquiète pas.

Avec un sourire déterminé, elle termine son thé et se lève.

— Viens avec moi un instant, j'ai quelque chose à te montrer.

Je pose ma tasse et la suis à l'extérieur, à travers le jardin et dans sa cabane-atelier. De grandes toiles tapissent les murs et des étagères remplies de pots de peinture et d'autres fournitures font le tour de la pièce. C'est le seul endroit en désordre de la maison de mes parents. Partout ailleurs, tout est bien rangé et impeccable, mais l'atelier est une manifestation du désordre créatif.

Ma mère me conduit vers un chevalet recouvert de tissu.

— J'avais l'intention de te l'offrir demain, mais maintenant… eh bien, on ne sait pas quand ils viendront te chercher, alors j'ai pensé te le montrer aujourd'hui.

Elle soulève délicatement le tissu blanc (je suis sûre qu'il s'agissait d'un drap à l'époque) et dévoile une grande peinture sur toile.

J'ai le souffle coupé. Puis je rigole. Puis je souris. Puis je pleure presque. Puis je la prends dans mes bras.

Quand mes émotions se sont un peu calmées, je me retourne pour jeter un nouveau coup d'œil. Une Wyn peinte me fixe en retour. Hormis son choix de me peindre de toutes les couleurs de l'arc-en-ciel, c'est comme se regarder dans un miroir. Ma mère est un génie. Mais ce qui est si particulier dans ce tableau, ce sont les lignes blanches, douces et complexes, qui flottent autour de moi. De la magie. Même si elle ne peut pas la voir, elle l'a peinte avec un tel réalisme qu'on a presque l'impression qu'elle va bondir de la toile pour donner vie à quelque chose de spectaculaire.

— Tu n'as pas encore vu le meilleur.

Ma mère rigole et éteint la lumière.

On se retrouve dans l'obscurité totale – attendez, pas totale. Au fur et à mesure que mes yeux s'adaptent, la peinture se transforme. Ma gorge se noue lorsque je réalise ce qu'elle a fait. Le moi peint s'est transformé en un simple contour blanc sur fond noir, tandis que les fils magiques sont lumineux et colorés, explosant hors de moi tout en m'étreignant doucement.

— Comment tu as… ?

Je suis sans voix, ce qui n'arrive pas souvent. Je l'inscrirai plus tard dans mon calendrier.

— Deux années d'expérimentation, dit-elle fièrement.

Je l'entends se diriger vers l'interrupteur, mais je lui dis de le laisser éteint encore un moment.

Enfin, je ne suis plus la seule à voir la magie. Elle est là, sur le papier. C'est comme une preuve qu'elle existe, qu'elle est presque… normale.

CHAPITRE

DEUX

À chaque anniversaire, mes parents viennent généralement me réveiller ensemble, avec une tasse de thé, une assiette de pancakes et une bougie.

C'est une tradition depuis si longtemps que lorsque je me réveille seule dans ma chambre obscure, je me sens très mal. J'allume ma lampe de chevet et regarde autour de moi. Tout est en ordre. Pas de monstres effrayants sous le lit (j'espère, je n'ai pas vérifié). Je regarde mon téléphone et soupire. Il est cinq heures du matin. Il est temps de retourner dormir.

« Joyeux anniversaire, Wyn », me murmuré-je en éteignant la lumière.

Et je sursaute, choquée.

Mon corps se met à convulser. Tous mes muscles se crispent et je me retrouve soudain en position fœtale, mes bras bloqués autour de mon buste. Des douleurs incandescentes inondent mon esprit, mais je ne peux pas ouvrir la bouche pour crier. Je sens mes ongles s'enfoncer dans mes paumes et je sais que je fais couler du sang. Ma poitrine me fait souffrir et je ne peux pas

19

respirer. J'essaie d'aspirer de l'air, mais mes poumons refusent de m'obéir. Je suis enfermée en moi-même, hurlant intérieurement, la douleur menaçant de me noyer. Suis-je en train de mourir ? Est-ce la fin ?

Sans prévenir, mes muscles se détendent, et avec un râle provenant de ma poitrine, je peux à nouveau respirer. Je prends une grande inspiration, savourant l'air frais qui se répand dans mes poumons. Mon corps souffre de cet effort involontaire. Je m'allonge sur le lit, sans bouger, en essayant de calmer ma respiration. Bordel, mais qu'est-ce que c'était ? S'agit-il d'une maladie physique ou de ma magie qui s'emballe ?

J'ai la gorge sèche et je me sens un peu étourdie. Je me lève doucement et me fraye un chemin dans l'appartement sombre jusqu'à ma kitchenette. Je me sers un verre d'eau et l'avale d'un trait, puis je m'appuie contre le comptoir. Mon cœur bat encore trop vite. Ma main qui tient le verre tremble légèrement. Je suis effrayée. Devrais-je réveiller mes parents ? Mais en même temps, peut-être que j'en fais trop. Ce n'est peut-être rien.

Faux.

Je m'effondre sur le sol, le corps tout mou. Je ne me suis pas évanouie, mon esprit est pleinement conscient, mais mon corps refuse de bouger. Au moins, cette fois, je n'ai pas mal. Mais je ne sens rien. Ni chaleur, ni froid, ni picotement. Rien. C'est comme si j'étais complètement séparée du corps qui gît recroquevillé sur le sol de la cuisine.

C'est alors qu'un fracas se fait entendre. Ça vient des placards : cliquetis, cognements, éclats. L'une des portes de placard au-dessus de moi s'ouvre et quatre verres à vin en sortent, flottant dans l'air, s'entrechoquant doucement dans le plus beau des carillons. Ils sont suivis par des tasses. Un autre placard s'ouvre. Avec fracas, une assiette s'envole et s'écrase contre le mur d'en face, se brisant en une centaine de morceaux.

D'autres assiettes se détruisent à la manière d'un kamikaze, et les éclats pleuvent sur moi. Je ne sais même pas s'ils me coupent ; je ne sens toujours rien. Le martèlement dans mes tiroirs s'amplifie jusqu'à ce qu'ils s'ouvrent, libérant mes couverts dans les airs. Les couteaux volent en essaim, tandis que les fourchettes semblent danser en ligne. C'est sûrement un rêve. Il n'y a que dans les rêves que les fourchettes peuvent danser.

On frappe fort à ma porte et j'entends mon père crier, mais je ne peux pas répondre. Je suis piégée dans mon corps, entourée de vaisselle volante. Les coups se transforment en tambourinements, et la porte s'ouvre dans un vacarme. L'instant d'après, mes parents se tiennent près de la porte de la cuisine, les yeux écarquillés et la bouche ouverte. Ce doit être un beau spectacle.

— Wyn ? demande ma mère, la voix tremblante. Pourquoi tu ne bouges pas ?

Tout à coup, la nuée de couteaux tourne dans les airs et se rassemble en une sorte de formation d'attaque, dirigée vers mes parents. Mon grand couteau à pain menant la danse. Ils se mettent à trembler, et le premier plonge en avant, visant la tête de mon père.

NOOOOOOON ! Je hurle dans ma tête, et dans un gigantesque fracas, ils s'arrêtent en plein vol et s'effondrent sur le sol, avec le reste de ma vaisselle. Une assiette s'écrase par terre juste à côté de mon visage, et un morceau de verre s'enfonce dans ma joue. Ça fait un mal de chien, mais c'est une douleur positive, parce que je peux enfin ressentir à nouveau. Je remue mes doigts et, lentement, ils s'exécutent. Mais le mouvement s'accompagne de la douleur. J'ai l'impression d'avoir survécu à une pluie de météorites. Je suis couverte d'égratignures et mes vêtements sont déchirés par des éclats de verre et de porcelaine. Ma blessure à la joue semble être la plus profonde.

Mes parents se tiennent toujours dans l'embrasure de la porte, regardant le carnage qui était autrefois ma cuisine.

— Wyn ? dit mon père d'une voix rauque. Qu'est-ce que c'était ?

— Tu vas bien ? chuchote ma mère.

Je me contente de hocher la tête, je ne suis pas encore prête à parler. Je n'ai aucune réponse, de toute façon. En général, ma magie télékinétique me permet de soulever une assiette à la fois. Si je me concentre vraiment, je peux en soulever deux, mais seulement pendant quelques secondes. C'est de la folie.

Je me relève lentement en trébuchant, enlevant les débris de mes vêtements abîmés. Mes placards sont vides, leur contenu gisant, désormais détruit, sur le sol. La seule chose encore sur le comptoir est le verre d'eau que j'ai bu tout à l'heure.

Mes yeux se remplissent de larmes en voyant la destruction que j'ai causée. J'ai toujours su que la magie pouvait être dangereuse, mais pas comme ça. Et si les couteaux ne s'étaient pas arrêtés ? Et si mes parents avaient été blessés, ou pire ?

Des larmes coulent sur mon visage, se mêlant au sang qui ruissèle de la coupure sur ma joue. Je baisse les yeux et constate que mon t-shirt est déjà trempé de sang, celui de ma joue et d'autres blessures, plus petites.

Un sanglot m'échappe et, l'instant d'après, ma mère me prend dans ses bras, m'étreignant pendant que je pleure. Elle ne pose aucune question et je lui en suis incroyablement reconnaissante. Pour l'instant, je veux juste être triste. Peut-être qu'un peu d'autoapitoiement améliorera les choses.

Mais ce n'est pas encore terminé.

Cette fois-ci, c'est un mal de tête. Mais pas n'importe quel mal de tête. Une migraine brûlante, foudroyante, dévastatrice.

Je sens mes genoux vaciller et je parviens tout juste à murmurer à mes parents « Éloignez-vous de moi ». Si une autre attaque magique est sur le point de se produire, je ne veux pas qu'ils s'approchent de moi. J'ai déjà failli tuer mon père une fois, et le soleil n'est même pas encore levé.

Ils reculent et je tombe doucement au sol. Cette fois, mon corps reste sous mon contrôle, mais avec la douleur aiguë dans mon crâne, ça n'a pas d'importance. Je ferme les yeux, essayant d'éloigner toute lumière de mes sens. J'ai déjà eu des migraines, mais jamais à ce point. Ma tête est en train de se mettre en pièce et je ne peux rien faire pour améliorer la situation.

— Wyn ! distingué-je au loin. Wyn, tu dois arrêter !

Je ne comprends pas ce qu'il veut dire. Je ne peux pas regarder, je ne peux rien entendre, tout ce que je ressens, c'est la douleur et la montée de sang dans mes oreilles.

— Wyn, s'il te plaît, écoute, tu dois arrêter ça !

Leurs voix sont de plus en plus désespérées, mais je suis allongée par terre, mon être tout entier en agonie. Je sens quelque chose, mais mon esprit n'est pas assez conscient pour comprendre ce que c'est. Les voix de mes parents se font plus discrètes jusqu'à disparaître. Je suis seule, seule avec la douleur. Un grondement se fait entendre autour de moi et l'odeur devient de plus en plus intense.

Ça brûle. Je sens une odeur de brûlé. Je donne tout et parviens à ouvrir un peu les yeux. La lumière me fait presque m'évanouir. C'est lumineux, trop lumineux. Mon appartement ne devrait pas être aussi lumineux. Il me faut un moment pour comprendre ce que je vois.

Du feu.

Beaucoup de feu.

Sans prévenir, la douleur disparaît et mes yeux s'ouvrent, mes sens reprennent le dessus. Je suis entourée d'un cercle de flammes ; si hautes qu'elles lèchent le plafond. D'une manière ou d'une autre, la fumée est maintenue à l'extérieur du cercle qui m'entoure, sinon je serais déjà inconsciente. Je me concentre, comme je le fais habituellement lorsque j'essaie de faire apparaître une flamme. Mais tout ce que je peux faire, c'est allumer une bougie ; je n'ai jamais essayé de l'éteindre.

Arrête, je t'en prie, arrête, supplié-je dans ma tête, mais rien ne se passe. Au contraire, les flammes s'intensifient. Ma cuisine n'est plus, et à travers la brume, je vois à quel point le feu s'est propagé dans le reste de mon appartement. Je suis entourée d'un océan de flammes. Même si je savais comment m'en extraire, je n'en sortirais jamais vivante. J'espère juste que mes parents sont partis à temps.

— Maman ! Papa ! hurlé-je, mais le rugissement des flammes engloutit mes cris.

Je m'avance, espérant que le cercle me suivra. Au lieu de cela, je me brûle les doigts sur le mur de feu. En les suçant, j'essaie à nouveau de me concentrer sur les flammes. *Stop. Extinction. Fin.*

Ça ne fonctionne pas. Le plafond au-dessus de moi craque ; bientôt, il s'effondrera, m'ensevelissant. Au moins, le feu se déplace vers le haut, alors peut-être qu'il ne s'est pas encore propagé à l'appartement de mes parents, situé en dessous du mien. Le plancher ne s'effondrera peut-être pas. Peut-être qu'ils pourront encore vivre dans cet endroit quand je serai partie, quand j'aurai tout brûlé, moi comprise.

Des larmes noires de suie coulent sur mon visage. Comment les choses ont-elles pu devenir si incontrôlables ? Ma mère biologique était-elle au courant ? Pourquoi ne m'a-t-elle pas prévenue ? Pourquoi personne ne m'a prévenue que ma magie pouvait faire ça ? Si j'avais su, j'aurais passé la nuit ailleurs, dans un champ isolé où je ne pouvais blesser personne.

Même si je n'ai aucun contrôle sur le feu, je sens qu'il me vide de mon énergie. Il l'utilise pour alimenter sa faim. J'ai les jambes qui tremblent, mais je parviens à rester debout. Je ne veux pas mourir sur le sol, pitoyablement allongée, en attendant ma fin. Je préfère rester droite et affronter la mort.

Le cercle qui m'entoure se rétrécit peu à peu. Les murs de feu se referment sur moi. La chaleur devient insoutenable et je sens mes cheveux brûler.

Je suppose que c'est la fin.

Je me prépare. À l'époque, ils brûlaient les sorcières sur le bûcher. Aujourd'hui, je me brûle moi-même. Ma magie est en train de me tuer. Quelle ironie !

Je me sens faible, mais si je tombe maintenant, je rencontrerai les flammes. Je dois rester forte.

Des voix retentissent au loin.

Puis des formes, quatre silhouettes sombres qui traversent le feu, indemnes. Les flammes les évitent, à l'exception du mur de feu qui m'entoure. Lorsqu'ils s'approchent de ma prison, je constate que ce sont des jeunes hommes, plus grands que la moyenne, dont les traits sont cachés par la fumée.

L'un d'eux dit quelque chose, mais je ne l'entends pas à travers les flammes. J'essaie de porter ma main à mes oreilles pour lui montrer que je ne comprends pas, mais le feu s'est encore rapproché et je hurle lorsqu'il me brûle la main. Il crie à nouveau, puis ils se mettent à marcher autour de la colonne de feu jusqu'à se tenir dans le cercle. Quatre hommes, en symétrie, comme une boussole.

Je sens quelque chose dans l'air, comme une brise douce et légère qui me caresse la joue. Puis on m'arrache quelque chose et je m'évanouis.

Obscurité totale.

I L FAIT froid quand je me réveille. Je n'ai pas besoin de penser à ce qui s'est passé, tout me revient immédiatement à l'esprit. Le feu, la vaisselle volante, la chaleur, la peur, la douleur. Je n'avais plus aucun contrôle. J'étais désespérée. Prise au piège. Une larme coule le long de ma joue, trop tard pour être significative.

— Hé, doucement ! murmure une voix grave.

Je lève les yeux et découvre quatre hommes qui me regardent. Et derrière eux, mes parents. À travers leurs jambes, je reconnais ma rue. Le ciel est rempli d'une fumée gris foncé et je sens encore l'odeur de brûlé. Apparemment, le feu n'a pas disparu quand je me suis évanouie. Il continue de dévorer la maison dans laquelle j'ai grandi.

— Comment vous sentez-vous ? me demande le même homme en posant doucement une main sur mon front.

Il est agenouillé à côté de moi, ses yeux bleu brillant m'examinent attentivement. Ils sont bleu océan avec des petites taches turquoise autour de la pupille. Je n'ai jamais vu des yeux aussi vifs. Ses cheveux blonds sont en désordre sur son front : on a l'impression qu'il vient de sortir du lit, mais il a sans doute passé des heures devant le miroir pour obtenir cet effet. Son visage est parfaitement symétrique, sa peau est sans défaut. Je sais tout de suite qu'il n'est pas humain. Ce n'est pas un Magicien non plus, les Magiciens ont une apparence humaine, et même si certains peuvent la changer grâce à leur magie, ils ne seraient jamais capables d'avoir une apparence aussi parfaite.

Sa main chaude disparaît de mon front et je frissonne. C'est étrange comme il y a peu de temps, j'étais presque brûlée à mort, et comme maintenant, j'ai froid. Mes dents commencent à claquer et la chair de poule recouvre ma peau.

— Attention, elle fait une nouvelle crise, dit un autre homme, et quatre paires de jambes s'éloignent de moi.

C'est probablement mieux ainsi. Je fais du mal aux gens. J'ai failli tuer mes parents.

Le froid prend possession de mon corps. Mon souffle s'échappe en un doux nuage. Je frissonne, incapable de le contrôler. Quelque chose me touche la joue, et quand je lève les yeux, je vois des flocons, il neige sur moi. Ils tombent d'une sorte de bulle laiteuse, qui cache la vue du ciel ensoleillé. C'est comme si je me trouvais dans mon propre microclimat. Luttant contre les frissons, je roule sur le côté et m'assois. Le dôme à moitié translucide est plus grand que moi et environ deux fois plus large.

Des gens se tiennent à l'extérieur – les quatre hommes, mes parents, et je vois certains de nos voisins sortir de chez eux. Des sirènes retentissent au loin, mais j'ai trop froid pour m'en préoccuper. Des fleurs de glace se forment sur la bulle, obstruant peu à peu la vue. C'est comme si quelqu'un construisait un igloo autour de moi. Ma mâchoire me fait mal à cause de tous les claquements de dents. J'ai perdu toute sensation dans les mains et les pieds. La neige qui me tombe dessus est de plus en plus épaisse et dure. Elle se transforme lentement en grêle.

Tout à coup, quelque chose heurte le dôme. Un autre coup, cette fois-ci de l'autre côté. Des mains sont pressées contre la substance laiteuse. Comme pour la colonne de feu, elles se positionnent dans chaque direction. Quatre hommes qui luttent contre ma magie.

Le dôme se met à trembler et d'épaisses fêlures apparaissent à sa surface. Dans un craquement aigu, il s'effondre, me recouvrant d'éclats glacés et d'un amas de neige.

Je suis vidée de toute énergie et mes jambes se dérobent. Avant que mes genoux ne touchent le sol, des bras m'entourent et me soulèvent. Ils sont chauds, presque brûlants, et ils m'attirent contre un corps encore plus chaud. Je frissonne encore et me penche vers la chaleur, me frottant contre elle pour tenter de dissiper le froid qui obscurcit mon esprit.

Quelqu'un se racle la gorge au-dessus de moi. Je lève les yeux et recule d'un bond. J'étais pressée contre un homme que je ne connais pas, et il se moque de moi. Oups ! Mais il était chaud, voilà mon excuse. Il m'a attirée contre lui, et pas l'inverse. Je suis innocente.

Alors, pourquoi j'ai si honte ? Je me frotte les bras, la chaleur de son corps me manque. L'air froid fait place à une brise chaude qui m'étreint doucement. Je pousse un soupir de contentement et ferme les yeux, ignorant les regards que je vais probablement recevoir. Si ce n'était pas de l'air, je l'étreindrais à mon tour.

— Combien de crises a-t-elle subies ?

Une voix d'homme, peu familière.

— De crises ? demande mon père.

— La glace en était une, le feu une autre. S'est-il passé quelque chose avant ?

— Oh oui ! Elle a détruit la cuisine. Elle a fait voler des objets.

— L'air, le feu, la glace. Il ne devrait donc plus y en avoir beaucoup.

Quoi ? Ce genre de choses va encore m'arriver ? Je ne peux pas revivre ça, pas une seule fois. Je suis épuisée et cela m'a suffi de m'évanouir une fois. Je veux juste retourner me coucher, tout oublier et être normale. Pas normale en tant qu'humaine, je ne le serai jamais. Mais un demi-dieu normal.

Lorsque j'ai à nouveau chaud, l'air doux qui m'entoure disparaît. J'ouvre les yeux. Les quatre hommes se tiennent en rang et me regardent. L'un d'entre eux, avec de longs cheveux noirs et une cape noire – oui, une sorte de cape de sorcier – abaisse ses bras. Il semble épuisé. Des fils magiques se retirent lentement de ses mains, emportant la chaleur de l'air.

Tous les magiciens ne peuvent pas voir la magie ; en réalité, je n'en connais que deux.

Je lui adresse un petit sourire.

— Merci.

Il acquiesce et incline légèrement la tête. Pas un sourire, cependant.

— Storm. À votre service.

— Storm ? C'est votre nom ? demandé-je, un peu confuse.

— Oui, un problème peut-être ? Vous vous appelez Wynter, n'est-ce pas ?

Il me jette un regard agacé.

Oups, j'ai contrarié le gars qui vient de m'aider !

— Ouais, marmonné-je.

Ne m'en parlez pas, je connais toutes les blagues sur Wynter-winter[1]. « Désolée. »

— Il plaisante, ma belle, s'amuse le plus grand d'entre eux.

Il doit avoir du sang de géant. Ses cheveux sont aussi roux que possible et il porte – je vous assure – un kilt. Je veux dire, oui, je vis en Écosse et les gens ici portent des kilts occasionnellement, donc pour des mariages ou des festivals, pas dans la vie de tous les jours. Un magnifique sporran blanc, une sacoche traditionnelle, est accroché au-dessus de son – bref, en tout cas, on dirait une caricature écossaise. Sauf qu'il est beau. Beaucoup plus beau.

— Je suis Arc. Et là-bas, voilà Frost et Crispin.

Il désigne les deux autres inconnus qui sont restés silencieux jusqu'à présent. L'un d'eux est le blond aux yeux bleus. L'autre, Frost, est le portrait craché de Storm : cheveux noirs qui tombent

---

1. Jeu de mots. « Winter » se traduit par hiver, avec la même prononciation que le prénom de la protagoniste, Wynter.

sur les épaules, yeux marron foncé, grand. Bravo aux parents qui ont appelé leurs fils jumeaux Storm et Frost.

— Salut, dit Frost en me souriant.

Alors que son frère est splendide et sérieux, lui est splendide et amical. Ses joues sont ornées de fossettes. Je lance un coup d'œil rapide à Storm. Non, pas de fossettes. Je suppose que c'est ainsi qu'on les différenciera. Et le fait que Frost porte des vêtements normaux et n'a pas l'air tout droit sorti de Poudlard.

Ma mère m'arrache à mes pensées admiratives pour les hommes.

— Tu vas bien, ma chérie ? Que s'est-il passé ?

Elle passe devant les quatre hommes et me prend dans ses bras. C'est une femme mince, mais elle a de la poigne.

— Quand Beira m'a écrit que tu allais…

— Quoi ? Elle t'a écrit ? l'arrêté-je.

— Oui, il y a quelques semaines. Elle…

— Pourquoi tu ne me l'as pas dit ?

La colère monte en moi et je serre les poings.

Elle savait ! Elle savait et elle ne m'a pas prévenue ! J'aurais pu me préparer, j'aurais pu rester à l'écart. Je l'ai presque blessée. J'ai failli mourir. La colère m'envahit et, soudain, je me mets à trembler. Et avec moi, le sol.

Je vois les gens autour de moi lutter pour rester debout, mais pas moi. Le sol me soutient, me stabilise, me donne de la force, tandis que je fais ce qu'il commande. Cela fait si longtemps qu'il veut bouger et il a enfin trouvé un exutoire ! Je sens la douleur de la terre, qui sent les maisons qui s'enfoncent profondément dans sa peau. Elles ne devraient pas être là. Ce n'est pas juste.

Je lève les bras et rassemble toute la puissance de la terre que je peux contenir. Puis je la libère. Le sol tremble violemment et de profondes brèches s'ouvrent sur le goudron. Je remarque à peine les cris autour de moi. Je suis forte et j'ai besoin d'arranger les choses. Je désigne une maison, et elle s'écroule comme si un géant venait de la piétiner. Ses murs s'effondrent et les tuiles du toit recouvrent les décombres comme des vermicelles sur un gâteau. Ça fait du bien. J'ajuste ma position sur le sol tremblant et j'attire à moi davantage d'énergie. Il y a tant de magie dans la terre, tant de pouvoir ! Elle attend depuis longtemps que quelqu'un l'utilise. Je tends les bras vers une autre maison, qui se penche d'un côté, douloureuse, tremblante, avant de s'effondrer, ensevelissant la moitié du jardin. Je ris. C'est tellement joli !

Quelque chose me touche et d'un simple mouvement de poignet, je le repousse. Je suis occupée, personne ne se mettra en travers de mon chemin. Un autre contact, cette fois-ci de l'autre côté. Je bouge à nouveau la main pour les faire s'envoler, mais avant que je puisse le faire, mes bras sont capturés et pressés contre moi. La magie que je contenais, qui était prête à sortir d'un côté, jaillit de moi dans le sol. Cette fois, je ne reste pas debout. Je tombe, me cognant les genoux sur l'asphalte brisé. La magie jaillit toujours de moi et fait trembler la terre. C'est douloureux. Sa douce étreinte se transforme en un flux chauffé à blanc qui utilise mon corps comme conduit. Je ne suis qu'un instrument. Elle m'a trahie. Je hurle et frappe mes mains contre le sol. Avec tout ce que j'ai, j'expulse toute la magie qui est en moi.

Le sol tremble une dernière fois, puis s'immobilise. Ma vision devient noire et je tombe en arrière, dans les bras chauds de mes Gardiens.

TROIS

— Bonjour, princesse !

Une voix guillerette me réveille. Je ne me sens pas guillerette. Pas du tout. Un batteur dans ma tête a décidé que mon crâne faisait un joli tambour. Aïe !

— Comment vous sentez-vous ?

Je gémis et ouvre les yeux. C'est le blond, avec les yeux bleu-turquoise. Il est assis sur le bord de mon très, très confortable lit. Il est tellement confortable que je ne devrais pas être autorisée à y rester toute la journée. Oui. Je ne peux pas partir, désolée. Maintenant, laissez-moi dormir.

Malheureusement, Crispin a d'autres projets en tête.

— Allez, on doit y aller. Un long trajet nous attend.

Je gémis à nouveau et suis très tentée de lui jeter un oreiller à la figure – ce serait trop éprouvant. Je me redresse et regarde autour de moi. On se trouve dans une pièce lumineuse et accueillante qui a l'air de ne pas être habitée – un hôtel, probablement. Crispin est déjà habillé, aussi impeccable que ses cheveux sont en désordre. Je rejette la couette – et dans un cri, la ramène sur mon corps. Je ne porte que mon soutien-gorge et ma culotte.

— Ne vous inquiétez pas, j'ai déjà tout vu quand je vous ai déshabillée.

— Ça n'aide pas.

— Vous n'avez rien à cacher, princesse. Maintenant, venez, les autres attendent.

Il saute du lit. À la porte, il se retourne.

— Vous avez cinq minutes, puis j'envoie Arc.

Je continue à serrer la couette pendant encore une minute, juste au cas où lui ou l'un de ses amis reviendrait. Bien sûr, je me suis déjà retrouvée nue devant des hommes, mais en général, je les connaissais et j'avais choisi de me déshabiller. Ou qu'ils me déshabillent.

Lorsque je sors de la chambre, les quatre hommes m'attendent. Arc porte encore un kilt (bleu-vert, cette fois ; il n'est pas loyal à un clan en particulier), Storm est tout en noir avec une chemise boutonnée jusqu'en haut (mais pas de cape) et Frost arbore un t-shirt *Winter is coming*[1]. Ils sont tous aussi différents les uns des autres – même les jumeaux ont leur propre style. Et Dieux, qu'ils sont beaux ! Mes hormones s'emballent. Doucement, les filles, ils sont inaccessibles ! Je ne les connais même pas, et ce n'est probablement qu'un travail pour eux. Amener la princesse à la reine de l'Hiver.

— Prête ? demande Storm, en grommelant à voix basse.

Eh bien, on dirait qu'il a mal dormi ! Ou peut-être que c'est son comportement habituel.

---

1. En français « l'hiver vient », célèbre réplique de la série *Game of Thrones*.

J'acquiesce et les suis hors de l'hôtel. Lorsque nous sortons, je réalise que nous sommes toujours à Édimbourg. Et que la journée d'hier était un vrai désastre. Je m'arrête, et Crispin me rentre dedans.

— Que s'est-il passé, hier ? Vous savez, après…

— Après que vous avez rasé la rue ? se marre Frost.

— Ce n'est pas drôle, grogne Storm, Arc a dû passer deux heures à modifier la mémoire de vos voisins.

— Wouah ! Vous pouvez faire ça ?

Je fixe l'Écossais roux. Il hausse les épaules, mal à l'aise.

— Oui, apparemment.

— Mes parents vont bien ?

— Oui, votre mère avait une légère égratignure au bras, mais je l'ai soignée, alors ne vous inquiétez pas, dit Crispin derrière moi.

— Vous pouvez guérir ?

— Comment pensez-vous être sur pied et marcher ? dit Storm avec impatience. On pourrait avoir cette conversation dans un endroit où il n'y a pas d'humains ?

Il le dit comme si être humain était une insulte. Ce qui me rappelle que je ne sais même pas ce qu'ils sont. Ma mère m'a dit que ses gardes viendraient me chercher, et je sais que l'un peut guérir, l'un modifier la mémoire et l'un peut manipuler la température de l'air. Je n'ai pas vu Frost faire quoi que ce soit qui sorte de l'ordinaire, mais je suis sûre que sa magie est étonnante, comme les autres. J'ai hâte de découvrir si je suis capable de faire un peu comme eux. J'adorerais pouvoir guérir.

Avant que je ne puisse poser d'autres questions, Storm nous éloigne des rues animées et nous guide jusqu'à une petite agence de location de voitures. Pendant qu'il entre, les autres gars regardent les voitures exposées, les yeux écarquillés et la bouche qui salive. Enfin, peut-être pas le deuxième. Les hommes !

Mettez-leur quelque chose qui brille sous les yeux et ils oublient tout de la femme en leur compagnie.

— Où on va ? leur demandé-je, sans obtenir la moindre réponse.

Ils sont trop occupés à inspecter les voitures. Pfff ! Apparemment, ça n'a pas d'importance, humains ou pas, ils sont tout aussi facilement distraits par quelques chevaux. D'accord, cette Ferrari est très belle, mais tant qu'elle me conduit là où je le souhaite, je me fiche pas mal de la voiture que je conduis.

Storm sort, brandissant un trousseau de clés. Je pensais qu'il allait louer une voiture de sport, quelque chose d'élégant et d'onéreux, mais nous nous arrêtons devant un grand véhicule sept places.

— Sérieusement ? lui demande Arc.

Frost est mort de rire.

— C'était une affaire ! grommelle Storm.

— On a accès aux comptes bancaires royaux. On pourrait se permettre de louer quelque chose qui ressemble plus à… une voiture.

— Peut-être que si tu perdais un peu de poids, nous pourrions tous rentrer dans une belle voiture, dit Storm avec un sourire narquois.

— Hé, c'est que du muscle !

Arc fléchit ses biceps, puis soulève son kilt pour exhiber ses jambes épaisses et musclées.

Merci, je n'avais pas besoin de voir ça. Il est probablement assez traditionaliste pour ne rien porter dessous.

— Allons-y, nous avons un long chemin à parcourir.

Storm nous pousse dans la voiture et s'installe sur le siège conducteur. Frost rejoint son frère à l'avant, tandis qu'Arc occupe la banquette arrière. Je rejoins Crispin sur les sièges du milieu.

— On va où ? demandé-je alors que nous sortons de l'agence de location et que nous empruntons les rues animées d'Édimbourg.

— Calanais, sur l'île de Lewis.

— Dans les Hébrides extérieures[2] ? C'est au milieu de nulle part ! Pourquoi là-bas ?

— Les Pierres dressées sont le portail le plus proche pour les royaumes des Dieux.

— Donc on va traverser les pierres comme dans *Outlander* ?

Quatre hommes désemparés me regardent. Je suppose que ce livre n'est pas encore arrivé dans les bibliothèques du royaume (y a-t-il des bibliothèques, là-bas ? Ou des ordinateurs ? Ma Kindle fonctionnera-t-elle ?) En fait…

— Je dois d'abord rentrer chez moi, préparer mes affaires.

Crispin grimace légèrement.

— De quoi vous souvenez-vous de la nuit dernière ?

— Rien après le… hum… tremblement de terre.

Arc éclate de rire derrière moi.

— Elle appelle ça un tremblement de terre. Comme c'est mignon !

— Tais-toi, Scottie, crie Crispin au-dessus des rires. Wynter, il ne reste plus grand-chose de votre maison. Vos parents vivent à l'hôtel en attendant d'être dédommagés. Ils étaient tous les deux assez contrariés, alors on a décidé…

— Tu as décidé ! l'interrompt Frost.

— Oui, j'ai décidé de mettre fin à leurs souffrances -

— Vous avez tué mes parents ?! hurlé-je en me jetant sur Crispin.

— Quoi ? Non, je les ai plongés dans le coma…

Je grogne, essayant d'arracher sa tête de ses épaules. Il n'a

____

2. Appellation du groupe d'îles situé au large de la côte ouest de l'Écosse.

qu'à essayer de guérir ça, ce connard ! Il m'agrippe les poignets, tentant d'éloigner mes mains aux ongles acérés de son visage tandis que je lutte contre la ceinture de sécurité qui m'empêche de lui donner des coups de pied.

— Arrêtez, Wyn !

La voix grave de Storm résonne dans la voiture.

— Ce qu'il essaie de dire, c'est qu'ils vont dormir un jour ou deux pour se remettre du choc d'avoir vu leur fille brûler leur maison.

C'est blessant. Je m'enfonce dans mon siège, laissant Crispin panser ses plaies (quelques égratignures sur le visage, rien de grave).

— Ils sont… en colère contre moi ? demandé-je d'une petite voix.

— Ils vont s'en sortir, ma belle, dit Arc derrière moi en posant une large main sur mon épaule. Vous ne pouvez pas oublier qu'ils sont humains et que c'était un peu trop pour eux.

— Alors, tout a disparu ? La maison ?

— À peu près, oui. Il reste peut-être des choses à récupérer au rez-de-chaussée. Et la cabane est intacte, d'après ce que j'ai pu voir.

— Dieux merci, soupiré-je. Le contraire aurait été un enfer, maman aurait été furieuse si ses tableaux avaient été détruits !

— Il n'y a pas d'enfer, remarque Frost.

Je comprends ce qu'il fait et accepte la diversion.

— Alors, où vont les méchants après la mort ?

— Les plus mauvais sont généralement capturés par les Démons juste avant de mourir, et sont emmenés dans les royaumes des Démons en tant que serviteurs. Ceux qui meurent sont jugés, puis renvoyés sur Terre.

— Pourquoi voudraient-ils… ? Vraiment ? La réincarnation ?

— Oui, j'imagine qu'on peut appeler ça comme ça.

— Donc je pourrais être réincarnée en fourmi ?

— Non, vous n'êtes pas méchante et on se réincarne en tant qu'humain dans le seul but de se racheter.

— Visiblement, vous ne me connaissez pas encore, dis-je en ricanant. Mais qui nous juge ?

— On raconte des choses, dit Crispin, les yeux scintillants.

— Allez, dites-moi ! supplié-je en battant des cils.

— Il ne sait pas, lance Frost. Aucun d'entre nous ne le sait. Et ça ne nous intéresse pas vraiment, de toute façon.

— Pourquoi pas ? Vous ne voulez pas savoir ce qui vous arrive après la mort ?

— Oh, elle ne sait pas ! grommelle Arc de son fort accent écossais.

— Eh bien, dites-moi !

— Nous sommes immortels, jeune fille.

— Oh ! Donc vous n'êtes pas des Magiciens ?

— Non, nous sommes des Gardiens.

— Je sais que vous l'êtes, Bei… – ma mère m'a dit qu'elle enverrait ses gardes –, mais de quelle espèce êtes-vous ?

— Nous sommes des Gardiens, avec un G majuscule. L'une des cinq races : Humains, Magiciens, Démons, Dieux et Gardiens.

— Alors, vous êtes nombreux ? Un royaume de Gardiens ? Des petits bébés Gardiens ? Ils sont aussi séduisants – je veux dire sympas. Cool ! Vous êtes des Gardiens. Hum, en quoi ça vous différencie des Magiciens ?

— Nous sommes immortels, soupire Storm.

Je suppose qu'il n'aime pas que je pose des questions. Ce qui me donne envie d'en poser encore plus.

— Et non, nous ne sommes pas nombreux, précise son frère. Nous avons été créés par les Dieux pour les servir et les protéger. D'où notre nom. Nous vivons dans leurs royaumes, et non, il n'y a pas de bébés Gardiens. Nous ne procréons pas comme les humains, dit-il avec un certain dégoût. Nous sommes créés quand on a besoin de nous.

— Donc, que je comprenne bien, vous n'êtes pas nés, vous n'avez jamais été des enfants, vous commencez à l'âge adulte ?

— Oui, c'est plus facile pour tout le monde, pas de couches sales, plaisante Arc.

Je distingue une certaine tension dans sa voix qui me fait me retourner pour le regarder.

— Alors, pourquoi vous parlez comme un Écossais ?

Les trois autres gars éclatent de rire tandis que le visage déjà rosé d'Arc devient rouge écarlate.

— Ma créatrice voulait retrouver ses racines… Elle pensait qu'elle aimerait entendre un peu d'écossais.

Sa voix devient amère.

— Mais ça l'a rendue mélancolique, alors elle m'a envoyé à la reine Beira.

— Et je suis heureux qu'elle l'ait fait, mon pote, dit Crispin, devenu sérieux. Nous aurions été perdus sans toi, hier.

Nous restons silencieux pendant un moment. Nous avons enfin laissé la ville derrière nous et nous roulons maintenant à travers les terres arables. Des champs bordent la route, de gros moutons nous regardent d'un air impassible.

Je sens encore l'épuisement d'hier dans mon corps, et je ferme les yeux de fatigue. Juste une petite sieste.

Je nage dans la mer. Des méduses me tournent autour, dansent avec moi, sous le regard d'un groupe de dauphins. Je fais partie de la mer et la mer fait partie de moi. Lorsque je nage, les créatures d'eau se joignent à moi. Lorsque j'ai besoin d'aide, elles sont là. Lorsque je suis

seule, elles me tiennent compagnie. Je suis la création de la mer et l'eau est mon élément. Je suis née pour contrôler l'eau – elle vit à travers moi. Je danse une pirouette gracieuse avec l'un des dauphins et je glousse lorsque son frère s'illustre par un saut particulièrement compliqué…

— Wyn, reprenez-vous !

— Princesse, vous devez arrêter, vous êt… merde ! Il y a de l'eau dans le moteur, on doit…

Une gifle sur ma joue m'arrache à mon rêve. Crispin me fixe, son choc reflétant le mien. J'ai les pieds dans l'eau jusqu'aux chevilles, la voiture est inondée. Oups ! Ce n'était pas prévu. Cela dit, le tremblement de terre et l'attaque de couverts ne l'étaient pas non plus. Ma magie me cherche – soit elle veut me tuer, soit elle se moque de moi.

Storm lutte contre le moteur qui crachote. Heureusement, nous sommes seuls sur cette route de campagne ; je ne pense pas que les autres conducteurs apprécient ses embardées.

— Gare-toi, dit Frost à son frère. Wyn, l'eau continue de monter, pourriez-vous l'arrêter ?

— Euh, bien sûr.

Je me concentre très fort. Puis, un instant plus tard, je reconnais que je suis une idiote.

— Comment je fais ça ?

— Vous êtes sérieuse ? s'écrie Storm. J'ai du mal à croire que vous êtes la fille de la reine Beira !

— Eh bien, elle n'a jamais pris la peine de venir m'enseigner quoi que ce soit ! répliqué-je en criant.

Une vague déferle sur la tête de Storm.

— Oh, oh, c'était moi ? Désolée !

Crispin me prend la main.

— Vous devez sentir votre magie. Elle fait quoi, en ce moment ?

Je me concentre et vois les fils magiques tourbillonner autour de moi, formant une épaisse toile blanche sur le bas de la voiture. De l'eau s'en échappe. Je ne savais pas que ma magie pouvait faire ça. Il se passe de sacrés trucs chimiques qui transforment l'air en eau en une fraction de seconde. Je retire avec précaution quelques fils magiques, détruisant ainsi le filet. Avec un tremblement, il s'effondre sur lui-même et un nuage de vapeur jaillit de l'intérieur de la voiture-lac. L'eau est toujours là, mais au moins, elle ne monte plus. Je souris fièrement, m'attendant à voir des visages heureux, mais ce n'est pas le cas. Quatre hommes sévères me regardent.

— Eh, au moins, cette fois, j'ai réussi à l'arrêter moi-même ! marmonné-je en regardant nos pieds mouillés.

L'un de leurs téléphones gît sous la surface de l'eau, une autre victime de ma magie.

Nous sortons de la voiture et attendons pendant que Frost appelle l'assurance. Au moins, il fait beau et ensoleillé, pas le temps maussade habituel de l'Écosse. Les gars sont d'une humeur renfrognée, alors je m'assois seule, essayant de comprendre ce qui s'est passé ces deux derniers jours. C'est de la folie, je n'aurais pas dit mieux. Je m'attendais à ce qu'il se passe quelque chose le jour de mon anniversaire, mais pas ça. Je ne pensais pas avoir autant de pouvoir et si peu de contrôle.

Je vois la mer au loin, ce qui signifie que nous avons atteint la côte ouest, mais je n'ai aucune idée de l'endroit où nous nous trouvons.

— À une dizaine de kilomètres d'Oban, répond Crispin lorsque je lui pose la question.

Il s'approche et s'assoit sur l'herbe à mes côtés.

— Je suis sûr qu'il y a un garage, là-bas, la dépanneuse ne devrait pas tarder à arriver.

— Vous allez toujours à Calanais en voiture ?

Il rit.

— Non, nous prenons généralement l'avion. Votre mère possède un avion privé que nous pouvons utiliser. Mais nous avons pensé qu'il serait préférable d'être sur la terre ferme, avec vos pouvoirs si instables. Un incendie dans un avion n'est jamais une bonne idée.

— Combien de temps cette chose avec ma magie va durer ?

— Je n'en ai pas la moindre idée. J'ai passé quelques jours à la bibliothèque royale quand on nous a confié cette mission, mais il n'y a pratiquement aucune trace d'autres demi-dieux. Quelques femmes humaines ont prétendu avoir été fécondées par des Dieux, mais ces enfants se sont avérés être des humains.

— Et les demi-dieux grecs et romains des légendes ? Hercule ?

Il rit à nouveau, je croise les bras et fronce les sourcils. Ce n'est pas ma faute si je ne sais presque rien de mon héritage.

— Hercule était un Magicien qui avait une haute opinion de lui-même. Il dépensait la plupart de son argent pour que des scribes écrivent des poèmes sur ses prétendues forces. Vous devriez demander à votre mère de vous parler de lui, elle l'a rencontré, une fois.

— Ma mère a rencontré Hercule ? C'est un peu… bizarre.

Mais je suppose que ma mère est là depuis assez longtemps pour avoir rencontré tous les personnages importants de l'histoire. Je ne sais même pas quel âge elle a. Mais on l'appelle la mère des Dieux, alors elle doit être là depuis le début. J'imagine. Mon professeur d'éducation religieuse n'a jamais parlé d'autre chose que du dieu chrétien. Il faudra que j'interroge ma mère à ce sujet.

— Et Zeus ? Il n'a pas eu d'autres enfants demi-dieux ?

— Zeus est un Dieu inférieur. Il a bénéficié de bonnes relations dans le passé, mais il est en fait au bas de la hiérarchie.

— Il est donc toujours en vie ?

— Bien sûr, que croyez-vous ? C'est un Dieu, ils sont immortels.

— Comme vous, les Gardiens ?

— En grande partie.

Je hausse un sourcil, puis développe cette affirmation.

— Nous ne vieillissons pas et nous ne tombons pas malades, mais nous pouvons être tués. La décapitation est l'une des méthodes préférées de nos ennemis. Les Dieux sont encore plus difficiles à tuer.

— Qui sont vos ennemis ?

— Vous posez beaucoup de questions.

J'ouvre la bouche pour me défendre, mais il sourit.

— Ça me plaît. C'est en posant des questions qu'on apprend. Nos ennemis sont les ennemis des Dieux. Les Démons, le plus souvent, mais parfois un Magicien assoiffé de pouvoir décide de combattre les Dieux. Sans succès, bien sûr, mais c'est un bon entraînement pour nous.

Il me fait un large sourire qui change ma perception de lui, de guérisseur à guerrier. Je l'imagine dans un combat (il a assurément les muscles pour ça) et son sourire me dit qu'il y prendrait plaisir.

— S'il y a des Démons, il y a aussi des anges ?

— Les anges dont on parle dans les histoires sont généralement des Gardiens. La plupart des gens ne savent pas que nous existons, alors quand ils nous voient, ils nous donnent des noms tirés de leur mythologie. Anges, esprits bienveillants, prophètes.

Je suis presque gênée de poser la question suivante, mais elle sort de ma bouche avant que je ne puisse l'arrêter.

— Si les gens vous prennent pour des anges, vous avez des ailes ?

— Oui et non.

J'attends qu'il continue, mais il se contente de sourire.

— Allez, dites-moi !

Il me fait un clin d'œil et se lève d'un bond.

— Regardez, la dépanneuse est là !

Salaud !

Lorsque nous arrivons à Oban, c'est le début de l'après-midi. Le mécanicien a examiné le moteur de la voiture (il a été un peu surpris par les dégâts causés par l'eau) et nous a dit qu'il pourrait le réparer dès demain matin. Cela m'a valu quelques regards très agacés de la part des gars. Nous aurions pu louer une autre voiture, mais elles étaient toutes trop petites pour quatre grands gaillards. Et pour des raisons de protection – ils n'ont pas voulu s'étendre sur le sujet –, ils ont refusé de se séparer en deux voitures. Nous sommes donc coincés ici pour la nuit.

Oban est une charmante petite ville balnéaire, équipée pour les milliers de touristes qui y viennent chaque été, tant pour y séjourner que pour prendre un ferry vers l'une des nombreuses îles de la côte ouest écossaise. Aujourd'hui, à la fin du mois d'octobre, c'est calme et paisible. Les gens qui nous croisent sont principalement des habitants de la région, et de nombreuses boutiques touristiques sont déjà fermées. J'aime toujours voir comme une ville se transforme entre les saisons. C'est comme si la façade que voient les touristes s'effaçait lentement jusqu'à ce que la vraie ville émerge, avant d'être à nouveau cachée à l'arrivée du printemps. En ce moment, nous en sommes au point où les deux versions se confondent.

La dernière fois que j'ai séjourné à Oban, c'était il y a

plusieurs années pour des vacances en famille, alors je me promène les yeux grands ouverts, j'absorbe les changements et les souvenirs. Derrière moi, les hommes suivent, un peu moins enthousiastes.

— C'est génial, vraiment génial ! Elle a détruit la voiture. J'aimais bien cette voiture ! grommelle Storm en nous suivant jusqu'à l'entrée de l'hôtel MacCulloch.

J'ai vraiment envie de lui dire de laisser tomber le sujet, mais ça peut s'avérer dangereux.

La femme à la réception semble un peu perplexe lorsque Frost demande une suite familiale pour nous – et je dois l'être aussi, car Arc se penche et murmure :

— Si vous faites une autre crise, il faut que nous soyons tous les quatre là pour vous contenir.

J'acquiesce, mal à l'aise à l'idée d'une nouvelle explosion magique. Si je provoque un incendie à l'hôtel, je risque de mettre en danger des dizaines de personnes. Arc a dû lire dans mes pensées, car il ajoute :

— Ne vous inquiétez pas, nous ferons en sorte qu'il ne se passe rien.

Frost se détourne de l'employée de la réception, empourprée, secouant les clés dans sa main comme une sorte de trésor.

— Nous avons la meilleure suite de la maison, déclare-t-il, en attendant des éloges qui ne viendront jamais.

Son habituel froncement de sourcils réapparaît et il marmonne quelque chose à propos de « l'absence d'appréciation de ses talents de dragueur ». Nous le suivons dans l'ascenseur à l'ancienne – tout y est doré, même les bords qui s'écaillent. Avec moi écrasée au milieu et les quatre hommes autour de moi, nous parvenons tout juste à entrer dans la cabine. Mon corps touche le leur à plusieurs endroits, et je sens la chaleur me monter au visage. Ne pense pas à leur proximité, Wyn. Pense à autre chose… comme les papillons. Quelque chose de neutre, pas sexy. Pas excitant. Pas – aargh ! Je vais tuer mes hormones, un de ces jours.

Je suis soulagée lorsque les portes s'ouvrent avec un ding et que je peux échapper à la chaleur. Je parle de la température, promis.

Notre suite est grande, mais un peu vétuste. Un grand lit, deux petits lits simples et un canapé.

— Je prends le lit, crie Frost en se jetant dessus.

D'après le bruit qu'il fait, je suis sûre qu'il vient de casser plusieurs ressorts.

— La princesse prend le lit, grogne Storm.

Quel gentleman ! Mais cette histoire de princesse m'irrite au plus haut point.

— Arrêtez de m'appeler princesse. Je ne suis jamais allée dans les royaumes et je ne sais presque rien de Beira et de ce sur quoi elle règne. Comment je peux être une princesse si je ne connais que le monde des humains ? Ma magie est incontrôlable, je n'ai aucune idée de ce que je fais, et…

Ma voix se brise un peu. Merde ! Je n'avais pas prévu de leur montrer à quel point je manque de confiance. J'ai les larmes aux yeux en pensant à ma bêtise, là, au milieu de ces Gardiens qui ont sans doute mieux à faire que de s'occuper d'une fille qui s'apitoie sur son sort. Je n'ai pas autant pleuré depuis des années, depuis la puberté et ma rupture avec Tom Martin.

Arc est à mes côtés en un clin d'œil et me prend dans ses bras. Ses muscles épais se pressent contre ma cage thoracique et je me penche vers lui, enfouissant mon visage dans sa poitrine. Il est si chaud et confortable que je ne veux pas le lâcher. Pendant un instant, je me sens en sécurité.

— Tout s'éclaircira quand nous arriverons là-bas, ma belle, murmure-t-il, alors que je sens son souffle chaud sur ma tête.

Votre mère vous expliquera les choses et vous apprendrez à contrôler vos pouvoirs. Vous serez éblouissante quand vous saurez comment les gérer.

Il me frotte doucement le dos et je laisse presque couler mes larmes. Mais je ne veux pas me montrer encore plus faible devant eux. Je me détache de son étreinte – regrettant chaque centimètre qui m'éloigne de sa chaleur – et recule jusqu'au lit.

Ils me regardent tous, comme s'ils ne savaient pas trop comment gérer tout ce drame. Ne vous inquiétez pas, les garçons, moi non plus.

— Vous pouvez prendre le lit, Frost, je suis la plus petite. Je prendrai le canapé.

Il n'a pas l'air si mal que ça ; il est assez long pour que je puisse m'allonger confortablement sans avoir les jambes en l'air. Et ce sera beaucoup plus confortable pour moi que pour les garçons. Je suppose qu'être petite a ses avantages.

— Non, Storm a raison, dit Frost en soupirant. Vous prenez le lit.

CHAPITRE
QUATRE

Je me réveille et je sais que je dois sortir. Il fait nuit et, à en juger par les légers ronflements provenant de différentes directions, tout le monde dort encore, mais il se passe quelque chose d'important et je dois quitter cette pièce, maintenant. Aussi silencieusement que possible, je me glisse hors des couvertures et me fraye un chemin dans la pièce sombre. Seule la lumière dorée d'un réverbère qui passe à travers une fente dans les rideaux éclaire la pièce, mais je sais exactement où marcher sans trébucher sur nos vêtements ou nos sacs. Au moment où j'atteins la porte, Arc lève la tête du canapé le plus proche de la sortie.

— Qu'est-ce que vous faites ? demande-t-il, à moitié endormi.

Sans me le demander, ma magie prend vie. « Dors », murmuré-je, des fils magiques portant mon ordre. Il se renfonce dans le canapé. Je sors rapidement de la chambre et suis le couloir jusqu'à l'ascenseur. Je sais que je dois aller au -1, le garage souterrain. L'ascenseur tarde à arriver et je transpire à grosses gouttes. Il faut que je me dépêche. Pendant un moment, j'envisage de prendre l'escalier, mais je me souviens qu'il est important de prendre l'ascenseur. Je ne veux pas qu'on me voie. Enfin, les portes dorées s'ouvrent et je pénètre dans la cabine. Deux hommes sont à l'intérieur, vêtus de noir, mais je les ignore. Je ne crains rien, ils ne sont pas une menace.

Les portes se referment dans un bruit sourd, quelque chose me frappe par-derrière et je m'évanouis.

— … on devrait la tuer maintenant, pendant qu'elle est inconsciente.

— Le patron veut d'abord lui parler.

— On n'a aucune idée de ce dont elle est capable. Il serait plus prudent de ne pas prendre de risque.

Mon estomac s'agite et ma tête me fait affreusement mal. Où diable suis-je ? Le sol en dessous de moi vibre. Je suis dans une voiture, le coffre, apparemment, mais sans être couverte, de sorte que je vois la lumière du jour à travers le pare-brise arrière. Je dois être dehors depuis des heures. J'essaie de ne pas faire de bruit, je bouge mes membres, j'évalue la situation. Pas de bâillon, pas de bandeau – soit les films se trompent, soit ces kidnappeurs ne savent pas comment s'y prendre.

Encore mieux : ils ont utilisé une corde pour m'attacher les mains. C'est adorable ! Des menottes auraient été bien plus difficiles. Je me concentre et envoie un seul fil de magie sur la corde, voulant qu'elle brûle rapidement, mais sans fumée. Une flamme bleue éclatante jaillit, dissolvant la corde en quelques secondes. Mes mains sont libres.

— Tu as vu comment c'était facile de contrôler son esprit ? Aussi douce qu'un agneau qu'on emmène à l'abattoir. Si seulement chaque travail était aussi simple !

— Tu n'as pas senti sa magie ? Elle est forte, même si elle n'est pas entraînée. Elle pourrait nous mettre en pièces rien que par la pensée, Duke. Nous devrions la tuer. Je ne sais pas combien de temps le sort la tiendra sous contrôle.

La colère m'envahit. Comment ont-ils osé s'introduire dans mon esprit, me manipuler pour que je marche droit vers eux comme une imbécile ? Comment ai-je pu l'ignorer ? L'heure de la vengeance a sonné.

Je me redresse et leur souris gentiment.

— Ce n'est plus le cas, dis-je gaiement avant de libérer ma magie.

Le type derrière le volant se retourne, mais je l'entoure de fils magiques glacés qui l'immobilisent. En même temps, j'envoie un souffle d'air vers le second, lui écrasant la tête sur le tableau de bord. Dans un bruit sourd, l'airbag se gonfle, le repoussant contre l'appui-tête. Il est immobile, ne bouge plus. Bien.

La voiture fait une embardée. Pas terrible. Les deux hommes étant immobilisés, elle se conduit toute seule. Oups, je n'y avais pas pensé ! Nous roulons à toute allure sur la route ; heureusement, aucun autre véhicule n'est en vue. J'aperçois au loin une intersection bordée d'arbres où la route se divise en deux. Je dois arrêter la voiture ou nous allons avoir un accident. J'envoie un fil de magie d'air vers les pédales. Le pied de l'homme est toujours sur l'accélérateur. En me concentrant, je repousse son pied avec une rafale de vent et j'utilise ma magie pour appuyer sur le frein. Ce n'est pas facile de maintenir le vent concentré sur une si petite surface sans appuyer sur les autres pédales. Je sens la sueur s'accumuler en petites gouttes sur mon front. La voiture glisse et crisse, mais elle ralentit.

Trop tard. Un arbre s'écrase sur la voiture – ou est-ce nous qui nous écrasons sur l'arbre ? Je suis projetée vers l'avant, suspendue dans les airs alors que ma magie jaillit toute seule de moi. Je flotte au-dessus de la banquette arrière de la voiture, fixant la grosse branche qui a traversé le pare-brise, à deux doigts de m'empaler. J'étreins ma magie mentalement. Sans elle, je serais un kebab humain disgracieux à l'heure qu'il est. Je lui demande de me déposer, et je me laisse doucement flotter sur le sol rugueux de la voiture.

Je rampe vers le coffre en évitant la satanée branche qui me bloque la sortie. Les portes arrière sont tordues, je doute de pouvoir les ouvrir.

J'essaie d'entrebâiller le coffre, mais il reste bloqué, même si je m'acharne sur la poignée. J'envoie une rafale de vent contre la porte, mais tout ce qu'elle fait, c'est me projeter en arrière. C'est pas vrai ! Emprisonnée dans la voiture de mes ravisseurs. Voilà une bien triste histoire. Je vais devoir trouver quelque chose de mieux que la force pure. Le feu peut-être ? Mais utiliser le feu dans une voiture accidentée n'est peut-être pas la meilleure idée qui soit. Qui sait s'il n'y a pas une fuite d'huile quelque part.

Geler du métal fera-t-il quelque chose ? Pourquoi pas ? J'envoie quelques fils de magie de glace sur les bords de la porte du coffre, pensant que cela pourrait rétrécir suffisamment le métal pour qu'il s'ouvre. Une fine couche de givre commence à le recouvrir ; de petites fleurs de glace qui me font sourire. Et quand je donne un coup de pied dans la porte et qu'elle s'ouvre, je souris encore plus. Enfin de l'air frais ! Je me démêle lentement et je sors de l'habitacle.

Maintenant que je suis dehors, je vois toute l'étendue de l'accident. Un arbre a cabossé tout l'avant de la voiture et une énorme branche a traversé le pare-brise. J'examine les deux hommes, ils sont soit inconscients, soit morts. Je décide de ne pas vérifier. Même si j'ai envie de bien faire et de leur apporter de l'aide, ils voulaient me tuer. L'un d'eux n'en démordait pas.

J'aurais aimé avoir mon téléphone pour appeler les gars. Où sont mes Gardiens quand j'ai besoin d'eux ?

Au loin, je vois une voiture s'approcher. Les passagers vont sûrement s'arrêter et appeler la police lorsqu'ils verront l'accident. Je décide de disparaître ; ils risquent de me poser des questions auxquelles je n'ai pas de réponse. Sur ma gauche, des buissons couvrent un fossé. Parfait. Je m'accroupis derrière les broussailles et regarde le véhicule s'arrêter devant moi. Un homme d'un certain âge descend, regarde autour de lui, puis sort son téléphone. Je suppose qu'il compose le 112. Pendant qu'il écoute les instructions de l'opérateur et vérifie que les deux passagers vont bien, je rampe le long du fossé, m'éloignant du lieu de l'accident.

Comment vais-je pouvoir partir d'ici ? Nous sommes au milieu de nulle part, tout ce qui nous entoure, ce sont des pâturages verts avec des moutons blancs et laineux. Ils sont mignons, mais ils ne sont pas d'une grande aide dans cette situation. Ce qu'il me faut, c'est un téléphone. Mais je n'ai même pas le numéro des gars.

Lorsque je suis à quelques centaines de mètres de l'accident, je m'arrête, offrant à mon corps endolori la possibilité de se reposer. Je peste contre le paysage plat qui m'empêche de me lever et de marcher. Le bon samaritain me verrait sans doute, tout comme les policiers ou les ambulanciers qui viendraient par ici. Ma seule option est de patienter jusqu'à ce qu'ils arrivent, qu'ils s'occupent de l'accident et qu'ils repartent. J'essaie de trouver le coin de terre le moins boueux autour de moi et je me mets à l'aise. L'attente va être longue, et je suis encore en pyjama et en pantoufles. Je dresse mentalement une liste de souhaits : une veste, des chaussures chaudes et un livre. Oh, et une grande thermos de thé, s'il vous plaît ! Un chauffage portable ne serait pas de refus non plus.

Je souris à ma propre plaisanterie. Oui, j'en suis à rire de mon propre humour pitoyable. Enfin, bon…

Quinze minutes plus tard, l'ambulance arrive. Encore quelques minutes et deux véhicules de police la rejoignent.

Je reste dans mon fossé, grelottante et misérable. Je regarde la route et je vois une autre voiture s'approcher. Je suis sur le point de vite me baisser pour rester cachée, mais je remarque alors les quatre passagers qui s'y entassent. Quatre grands et magnifiques passagers masculins. Je me lève d'un bond et fais de grands gestes avec les bras, comme une folle.

Mes hommes sont arrivés.

CHAPITRE
CINQ

— Comme nous n'arrivions pas à vous trouver, nous avons persuadé la réceptionniste de l'hôtel de nous montrer les images de vidéosurveillance, dit Storm en souriant d'un air sombre. Heureusement, vos kidnappeurs étaient soit stupides, soit négligents. Leur plaque d'immatriculation était bien visible lorsqu'ils ont quitté le parking.

— En quoi la plaque d'immatriculation vous a aidés ? demandé-je, confuse.

— Nous avons des… connexions, ajoute Storm. Tous les grands axes routiers sont équipés de caméras qui enregistrent en permanence les plaques d'immatriculation de toutes les voitures qui les empruntent. C'était facile de voir leur itinéraire, jusqu'à ce qu'ils commencent à prendre des petites routes – et ensuite, on a reçu un appel concernant un accident les impliquant.

— Ne nous faites plus jamais peur comme ça ! grommelle Arc.

Je mords à l'hameçon.

59

— Sinon quoi ?

— Sinon je vous tiens en laisse et je vous garde toujours à portée de main.

Sa voix s'assombrit quand il dit ça, et je déglutis difficilement.

Les autres gars se détournent de moi, cachant leurs sourires. Insupportables !

— Vous avez toujours votre téléphone ? demande Frost en sortant la carte SIM du sien et en la jetant par la fenêtre.

— Non, bien sûr que non, sinon je vous aurais appelés.

Il acquiesce sagement.

— Les gars, donnez-moi les vôtres. On ne sait pas qui sont ces types ni de quelles ressources ils disposent.

— Mais je viens juste d'acheter le mien, gémit Crispin d'un air théâtral.

— Les coffres royaux, tu te souviens ?

— D'accord, mais sois gentil avec lui.

Il fait semblant de pleurer pendant que Frost casse son téléphone en deux. On repassera pour la douceur.

— Vous avez autre chose qu'ils pourraient pister ?

Personne ne regarde Frost pendant un moment, puis Arc soupire et enlève sa montre. C'est l'une de ces montres connectées à la mode qui peuvent faire plein de trucs cool. Ouais, pas jalouse du tout !

— Désolé, mon pote, dit Frost avec un grand sourire, avant de faire apparaître une sphère d'eau autour de la montre.

L'écran clignote plusieurs fois, puis reste noir. La mort par noyade. Charmant. Arc regarde sa montre cassée avec nostalgie.

— Je peux au moins la garder ?

— On n'est jamais trop prudent, dit Frost en la jetant par la fenêtre, où elle rejoint une pile de téléphones et de cartes SIM cassés. Il ne nous reste plus qu'à nous débarrasser de la voiture.

— Dieux merci ! lance Storm depuis le siège conducteur. Cette chose est bien trop petite. Je ne suis même pas sûr de pouvoir sortir de ce siège sans me déboîter quelque chose.

— Où on va trouver une nouvelle voiture ? demandé-je. Et vous avez laissé l'ancienne à quel endroit ?

— Quand on a vu que vous étiez partie, on a dû improviser.

Frost évite mon regard.

— Alors, vous l'avez volée ?

— Nous l'avons empruntée. Nous y laisserons un peu d'argent pour le propriétaire.

— Eh bien, c'est très généreux de votre part, soufflé-je.

— Vous auriez préféré qu'on attende que le garage répare notre voiture de location ? Vous seriez encore assise dans le fossé si nous n'étions pas venus tout de suite ! s'énerve Storm.

Je décide de me taire. D'une certaine manière, il a raison. Mais seulement dans un sens. Je ne le lui dirai pas, je n'ai pas besoin de gonfler encore plus son *ego*.

— Nous irons jusqu'au village le plus proche et nous prendrons une nouvelle voiture. Ensuite, nous rejoindrons Ullapool au plus vite. Nous devons vous emmener aux Pierres le plus rapidement possible, d'autant plus que ces gens vous veulent pour une raison ou une autre.

— Au moins, ils veulent de moi, lui lancé-je.

Il reste silencieux un moment, puis marmonne :

— Qu'est-ce qui vous a donné l'impression que je ne voulais pas de vous ?

— Vous n'avez pas vraiment été très amical avec moi depuis que nous nous sommes rencontrés.

Frost ricane, et Storm et moi le fusillons du regard.

— Wyn, c'est le plus amical que mon frère puisse être. Il est beaucoup moins grincheux que d'habitude depuis que vous êtes avec nous.

Je le regarde fixement.

— Vous êtes sérieux ? Il est arrogant, impoli…

— Je vous entends ! fulmine Storm.

— Je sais, c'est pour ça que je le dis.

Arc l'interrompt.

— Aussi divertissant que ça puisse être, nous devons nous mettre en route. Je ne sais pas à quelle heure part le dernier ferry, alors il faut se dépêcher.

Cela nous fait tous taire. Arc, la voix de la raison. C'est… rafraîchissant.

VINGT MINUTES PLUS TARD, nous sommes assis dans une nouvelle voiture, une Toyota vert foncé. Elle est plus grande que la précédente, mais je suis toujours serrée par les deux brutes assises à côté de moi. Storm conduit, comme toujours, et son frère est assis à côté de lui, étudiant une carte qu'il a trouvée dans la boîte à gants. Ce qui me laisse avec Crispin et Arc sur la banquette arrière. Celui-ci est légèrement voûté, ce qui lui évite de se cogner la tête contre le plafond. Je suis appuyée contre Crispin, essayant de céder plus d'espace à Arc. Je ne pense pas que nous puissions rester dans cette position très longtemps.

— Par chance, ces salauds vous ont emmenée dans la bonne direction, dit Frost en montrant la carte. Sinon, nous aurions perdu beaucoup de temps. Nous ne sommes plus qu'à une heure d'Ullapool, où nous prendrons le ferry pour Stornoway. De là, il y a environ une demi-heure de route jusqu'aux Pierres, donc nous devrions être au Portail avant la tombée de la nuit.

— Il se passera quoi une fois que nous serons arrivés ? demandé-je.

— Nous ouvrirons le Portail et le traverserons pour rejoindre les royaumes.

— Ça a l'air très facile.

— C'est le cas. C'est du gâteau. Sauf s'il y a des Démons. Ou des Dieux. Ou, pire encore, des filles.

Je me tourne vers Crispin.

— Il vient de dire « des filles » ?

Il sourit et chuchote assez fort :

— Les jumeaux ont un fan-club. Certaines des Gardiennes et des humaines qui vivent dans la zone frontalière du royaume...

— Attendez, des humains vivent dans les royaumes des Dieux ?

— Oui, dit Arc en grimaçant. Certains Dieux aiment avoir... des animaux de compagnie.

— Ils gardent des humains comme animaux de compagnie ? grimacé-je.

Peut-être que je ne veux pas rendre visite à ma mère, après tout !

— Pas ce genre d'animaux. Je pense plus à... eh bien...

— Le sexe, ma belle, le coupe Arc en souriant joyeusement. Apparemment, les humains sont très doués au lit.

Je rougis, effaçant de mon esprit l'image d'humains nus entourant une Déesse sur son trône.

— Ça veut dire que les Dieux ne le sont pas ?

Je m'abstiens de demander pour les Gardiens. Je ne veux pas leur donner l'impression d'être une humaine en manque d'affection qui n'a pas été avec un homme depuis bien trop longtemps.

— Les Dieux ne sont pas nombreux, explique Crispin, et certains préfèrent ne pas mélanger travail et plaisir, donc les Gardiens sont hors jeu. Les humains sont un choix logique.

— Combien y a-t-il de Dieux ?

— Comment pouvez-vous ne pas le savoir ?

Arc me lance un regard incrédule.

— Parce que j'ai été élevée comme une humaine ! Ce n'est pas ma faute si ma mère ne m'a rien appris sur son monde.

Ça les fait taire.

— Chérie, elle avait ses raisons, dit finalement Arc doucement.

J'acquiesce en regardant par la fenêtre, évitant son regard. C'est un sujet sensible et je préfère éviter de pleurer devant eux. Je ne pleure pas très souvent, mais j'ai l'impression que mes hormones sont en ébullition. Ce doit être toute cette testostérone qui m'entoure.

Nous roulons en silence, nous rapprochant lentement d'un nouveau chapitre de ma vie.

CHAPITRE
SIX

Nous arrivons à Ullapool en fin d'après-midi. Nous n'avons pas le temps d'explorer ses jolies petites rues, car nous roulons droit dans la gueule du ferry (sérieusement, il ressemble à un énorme monstre marin avec sa bouche grande ouverte prête à avaler les voitures et les camions qui attendent de monter à bord). Le navire est beaucoup plus grand que je ne le pensais. Il contient plusieurs restaurants, un magasin et même un petit cinéma. Nous nous dirigeons vers un coin tranquille dans un restaurant type pub. Je jette un coup d'œil rapide au menu, mais le mouvement du bateau me rend déjà nauséeuse – je n'imagine même pas ce que je ressentirai une fois que nous aurons quitté le port. Au lieu de manger, je commande un whisky. Les gars me regardent bizarrement quand je choisis un verre de Highland Park 12 ans d'âge, mais je les ignore. Les moins de vingt-cinq ans ne boivent pas tous leur whisky mélangé à du Coca ou à d'autres bizarreries. J'ajoute une seule goutte d'eau, en observant avec joie les visages des

Gardiens. C'est amusant. Le whisky n'a jamais eu aussi bon goût.

I ont tous commandé à manger, et le temps qu'elle arrive, le bateau a quitté Ullapool et les vagues ont commencé à grossir. Le plancher vibre sous l'effet du mouvement des moteurs et, avec l'odeur de leur repas, je commence à avoir la nausée.

Je m'excuse et me dirige vers les toilettes. Je n'ai pas envie de vomir (pas encore, en tout cas), mais j'ai besoin de m'éloigner de la nourriture. D'accord, les toilettes n'étaient peut-être pas la meilleure idée. À en juger par les effluves qui imprègnent la petite pièce, personne ne les a nettoyées depuis longtemps. Ou alors beaucoup d'autres personnes ont déjà été malades, ce dont je doute un peu. Je retourne en titubant dans les couloirs qui tanguent et atteins le salon. De confortables sièges du même style que dans les avions m'invitent à me reposer, mais au lieu de cela, je franchis une lourde porte qui donne sur le pont. Je respire l'air frais – il n'y a qu'une légère odeur de gaz d'échappement – et je m'approche de la balustrade pour regarder l'eau sombre et écumeuse. Quelques autres personnes se tiennent à l'extérieur, la plupart en train de fumer une cigarette.

À chaque respiration, mes nausées se dissipent. Je suppose que je vais passer le reste du voyage à l'extérieur. J'enfonce mes mains dans la grande poche avant de mon sweat à capuche. Il faudra que je remercie les gars d'avoir emporté mes vêtements de l'hôtel. Mon moment préféré de la journée, c'est quand j'ai enlevé mon pyjama couvert de boue.

LES GOÉLANDS TOURNENT AUTOUR du bateau, points blancs dans un ciel couvert de nuages. Je me demande s'ils nous accompagneront jusqu'aux îles. Je ferme les yeux, respirant l'air salé de la mer. Sous moi, les moteurs fredonnent un chant régulier. Je commence enfin à digérer l'énormité de ce voyage. Je vais rendre visite à ma mère. Je vais enfin voir les royaumes des Dieux. J'ai rêvé d'y aller toute ma vie, et le moment est enfin venu. Je retourne à l'endroit où je suis née et je vais apprendre à connaître la femme qui m'a mise au monde. Peut-être me parlera-t-elle même de mon père. Lors de ses quelques visites et dans ses lettres, elle a refusé de me dire qui il était. Tout ce que je sais, c'est qu'il n'est pas un Dieu – mais ça ne m'aide pas vraiment, n'est-ce pas ?

Avec le bruit du moteur dans les oreilles, je ne remarque le silence qui règne autour de moi que lorsqu'il est trop tard. J'ouvre les yeux et réalise qu'il ne reste plus que moi sur le pont. C'est sinistrement calme et les goélands ont disparu. Je me retourne pour rentrer, mais je ne fais pas le moindre pas. Je suis projetée en l'air par un poing invisible qui me serre la taille. Je tombe en hurlant, puis la mer se rapproche trop, noire, bleue et inquiétante, et le vent me fait tomber dans l'eau, me poussant sous la surface. Je me bats, libérant ma magie, poussant contre les fils noirs et étrangers qui s'enroulent autour de mon corps. Mes yeux sont remplis d'eau de mer, mais je sais que cette magie étrange et hostile m'entoure. Instinctivement, je tisse un filet de ma magie sur ma peau, puis je pousse, ignorant mes poumons brûlants, pour créer une sphère autour de moi, empêchant le pouvoir de mon agresseur de m'atteindre. J'use de toutes mes forces pour maintenir le bouclier et utiliser mes bras et mes jambes pour essayer d'atteindre la surface de l'eau qui menace de me noyer. Des taches noires obscurcissent ma vision et mes poumons vont me forcer à ouvrir la bouche d'un instant à l'autre. Je vais me noyer. Enfin, j'atteins l'air libre en prenant une grande inspiration, manquant d'avaler la moitié d'une vague. Je tousse, essayant de garder la tête hors de l'eau en luttant pour trouver de l'oxygène. Mon énergie me quitte rapidement. Il va falloir que je choisisse entre maintenir le filet magique ou nager. Je choisis la nage.

Lorsque les fils magiques se rétractent dans mon corps, un frisson me parcourt, m'apportant un petit regain d'énergie. Assez pour me maintenir à flot un peu plus longtemps. Je secoue la tête, essayant d'enlever l'eau salée de mes yeux pour y voir. Les vagues me dominent de tous les côtés, mais entre elles, je vois le ferry qui disparaît lentement. Personne ne semble avoir remarqué que je suis passée par-dessus bord. Qu'est-ce que je fais, maintenant ? Je vois à peu près la terre d'où nous venons, mais je ne l'atteindrai jamais. Même si je savais utiliser ma magie pour nager plus vite, je n'aurais pas l'énergie nécessaire. Je commence à en avoir assez d'être confrontée à une mort certaine. C'est arrivé bien trop souvent ces derniers jours. En ce moment, j'aimerais que les Dieux soient les êtres que beaucoup d'humains imaginent : qui savent tout, qui voient tout, capables de sauver les gens du danger. En réalité, ils sont probablement ivres dans un palais d'une réalité alternative. Ils se fichent éperdument des humains. Et même si ce n'était pas le cas, ce n'est pas comme s'ils pouvaient me voir depuis leur royaume.

Et puis merde ! Je vais vivre. Dans un élan d'inspiration, je forme une petite boule de feu qui flotte au-dessus de moi, à l'abri des vagues, puis je la lance dans le ciel, comme un signal lumineux. Elle n'est pas très brillante, mais je suis sûre qu'on peut la voir depuis le ferry. Au cas où, je rassemble tout ce que j'ai de magie en moi et j'en fais une deuxième, un peu plus grosse. Je la laisse flotter vers le haut, essayant de la faire durer le plus longtemps possible. Je pleure presque quand mon dernier espoir s'éteint au-dessus de moi. Après tout, à quoi bon pleurer quand vos joues sont déjà mouillées par l'eau salée de la mer qui va vous noyer.

À chaque vague qui m'emporte et me laisse tomber, mes espoirs s'amenuisent. Je pense à mes parents, aux humains qui m'ont élevée. Ils attendront mon retour, pensant que je suis heureuse de passer du temps avec ma mère biologique, alors que je gis au fond de la mer.

UN CRI RETENTIT dans le fracas des vagues. J'essaie de garder la tête hors de l'eau pour écouter. De nouveau, un cri, plus proche cette fois.

J'ouvre la bouche pour répondre, mais une vague déferle sur ma tête et je suis projetée dans les profondeurs. Lorsque je refais surface, je parviens à crier, bien que cela ressemble plus à un murmure rauque.

— Ici ! Je suis là !

— WYN ! Wynter !

Frost. Il est venu me chercher.

— Ic…

Une autre vague engloutit mon cri, mais une seconde plus tard, il est là, planant sur les vagues comme un surfeur. Dans n'importe quelle autre situation, j'admirerais la façon dont il semble se tenir sur l'eau sans effort, la beauté de son corps tonique contre la lumière du soleil déclinant, les ombres sur son visage mettant en valeur ses traits masculins… Mais à cet instant, je suis en train de me noyer et je m'en fiche. N'en faites pas toute une histoire.

Il s'agenouille à mes côtés – oui, il s'agenouille sur l'eau qui tente de me dévorer – et me prends dans ses bras, pressée contre son torse puissant.

— Êtes-vous blessée ?

Sa voix est tendue et je veux lui dire que je vais bien, que je vais m'en sortir, mais tout ce qui sort est une toux pitoyable. Il me serre encore plus fort et commence à courir à la surface de l'eau en direction du ferry. Son corps est chaud et je me blottis contre lui, écoutant les battements de son cœur en fermant les yeux.

D'une manière ou d'une autre, nous retournons au navire. Il doit courir à la surface de l'eau, slalomer entre les vagues et les nuages d'embruns. Je reste blottie contre le large torse de Frost, frissonnant et à moitié consciente. Trop. D'eau. Pour. Une. Journée.

Et beaucoup trop de magie. Au moins, cette fois, ce n'était pas ma propre magie qui a essayé de me tuer. Ce qui m'amène à me demander ce qu'était cette tentative d'assassinat, mais je n'arrive pas à réfléchir. J'ai mal à la tête.

Lorsque nous arrivons au ferry, je vois les trois autres gars debout sur le pont, près de la rambarde, en train de nous regarder. Storm lève les mains et un tourbillon de vent se dresse autour de nous, nous soulevant doucement (avec beaucoup d'océan) et nous transportant jusqu'au pont où ils se trouvent. Des bras puissants m'éloignent de Frost. Je résiste, je veux rester avec lui.

— Chut, tout va bien. Il a juste besoin d'un moment de repos.

Je lâche Frost et la chaleur. Mais on m'offre un autre corps chaud contre lequel je peux me blottir. Une autre poitrine chaude se presse contre mon dos, de sorte que je suis prise en sandwich entre deux de mes Gardiens. Maintenant, je comprends pourquoi on les appelle ainsi. Ils ont travaillé ensemble et m'ont sauvée. Je me sens un peu pathétique ; la demoiselle en détresse. Je suis censée être la plus forte, plus puissante qu'eux. En ce moment, je ne me sens pas du tout puissante. Mais à l'intérieur, une petite voix me rappelle à quel point j'aime que les gars me prennent dans leurs bras.

Maintenant que je suis sortie de l'eau et que je me tiens debout dans l'air frais du soir, je sens le froid s'infiltrer dans mes os. Si les hommes ne me soutenaient pas, je m'effondrerais probablement sur le sol de fatigue. Ma magie est épuisée ; ce n'est que maintenant que je remarque à quel point elle fait partie de moi. C'est comme si elle avait creusé un trou dans ma poitrine, juste à droite de mon cœur. J'espère qu'il se remplira rapidement.

— Mettons-nous à l'abri du froid, dit doucement Crispin derrière moi.

Il me soulève et me porte dans ses bras jusqu'à l'intérieur. Arc marche devant nous, nous guidant jusqu'à une grande porte. Il fait sombre à l'intérieur, mais il allume la lumière lorsque nous entrons – et nous nous trouvons dans une petite salle de cinéma. Il s'agit plutôt d'un grand écran de télévision et de quelques rangées de chaises devant.

— Le projecteur est en panne, nous ne serons pas dérangés, ici, pour l'instant, explique-t-il.

Crispin me porte jusqu'au premier rang et me dépose délicatement sur l'une des chaises. Je dois avoir l'air de me languir de retourner dans ses bras chauds, car il dit :

— Nous devons d'abord vous déshabiller, princesse. Sinon vous n'arriverez pas à vous réchauffer.

Même dans mon esprit diminué, les sonnettes d'alarme

commencent à retentir. Me déshabiller. Devant les gars. Pas question ! Crispin m'a déjà vue en tenue légère, c'est suffisant.

Storm me lance un regard sévère et prend les choses en main.

— Arc, va à la voiture lui chercher des vêtements dans son sac. Frost, tu es trempé, toi aussi. Déshabille-toi. Arc peut te trouver une autre tenue. Crispin, vérifie qu'elle n'est pas blessée quand elle sera déshabillée.

— Quoi ? Non, certainement pas ! protesté-je. Vous allez tous quitter la pièce et je me changerai. Pas de nudité, pas d'examen, pas de regard. C'est compris ?

Arc se met à rire, mais je fronce les sourcils, si bien qu'il se retourne et quitte la pièce. J'en ai éliminé un, il en reste trois.

— Je serais ravi de me déshabiller avec vous si ça peut vous faciliter la tâche, ricane Frost en levant un sourcil suggestif.

Non merci.

J'ignore l'échauffement de mes joues et d'autres parties de mon corps. C'est gênant.

Les frissons s'intensifient et mes dents commencent à claquer de manière perceptible. Lorsque je tousse, Storm est à mes côtés en un instant et me lève de mon siège.

— Déshabillez-vous, maintenant, grogne-t-il en serrant les dents.

Choquée, je le fixe. Il soupire.

— Frost, prends-la.

— Je suis en train de me déshabiller, comme tu l'as ordonné, mon cher frère, s'esclaffe ce dernier, qui se tient là, tout habillé, et qui nous regarde avec amusement.

Il ne fait aucun geste pour enlever sa chemise mouillée ou – Dieux nous en préservent – son pantalon.

— Crisp, fais-le !

Storm me pousse dans la direction du blond.

— J'aurai besoin de mes mains pour la guérison, répond Crispin, souriant innocemment.

L'expression de Storm passe de sévère à désespérée.

— Très bien, je vais le faire. Levez les bras, princesse.

— Arrêtez de m'appeler princesse, je m'appelle Wyn. Et non, il n'en est pas question.

Je croise les bras devant ma poitrine. Un soupir exaspéré plus tard, ils sont en l'air, retenus par la poigne de fer de Storm. Je hurle et tente de m'éloigner de lui, mais il ne me lâche pas. Je lui donne un faible coup de pied dans le tibia, mais tout ce que j'obtiens, c'est qu'il capture mes jambes entre les siennes, les serrant de sorte que je ne puisse plus bouger et que je ne sois plus debout, mais suspendue par les bras. C'est. Quoi. Ce. Bordel ? Ce type est fou !

Les deux autres sont pliés de rire. Une fois que j'aurai tué Storm, ils seront les suivants. Ma colère sera terrible. Quand ma magie reviendra.

Storm change sa prise, il tient mes bras d'une main, puis utilise l'autre pour soulever mon haut. Je pousse un cri quand mon ventre est exposé aux hommes. Je me débats, mais avec tous ces mouvements, j'ai la tête qui tourne. J'aurais peut-être dû laisser Crispin m'examiner d'abord.

— Arrêtez de vous débattre, grogne Storm, en plaquant ses jambes dures autour des miennes.

Très dures. Dur. Non, ne pense pas à ça. Il n'est pas question de sexe. C'est la loi du plus fort.

Le Gardien se bat avec mon t-shirt – heureusement, mes seins forment une colline naturelle sur laquelle le tissu mouillé refuse de glisser. Merci, les gars. Ravie que vous soyez de mon côté. Et la dureté de mes tétons n'est pas un signe de traîtrise, mais de froid. Sans aucun doute.

— Je vais vous aider, murmure Frost derrière moi, glissant ses mains chaudes sous mon t-shirt.

Je le sens toucher la bretelle de mon soutien-gorge, remonter encore, serrer mes épaules. Il se penche contre moi et instinctivement, je cesse de lutter contre son frère et me penche en arrière, de sorte que mon dos rencontre sa poitrine. C'est beaucoup trop bon.

— Tu n'es pas censé la toucher, tu es censé m'aider à la déshabiller, se plaint Storm.

— Ce n'est pas la même chose ?

— Et puis merde !

Storm me laisse tomber contre son frère – qui me rattrape, heureusement – et met ses mains sur mon décolleté, déchirant mon t-shirt. Je me retrouve debout, en soutien-gorge, avec un truc qui ressemble à un boléro.

— Qu'est-ce que vous croyez faire ? lancé-je sans conviction en essayant de me couvrir de mes bras.

Du moins, c'est mon intention, mais Frost les prend et les presse contre mes flancs.

— Vous n'avez rien à cacher, murmure-t-il de son souffle chaud contre mon oreille.

Ma résistance fond un peu. Pourquoi sa voix doit-elle être si... séduisante ?

Avant que je ne puisse faire quoi que ce soit, il me pousse doucement contre la poitrine de son frère. Frost fait glisser mon t-shirt en lambeaux le long de mon dos, il ne me reste plus que mon soutien-gorge. Ses mains glissent sur ma peau, chaudes et douces. La chair de poule apparaît sur mes bras. Je me sens bien et mal à la fois. Je me tiens en petite tenue devant trois hommes que je viens juste de rencontrer.

— Oh, je vois que vous avez commencé sans moi !

La voix grave d'Arc résonne dans le cinéma.

D'accord, ça fait quatre hommes. C'est peut-être le bon moment pour me sentir mal à l'aise. Ou crier. Ou céder… non. Ça n'arrivera pas. Même si mon corps désire leur toucher, c'est trop tôt.

Arc descend lentement les marches vers nous, ses yeux dévorant mon corps avec avidité. Ce grand et gentil garçon vient de se transformer en un chasseur sexy.

J'arrête de me tortiller et je le regarde, emprisonnant son regard dans le mien. Frost en profite pour dégrafer mon soutien-gorge. Je suis toujours pressée contre le torse de Storm, qui le maintient en place. Mais je vois au sourire diabolique d'Arc que ce ne sera plus le cas très longtemps. Il rejoint les jumeaux, ce qui signifie que je suis maintenant prise en sandwich entre trois hommes. Crispin se retient, se contentant de nous regarder. Cela ne veut pas dire qu'il n'est pas affecté.

Je frissonne involontairement.

Arc s'approche encore plus de moi et me prend la joue d'une main.

— Vous êtes gelée, Wyn. Vous devriez vraiment enlever ces vêtements.

— C'est ce qu'on lui a dit, mais elle ne nous écoute pas, se plaint Frost, la voix pétillant d'humour.

— Je ne me. Déshabillerai. Pas. Devant vous, répété-je.

Mais ça ressemble plus à un gémissement quand les mains de Frost me prennent soudain les seins par-derrière. Il les presse doucement, caressant mes mamelons à travers le tissu fin de mon soutien-gorge. Merci les Dieux pour ça. Pas pour les caresses, je veux dire. Juste pour le tissu. Vraiment.

Arc s'agenouille à mes côtés, repoussant Storm pour se mettre devant moi. Ses mains se posent sur le haut de mon pantalon et je devrais vraiment protester, mais je n'en ai *vraiment* pas envie. Je devrais peut-être ignorer ma morale et faire avec. Il n'y a que nous, ici. Personne d'autre ne le saura jamais.

Il fait lentement glisser la fermeture de mon jean et j'aspire une grande bouffée d'air. Frost continue de me masser les seins et je me penche en arrière contre lui — et quand mon soutien-gorge tombe, il ne reste que ses mains sur ma peau nue. Oups ! Storm fixe ma poitrine, son visage est un masque indéchiffrable. Je lève les yeux vers lui, incertaine. Puis un sourire commence à soulever ses joues, avant que sa bouche ne s'écrase sur la mienne, me poussant encore plus fort dans l'étreinte de Frost. Ses lèvres sont à la fois dures et chaudes et elles me revendiquent avec une force qui fait encore plus palpiter mon cœur. Toute résistance disparaît. Je gémis contre lui et ouvre la bouche pour accueillir sa langue. Dans une autre partie de mon esprit, je sais qu'Arc est en train de baisser mon pantalon et que l'érection de Frost se presse contre mon dos tandis qu'il joue avec mes tétons, mais tout ce sur quoi je peux me concentrer, c'est le goût de Storm, ses lèvres sur les miennes, la langue explorant ma bouche.

Lorsqu'il se détache, je suis à bout de souffle (et sans voix). Mes genoux faiblissent, mais je me dis que c'est dû à mon épuisement, et non au plus incroyable baiser que j'aie jamais reçu.

Lentement, je reprends conscience du reste de mon corps. Mon entrejambe palpite alors que les trois hommes touchent mon corps à différents endroits. Mais il manque quelque chose. Quelqu'un. Je me déplace pour voir Crispin, qui se tient seul à quelques mètres de nous. Nos regards se croisent et il me fait un sourire triste.

Je ne sais pas à quoi joue ma bouche, mais je murmure :

— Viens.

Il reste immobile un instant face à cette soudaine intimité et je suis sur le point d'accepter qu'il ne se joigne pas à nous, mais son sourire devient déterminé et il s'avance vers nous.

C'est alors que la pire chose qui puisse arriver se produit.

Le haut-parleur craque bruyamment. « Nous allons bientôt arriver au port de Stornoway. Les passagers sont priés de regagner leurs voitures. »

Un soupir collectif parcourt la salle. Il se peut que j'en fasse partie. Juste au moment où mon corps avait finalement pris le dessus sur mon esprit.

Arc se racle la gorge et se lève du sol.

— On ferait mieux de se dépêcher.

— Ouais, dit Frost en pressant une dernière fois mes seins avant de s'éloigner de moi.

Il ne reste plus que Storm, qui me regarde d'un air sévère.

— Tu aurais dû te changer.

Puis il s'éloigne de moi, me laissant perplexe.

Arc me tend mes vêtements propres, un simple t-shirt noir et un pantalon en lin blanc. Sans dire un mot, les gars se retournent, et je les regarde d'un air surpris. Maintenant, ils me laissent me changer sans me déranger ? Je n'en reviens pas !

J'enfile rapidement le t-shirt (Arc a oublié de m'apporter un soutien-gorge sec), j'enlève mes chaussures et le jean qui se trouve au niveau de mes pieds. Je regarde les vêtements secs à côté de moi.

— Pas de culotte ?

— Hum, je ne pensais pas que vous en auriez besoin.

Il rit et je suis sûr que c'était délibéré. Salaud !

Je grogne de frustration.

— Tu aurais dû lui apporter une culotte, mon pote, dit Frost, ce qui me surprend.

— Pourquoi ? L'idée qu'elle soit nue sous son pantalon te pose un problème ? le taquine Arc.

— Tu portes un kilt. Tu sais à quel point c'est inconfortable ?

Frost montre la bosse entre ses jambes.

Je vais essayer d'oublier que j'ai entendu cette conversation.

CHAPITRE
SEPT

Il fait nuit lorsque nous débarquons du ferry pour nous rendre à Stornoway. Bien qu'on l'appelle la capitale des Hébrides extérieures, elle n'est pas très grande, quelques milliers d'habitants seulement. Nous roulons dans les rues pour trouver un hôtel éclairé et accueillant. Les gars ont décidé que nous avons besoin d'un peu de repos, alors nous séjournons sur place pour la nuit au lieu de continuer à rouler jusqu'à Calanais.

Storm entre pour voir s'il reste une chambre disponible tandis que nous attendons dans la voiture.

— Storm est votre chef ? demandé-je, me souvenant que c'est toujours le jumeau sombre et vêtu de noir qui organise tout.

— Oui, c'est lui le chef, sourit Arc. Quand on le laisse faire.

— Donc ce n'est pas officiel ?

— Non, c'est l'aîné, alors il pense que c'est lui qui commande. Et la plupart du temps, ça ne nous pose pas de problème.

— Il est plus âgé de quelques minutes, grogne Frost. Uniquement parce que notre Dieu n'a pas pu créer deux Gardiens en même temps.

83

— Pourquoi a-t-il fait de vous des jumeaux ? lui demandé-je.

Je n'arrive toujours pas à comprendre ce concept de création et non de naissance.

— Je suppose que ça fait plus classe de se tenir entre deux forts et beaux Gardiens qui se ressemblent, dit-il en ricanant. Il se faisait encore la main avec Storm. Quand il m'a créé, il a atteint la perfection.

Je ricane.

— Tu es sûr de ça ?

— Hé ! proteste-t-il en me frappant amicalement l'épaule. Je suis le plus joli Gardien des royaumes.

— Ignore-le, ajoute Crispin. J'ai gagné ce titre trois fois de suite.

— Parce que c'est ton Dieu qui a organisé le concours !

Le retour de Storm interrompt leur chamaillerie (et m'empêche d'essayer de décider qui des quatre hommes est le plus attirants). Il nous conduit à l'intérieur et nous fait monter un escalier sombre et tapissé de velours.

— Ils n'avaient pas de suite familiale, alors nous avons deux chambres doubles.

Je soupire.

— Ils n'avaient pas de chambres avec deux lits ?

— Après ce qui s'est passé sur le ferry, je ne pensais pas que tu voudrais d'une chambre avec deux lits, dit Storm d'une voix basse, sombre et rauque.

— Ce qui s'est passé sur le ferry ?! C'est vous qui m'avez agressée !

— Nous t'avons déshabillée, dit-il catégoriquement. Et tu m'as embrassé.

— C'est quoi, ce bordel ? C'est toi qui m'as embrassée !

— Et tu m'as embrassé en retour.

Je suis sans voix. Et vaincue. Oui, je lui ai rendu son baiser.

Oui, j'ai apprécié. Oui, je le referais probablement. Et plus encore. Je rougis rien que d'y penser. Une petite voix intérieure me dit que ce n'est pas moi, que ce n'est pas naturel, mais je la repousse.

Mais je ne peux pas céder.

— C'est faux !

— Oh si, c'est vrai !

Avant même que je puisse bouger, Storm m'attrape par les bras et me plaque contre le mur du couloir, collant sa bouche contre la mienne, m'embrassant fougueusement. Mes lèvres s'ouvrent pour l'inviter à entrer. Traîtresses !

— Hmm, on pourrait faire ça dans nos chambres ? Je ne veux pas attirer l'attention, dit la voix de Frost au loin.

Je m'en fiche, je suis trop occupée à embrasser. J'évite les coups de langue de Storm et je fais lentement courir la mienne le long de ses dents. C'est tellement parfait !

Il se penche en arrière, mettant fin au baiser. Ma bouche le suit, entraînant le reste de mon corps. Il recule, les yeux remplis de chaleur et de regret.

— Pas ici, princesse. Pas comme ça.

Sa voix est presque douce.

Il se retourne et s'en va, les autres hommes le suivent, me laissant là, abasourdie. Qu'est-ce qui vient de se passer ? Je l'ai laissé m'embrasser ? Encore une fois ?

— Viens, Wyn, crie Crispin depuis l'autre bout du couloir.

Je me débarrasse de ma confusion (du moins j'essaie) et je me précipite à leur suite.

Nous avons deux chambres l'une en face de l'autre. Elles sont identiques ; petites, un peu sombres, mais dans l'ensemble accueillantes. J'entre dans la chambre de droite, où les gars m'attendent. Arc est étalé sur le grand lit et si je me penchais un peu, je pourrais probablement regarder sous son kilt… mais non, ce serait osé.

Storm et Frost se tiennent près de la fenêtre, discutant à voix basse, tandis que Crispin semble un peu perdu au milieu de la pièce. Il est le seul à remarquer que j'entre dans la chambre.

— Comment tu te sens ? me demande-t-il en passant un bras autour de mes épaules.

Cette familiarité me surprend et m'excite à la fois. Crispin reste une énigme pour moi. C'est le plus calme, toujours gentil, toujours un peu à l'écart des autres. Frost et Storm font la paire grâce à leur apparence (et leur comportement, je commence à m'en rendre compte, même si au début, je les trouvais très différents l'un de l'autre), et Arc est assez semblable pour rejoindre leur équipe. Mais Crispin… il est différent. Pas dans le mauvais sens du terme, cependant. J'ai juste l'impression qu'il y a beaucoup plus en lui que ce que je vois à la surface.

— Fatiguée, réponds-je, ne voulant pas lui dire que je me sens complètement anéantie.

Je ne veux pas qu'il pense qu'il doit me guérir.

— Les gars, on devrait discuter. Wyn est épuisée, alors, finissons-en au plus vite.

— Elle n'est pas la seule, marmonne Frost.

Des ombres sombres entourent ses yeux et ses épaules sont affaissées. Cela a dû lui prendre plus d'énergie que je ne le pensais de me sauver de l'emprise de la mer. Comment ai-je pu ne pas m'en apercevoir plus tôt ? Ah oui, il caressait mes seins ! Voilà pourquoi.

— Arc, décale-toi, ordonne Storm, et l'Écossais en kilt s'assoit sur le lit.

Nous le rejoignons sur le matelas à ressorts. Ça me rappelle que nous n'avons pas encore discuté de l'organisation du couchage. J'aimerais que ces hommes soient plus petits, pour qu'ils puissent tous tenir dans un seul lit. Dans l'autre chambre. En me laissant celle-ci.

— Aïe ! Tu es assis sur ma jambe, se plaint Frost en poussant son frère.

Ce qui a pour effet de faire bouger tout le monde et de faire grincer de colère les ressorts sous le matelas. Peut-être n'est-ce que mon interprétation – et ma projection, car une seconde plus tard, Arc m'attrape et me m'installe sur ses genoux.

— Voilà, maintenant, on a plus de place, sourit-il.

Je suis trop fatiguée pour protester. En plus, il est chaud et confortable. Ses abdos sont durs sous moi, et j'essaie de l'ignorer du mieux que je peux.

Storm émet un « tsst », puis se racle fort la gorge.

— D'accord, commençons. Wyn, tu as vu qui t'a jetée du ferry ?

Je secoue la tête.

— Non, le pont était vide. C'était de la magie, c'était comme si l'air m'attrapait et me poussait.

— La magie de l'air… ça complique les choses.

— Pourquoi ?

— Peu de Magiciens ont cette capacité, explique Storm. C'est plus courant chez les Gardiens.

— Oh ! Mais on ne peut pas exclure qu'il s'agisse d'un Magicien, n'est-ce pas ?

— Non, mais c'est peu probable. On s'en est déjà pris à toi ? Quand tu vivais encore parmi les humains ?

— Non, et pourquoi on s'en prendrait à moi ? Pourquoi des gens essaient de me tuer, maintenant ?

— Ils ont dû attendre que ta magie se développe quand tu as atteint l'âge adulte, dit Storm, ignorant mes questions.

— On ne peut pas continuer comme ça, dit Frost d'un air fatigué. Elle a failli être tuée deux fois en une journée, sans compter les crises. À partir de maintenant, nous devrions toujours être deux avec elle.

— Deux d'entre vous ? Je n'ai pas mon mot à dire ?

— Non, déclare Storm de son grommellement préféré.

— Je ne pense pas que ce soit suffisant, soupire Crispin. S'ils pénètrent à nouveau dans son esprit, nous ne pourrons peut-être pas l'empêcher de partir. On a besoin d'une sécurité à toute épreuve.

— Tu penses… ?

Arc secoue la tête.

— Je ne pense pas que ce soit une bonne idée. Les effets sont déjà très forts, et ça ne ferait que les rendre… plus intenses.

— Je suis d'accord, grommelle Storm.

— Tu le ferais, n'est-ce pas ? Mais il ne s'agit pas de toi, il s'agit de Wyn, s'emporte Frost. Juste parce que tu ne peux pas te contrôler, tu la mettrais en danger ?

J'en ai assez.

— Mais bordel, qu'est-ce que vous racontez ?

Un silence collectif me répond.

— OK, si vous ne voulez pas me le dire, je vais me coucher. Je prends l'autre chambre, vous pouvez rester ici.

Je me redresse et démêle mes jambes de celles de Crispin (qui a mis les siennes par-dessus à un moment donné). Avant que je puisse partir, les bras d'Arc m'enlacent le ventre et me ramènent contre lui.

— Laisse-moi partir !

— Non, murmure-t-il, me faisant pivoter pour que je regarde droit dans ses yeux émeraude.

Son regard captive le mien et mon souffle se bloque dans ma gorge. Un picotement dans mon ventre me pousse à me pencher en avant, à presser mes lèvres contre les siennes et…

— Qu'est-ce que tu me fais ? murmuré-je, choquée par mes propres pensées. Ce n'est pas moi.

— On parle de ça. *L'attraction.*

— C'est ce qui me donne envie de…

— M'embrasser ? Coucher avec moi ? Oui.

La voix d'Arc est rauque et ses pupilles sont dilatées.

Je le sens durcir contre mes cuisses. Ses lèvres m'attendent, rouges, douces et délicieuses. Je me demande quelle saveur elles ont.

— Arrête ça, grogne Storm en me détachant d'Arc.

Immédiatement, le sort est rompu. Je regarde ce dernier avec stupeur. J'étais vraiment sur le point de l'embrasser ? Mon Dieu, c'est mal ! J'ai embrassé Storm tout à l'heure, maintenant presque Arc, et quand je regarde les deux autres Gardiens, je peux facilement m'imaginer en train de presser mes lèvres contre les leurs.

La voix calme de Crispin me tire de mes pensées.

— Lorsque les Gardiens absorbent la magie d'un Dieu, ils forment un lien avec lui. C'est pourquoi c'est interdit. Mais tu es différente, tu es une demi-déesse, alors on a pensé que ce serait différent. On n'a pas eu le choix, quand ta magie s'est enflammée, c'est la seule chose qui t'a empêchée de te suicider.

— Donc quand vous avez arrêté le tremblement de terre… vous m'avez pris de la magie ?

— Oui, on a absorbé tout ce qu'on pouvait. Ta mère a eu raison de nous envoyer tous les quatre ; un ou deux Gardiens n'auraient pas suffi. Tant que tu n'auras pas le contrôle total de ta magie, nous devrons être là au cas où elle te submergerait.

— Ça signifie que ma mère connaissait les… effets secondaires ?

— Personne ne savait exactement ce qui se passerait, s'il y avait un lien, si l'attraction était forte. Tu es la première demi-déesse depuis longtemps. Mais oui, Beira savait que c'était une possibilité.

Je suis sous le choc. Ma mère savait que je pouvais tomber amou… non, que mon corps pouvait tomber amoureux des Gardiens qu'elle envoyait, et elle l'a quand même fait. À quoi pensait-elle ? Comment a-t-elle pu me faire ça ? Elle m'a privée de mon libre arbitre.

— Mais si je n'ai jamais voulu… t'embrasser ? Et si le lien me force à faire d'autres choses… ce n'est pas comme un viol ?

Crispin secoue violemment la tête, mais un léger sourire se dessine sur son visage.

— Oh, ai-je oublié de le mentionner ? Le lien ne force pas toujours une attraction sexuelle. Ça n'arrive que lorsqu'il peut s'accrocher à une attirance qui existe déjà.

J'ouvre le robinet et m'asperge le visage d'eau froide. Ça ne m'éclaircit pas les idées pour autant. Mon esprit est en ébullition, mon corps est encore sous l'emprise de mes hormones manipulées et… disons que je suis dans tous mes états. De l'autre côté de la porte de la salle de bain, quatre Gardiens m'attendent impatiemment. Nous n'avons toujours pas discuté de la proposition de Crispin. Non pas que je sache de quoi il s'agit, mais ça pourrait m'éviter de me faire tuer. Ce qui en fait une bonne chose.

Je soupire et m'essuie les mains, remarquant qu'elles

tremblent légèrement. J'aurais bien besoin d'une des infusions que ma mère me préparait toujours avant les examens. Maman... je me demande ce qu'elle fait en ce moment. Mes parents vont-ils bien ? Sont-ils toujours dans l'hôtel où les gars les ont laissés ? J'aimerais pouvoir les appeler pour le savoir, mais j'imagine déjà la réponse de Storm – une histoire de sécurité et de téléphones tracés.

Crispin m'a dit qu'ils se réveilleraient au bout d'un jour après le sommeil profond dans lequel il les avait plongés. Leur esprit humain a besoin de temps pour tout assimiler. S'il me l'avait demandé, j'aurais pu lui dire que leur esprit humain traite la magie depuis vingt-deux ans. J'aimerais qu'ils soient là maintenant, qu'ils me mettent au lit, qu'ils me disent que tout va bien se passer. Au lieu de cela, j'ai quatre Gardiens séduisants, mais que je ne connais pas du tout.

QUAND JE REVIENS dans la chambre, les gars ne sont plus sur le lit. Crispin fouille dans leurs sacs, tandis que les trois autres poussent les meubles pour faire de la place au milieu de la pièce.

Arc lève les yeux en entendant la porte de la salle de bain se fermer derrière moi.

— On va devoir préparer le rituel...

— Quel rituel ? crié-je presque.

Je suis épuisée et je veux qu'ils me disent enfin de quoi il s'agit. Tous ces secrets me rendent folle.

— Il existe un moyen de s'assurer que tu vas bien, que nous soyons ou non avec toi. C'est un peu comme un localisateur GPS, sauf qu'en cas d'urgence, nous pouvons aussi parler. De cette façon, nous pouvons te rejoindre beaucoup plus rapidement qu'avec n'importe quelle autre méthode.

— Tu veux dire que vous pourrez parler dans mon esprit ?

— Seulement si tu nous le permets. C'est une connexion à sens unique que toi seule peux ouvrir. Donc, si quelque chose de grave arrivait, tu pourrais ouvrir ton esprit et communiquer avec nous, mais nous ne pourrons pas t'entendre si tu ne le fais pas.

— Ça n'a pas l'air si mal… alors, quel est l'inconvénient ?

Il a l'air un peu mal à l'aise.

— On ne sait pas si le lien va se renforcer. Tu pourrais être encore plus affectée.

— Hors de question ! Absolument. Hors. De. Question !

— C'est le seul moyen, ma belle. Je ne veux pas que tu meures.

Ça me fait taire. Arc et son regard de chien battu, c'est juste diabolique. Un gars grand, robuste, en kilt, qui me regarde comme si j'étais… spéciale pour lui ?

— Mais… je réagis de la même façon avec vous tous. Comment je peux me sentir comme ça tout le temps en présence de quatre hommes ? Et si… j'embrasse l'un d'entre vous, et plus tard un autre ? Ce n'est juste pour aucun d'entre nous.

— Non, ne pense pas comme ça. Storm et Frost ont partagé toute leur vie. Je ne suis pas sûr pour Crisp, mais j'ai aimé te voir avec Storm. Et t'avoir sur mes genoux. Et sur le ferry. On devrait recommencer.

Je rougis. Non, il ne faut surtout pas. Ou peut-être que si. Je ne sais plus quoi penser. Comment savoir s'il s'agit de moi ou du lien ? Puis-je encore me fier à mes pensées ? Et si c'était encore pire après le rituel ? Vais-je devenir une demi-déesse éperdument amoureuse qui désire ses Gardiens ?

Même maintenant, debout si près d'Arc, je sens l'attraction vers lui. Mon corps veut le toucher.

— C'est de pire en pire. Comment ça peut s'aggraver si tu

n'as pas absorbé d'énergie provenant de moi depuis le tremblement de terre ?

Arc reste silencieux, puis murmure :

— On pense que c'est parce que nous sommes tout le temps ensemble. Ta magie réagit aux résidus qui restent dans nos corps.

Beurk ! Ça a l'air dégoûtant pour une raison ou une autre. Mais au moins, il y a une solution simple.

— Alors si je reste loin de vous, ce sera mieux ? Je prendrai un bus pour Calanais, je marcherai à travers les pierres et j'en aurai fini avec ça. Vous n'avez pas besoin d'être là.

Il me regarde d'un air peiné.

— Je n'avais pas réalisé que tu nous détestais à ce point.

— Je ne vous déteste pas, au contraire ! Mais j'ai l'impression d'être manipulée de toutes parts, et je déteste me sentir aussi impuissante. J'ai besoin de pouvoir prendre mes propres décisions, pas de laisser un lien étrange choisir à ma place.

Un sanglot s'échappe de ma gorge. Ne pleure pas ! S'il te plaît, ne pleure pas devant les gars. J'ai suffisamment l'air faible comme ça, à devoir être secourue tout le temps.

Arc ouvre les bras et m'y invite. Je lui rends son étreinte. OK, soyons faible une seconde. Les câlins d'Arc sont les meilleurs.

Pour une fois, le lien nous permet d'apprécier cette simple étreinte non sexuelle. Merci, magie.

— Nous sommes prêts, annonce Frost.

Ils ont enlevé les tapis qui recouvraient le sol, révélant les planches de bois usées en dessous. Storm met la touche finale au dessin complexe tracé sur le sol avec un liquide qui ressemble à de l'encre noire, mais la substance est moins fluide, un peu comme du gel.

Il essuie ses mains tachées de noir sur son jean. Priez pour la personne qui va faire sa lessive.

Je regarde le dessin de plus près. C'est comme un gros nœud celtique, enroulé sans fin, mais il y en a un autre au-dessus, et encore un autre, le tout forme un cercle approximatif. Tout comme on peut dessiner une étoile en superposant deux triangles, il a fait un cercle avec des nœuds celtiques (ma mère ne serait pas d'accord, bien sûr, puisqu'elle est une artiste et tout ça).

— N'y touche pas, prévient Storm alors que je m'approche.

— Qu'est-ce que c'est ? C'est comme un pentagramme ?

— Les pentagrammes ne sont pas magiques, seuls les charlatans les utilisent.

Frost s'avance pour inspecter le travail de son frère. Je sens son souffle dans mon cou alors qu'il se tient derrière moi.

— Celui-là, c'est le vrai. Bien joué, mon cher frère.

— Oui, c'est joli, mais à quoi ça sert vraiment ? demandé-je avec impatience.

Hé, c'est mon esprit qu'ils vont manipuler !

En réponse, Storm me soulève et me dépose sans ménagement au milieu du nœud-cercle-truc.

— Alors maintenant, j'ai le droit de le toucher ? demandé-je avec incrédulité.

Ce barbare me prend pour son jouet. J'ai une volonté. La plupart du temps. Sauf si mes hormones commencent à agir.

— Ne bouge pas. Si tu déformes le schéma, toutes sortes d'enchantements peuvent arriver.

— Mais il va se passer quoi ?

Mon Dieu, j'ai l'air d'une pleurnicharde ! Mais je n'ai pas tort.

Crispin me fait un sourire rassurant.

— Rien de grave. Nous allons concentrer nos énergies dans le nœud, et elles circuleront à travers lui, se mélangeant et se liant avec la tienne. Ça ne fera pas mal, ne t'inquiète pas. La sensation sera un peu étrange, mais comme je l'ai dit, ce n'est pas grave.

— D'accord. Je dois faire quoi ?

— Reste là et sois belle, ricane Frost, mais il se tait quand son frère lui jette un regard mauvais.

Ouf ! Je suis contente qu'il ne me regarde pas comme ça – pour l'instant, du moins.

— Ferme les yeux…

— … et pense à moi, ajouté-je, provoquant le rire des autres gars. Désolée, je t'en prie, continue.

Storm souffle.

— Ferme les yeux et concentre-toi sur ta magie. Imagine où elle se trouve dans ton corps et concentre ton esprit à cet endroit. Compris ?

Je me détends, dirigeant mes pensées vers l'intérieur jusqu'à sentir l'endroit à droite de mon cœur où vit ma magie. Pour l'instant, elle est là, recroquevillée comme un chat, mais légèrement tendue, regardant avec nostalgie celle des gars. Le lien l'affecte.

— Maintenant, ouvre-la et invite la nôtre, dit la voix douce de Storm au loin.

— Comment faire ? murmuré-je.

— Pense à tout à l'heure… à notre baiser… à la façon dont tu m'as invité à entrer… dont tu m'as ouvert ta bouche… dont je t'ai pénétrée avec ma langue… dont j'ai sucé tes lèvres… dont tu étais prête pour moi…

Ma magie ronronne à ses mots. Oui, ma jolie, j'aime l'entendre aussi. Ce n'est pas pour autant que je dois en faire des tonnes. Elle s'ouvre, se lève avec un bâillement et un étirement, puis s'étend, quitte la grotte près de mon cœur et se diffuse dans mon corps. Mes veines se réjouissent qu'elle y circule. Ma tête est légère et lourde à la fois. Je vois des couleurs exploser sous mes paupières fermées et un orchestre joue une sérénade autour de moi. D'accord, peut-être que c'est un peu exagéré. Mais sérieusement, cette sensation est... magique.

— Oui, c'est ça, ma belle. Encore un peu, tu y es presque. Pense à ton envie de nous. Détends-toi, princesse.

Je gémis mentalement (heureusement, ma bouche ne me trahit pas, cette fois) et je lâche les dernières cordes qui retiennent ma magie. Elle s'élance et jaillit hors de moi, dans les bras de... eh bien, qu'est-ce que c'est ? Quatre boules de lumière arc-en-ciel brillent tout autour de moi. Si une licorne avait des flatulences, ça ressemblerait à ça. J'ai toujours les yeux fermés, mais je vois encore leur magie s'écouler d'eux vers le nœud sur lequel je me trouve. Depuis le sol, de délicats fils magiques arc-en-ciel s'élèvent et se dirigent doucement vers moi. Ma magie les accueille et les invite comme de vieux amis. Lorsque la leur pénètre en moi, des feux d'artifice explosent dans mon esprit. Une cacophonie de sentiments menace de me submerger : amour, passion, rire, haine, larmes, empathie, tristesse, deuil, admiration. Pour la plupart de ces sentiments, je n'ai pas de mots. Ils sont simplement... là. Ils se présentent à moi. Ils s'accompagnent d'images, de sons, d'odeurs. De souvenirs. Je n'ai pas le temps d'y jeter un coup d'œil, mais je les range pour plus tard.

Ma magie rayonne de bonheur tandis qu'elle revient lentement dans la grotte de mon cœur. Elle se laisse tomber sur le sol et se lèche les pattes avec délice. Une petite magie satisfaite. Autour d'elle, les couleurs scintillent dans l'obscurité. Elle est entourée de quelque chose de nouveau.

Je souris en réalisant à quel point cela me complète. Je n'ai jamais su qu'il me manquait quelque chose, mais maintenant que je vois les couleurs, je sais qu'il y avait trop d'obscurité dans cette grotte auparavant. Maintenant, elle n'abrite que de la lumière, du soleil et des pets de licorne.

Dans un dernier bâillement, ma magie pose sa tête sur ses pattes et ferme les yeux, un air satisfait sur son visage immaculé. Et comme elle est heureuse, je le suis aussi.

La fatigue m'envahit alors que je la vois s'endormir. Et tout comme elle, je m'allonge et me recroqueville, enroulant ma queue inexistante autour de moi pour sombrer dans un sommeil réparateur.

CHAPITRE

HUIT

— **P**rincesse, il est l'heure de se réveiller.

— Non, certainement pas. C'est le milieu de la nuit, et si ce n'est pas le cas sur ta montre, ça l'est sans hésitation dans mon esprit. Mon horloge interne indique trois heures du matin. Laissez-moi dormir.

— Wyn, on doit y aller.

Ne me dérangez pas. Je suis occupée. Dormir est important.

Ma couette est retirée. Je la ramène sur ma tête. Soudain, quelque chose appuie sur mon dos et mes fesses. Quelque chose de gros et lourd.

— Elle ne peut pas se lever si tu es assis sur elle, Arc !

— Mais peut-être que ça lui donnera envie de le faire.

Je gémis. Les hommes ! Qu'est-ce que j'ai fait pour mériter ça ? Ah oui, j'ai brûlé une maison et organisé un petit tremblement de terre. J'ai oublié. Intentionnellement.

Arc bouge sur moi, faisant grincer les os de mes hanches contre le matelas dur.

— Descends, protesté-je, la voix enrouée par le sommeil. Tu me fais mal.

Le poids disparaît immédiatement. Je lève les yeux et vois Frost et Storm tenir un Arc à l'air ahuri, tandis que Crispin est à côté de mon lit.

— Tu souffres ?

— Quoi ? Non… j'ai juste dit ça pour qu'il me lâche.

— Oh… dit-il d'un air un peu incertain. Pas d'effets secondaires, alors ?

— Il devrait y en avoir ?

Il grimace.

— Eh bien, un livre dit qu'il peut y avoir un mal de tête après le rituel, mais…

Je me redresse en sursaut et lève une main devant son visage.

— Et tu n'as pas pensé que je devais le savoir ? lancé-je d'une voix rageuse avec mon regard le plus mauvais.

Crispin tousse, mal à l'aise.

— Ce n'était qu'un livre, et tu vas bien, alors, pas besoin de s'inquiéter.

— Tu vois, je t'avais dit de ne pas le lui dire, grimace Arc en signe de compassion.

— À partir de maintenant, vous me direz tout. Les effets secondaires, les problèmes, les potentiels ennuis, tout. *Capisce*[1] ?

Quatre hommes me regardent, puis acquiescent l'un après l'autre. Je suis un peu déconcertée par la facilité avec laquelle ils ont cédé. C'est inhabituel. Puis je remarque les boules de feu autour de mes mains. Oh ! Ils ont donc peur de moi. Comme c'est mignon ! J'agite mes mains en l'air, fascinée par la façon dont le feu reste en place sans me brûler. Mince, je n'aurais même pas remarqué qu'il était là !

---

1. C'est compris ? en italien.

— Pourrais-tu l'éteindre, s'il te plaît ? demande Frost en fronçant les sourcils d'inquiétude.

Il doit se souvenir de ce qui s'est passé la dernière fois que j'ai utilisé la magie du feu. Mon sentiment d'émerveillement se dissipe. Il a raison. Je ne devrais pas m'en réjouir. Je suis dangereuse.

Je me concentre suffisamment pour apercevoir les épais fils magiques enroulés autour de mes poignets, étincelants de magie de feu. Je les tire en arrière et, à contrecœur, ils suivent mon ordre. Au moins, ils font ce qu'ils sont censés faire. Je leur dis de ne plus brûler de maisons.

Lorsque le crépitement du feu s'éteint, les gars poussent un soupir collectif. Je me joindrais à eux si je ne craignais pas de perdre la face. Ils n'ont pas besoin de savoir que cette histoire de feu n'était pas intentionnelle.

— Alors, on part quand ? demandé-je joyeusement, en me détournant d'eux pour qu'ils ne voient pas les larmes qui s'accumulent dans mes yeux.

C'est dur de réaliser qu'on est mortellement dangereuse.

APRÈS UN PETIT-DÉJEUNER RAPIDE, nous reprenons la voiture et laissons Stornoway derrière nous. Je suis à nouveau prise en sandwich entre Crispin et Arc ; les frères ont conquis les sièges avant. C'est Storm qui conduit, comme toujours. C'est un maniaque du contrôle. Il mourrait probablement si quelqu'un d'autre prenait le siège conducteur.

Il est neuf heures du matin et je me sens aussi fatiguée qu'au réveil. Je ne sais pas si cela a un lien avec le rituel. J'ai essayé d'en parler aux gars pendant le petit-déjeuner, mais ils étaient occupés à s'empiffrer d'énormes quantités de haricots sur des toasts. Arc a essayé de me faire manger du boudin noir, mais j'ai refusé et je me suis contentée d'œufs et de haricots. Je ne suis pas un vampire, je ne mange pas de sang, qu'il soit cuit ou non. Dégueu !

— Les gars, juste pour savoir, je devrais ressentir d'autres effets secondaires du rituel ?

— Peu probable, dit Crispin avec un sourire rassurant.

Mes Dieux, j'adore ce sourire ! Il me rend tout étourdie et heureuse. D'accord, je ressens peut-être des effets secondaires. Je ne devrais pas avoir encore envie d'un autre homme.

— Il faudra peut-être quelques jours avant que tu puisses établir une connexion mentale avec nous, mais avec toi... eh bien, on ne sait jamais.

— Ouais, je suis tellement spéciale, soupiré-je, ce qui provoque un éclat de rire des garçons. Quoi ? Vous connaissez d'autres demi-déesses qui courent les rues ?

— Non, et tu serais spéciale même en tant qu'humaine, dit Arc en gloussant.

Il vient de me faire un compliment ?

— Un sacré numéro !

Bon, ça aurait été trop gentil. Je réplique en lui tirant la langue. Très classe.

— Il se passe quoi si j'ai besoin de vous contacter tout de suite ? Vous ne m'avez pas dit que ça prendrait des jours à se mettre en place.

— Comme je l'ai déjà dit, deux d'entre nous seront toujours avec toi, déclare Storm. Et même une fois que le lien sera complètement formé, ce n'est qu'un dernier recours, au moins l'un de nous devra être là...

— Pas question ! Tu m'as dit que c'était un moyen d'arrêter de jouer les baby-sitters !

— Je n'ai jamais dit ça, lance-t-il depuis le siège conducteur. Et je suis responsable de ta sécurité, alors tu feras ce que je dis.

— Espèce d'arrogant… crétin !

D'accord, ce n'est pas ma meilleure invention de gros mots. Mais je suis encore fatiguée.

— C'est seulement jusqu'à ce qu'on te ramène au palais de ta mère, propose Frost à voix basse.

Crispin sourit et me tapote la cuisse.

— Voyons le bon côté des choses – quand auras-tu de nouveau la chance d'être entourée de quatre Gardiens séduisants ?

Quand, en effet ? Et malheureusement, ce qu'il dit est vrai (même si c'est très arrogant). Ils sont… de délicieux spécimens masculins. Je me demande si tous les Gardiens leur ressemblent. Probablement seulement ceux qui ont été créés par une Déesse, car je doute que les Dieux aiment être entourés d'hommes plus beaux qu'eux. À moins qu'ils ne soient gays, évidemment.

Je bâille.

— Comment on se rend dans les Royaumes à partir des Pierres de Calanais ?

— On active le Portail, dit simplement Frost.

Super, merci, je le savais déjà.

— Je veux dire qu'une fois qu'on a franchi le Portail, on est dans le royaume de ma mère ? Ou on devra voyager ?

— Les portes sont un peu rusées. Elles ne mènent pas toujours au même endroit, explique Crispin. Ça dépend des personnes qui les franchissent. Si je les franchissais seul, je me retrouverais dans le royaume de mon créateur. C'est la même chose pour les autres. Mais si on traverse ensemble, on peut déterminer la destination en alliant notre magie et en se concentrant sur un endroit en particulier. On espère que ça fonctionnera de la même façon avec toi.

— Et si ce n'est pas le cas ?

— Alors, on trouvera un autre moyen. Ne t'inquiète pas, princesse, nous te ramènerons chez toi.

Chez moi. Je ne suis pas sûre que le palais de ma mère soit ma maison. L'autre, je l'ai fait brûler, ne l'oublions pas. Maintenant, je suis coincée entre deux maisons, deux mères, deux destins. Je quitte le monde des humains pour entrer dans les royaumes des Dieux. C'est un peu prétentieux de ma part de penser que je pourrais m'y sentir chez moi. Je ne sais rien des royaumes. Je ne pourrais même pas vous dire quels sont les dieux qui y vivent. Chaque culture a tellement de dieux ; existent-ils tous ? Rê, Héraclès, Ganesh, Quetzalcoatl, Osiris, Yahweh. Peut-être que ma mère prend le thé avec Loki. Qui sait ? Ce n'est certainement pas le monde auquel je suis habituée.

— On y est presque, Wyn, déclare Crispin, me tirant de mes réflexions déprimantes. J'ai hâte de te montrer les royaumes. Peut-être qu'on pourra rendre visite à Freya ensemble. Tu l'adoreras.

— C'est ta… créatrice ? demandé-je, sans trop savoir si c'est poli de demander ça à un Gardien.

— Non, mais j'ai été… envoyé comme cadeau. Malheureusement, elle préfère la compagnie des femmes. Alors, bien qu'elle apprécie mes talents de guérisseur, elle n'est pas intéressée par mes autres… qualités.

Il me fait un clin d'œil suggestif.

Ah oui, c'est vrai ! Mais je suppose que s'il a été créé dans ce but… Mes hormones s'emballent à l'idée de… Non. Arrêtez ! Ça suffit !

— Mais tu lui rends toujours visite ?

— Oh oui, elle aime jouer aux échecs, et je suis l'un des rares qu'elle a du mal à battre.

Il le dit sans arrogance ; c'est un fait. J'aime l'intelligence chez les hommes. Ma magie ronronne à l'intérieur tandis que j'assimile son regard bleu vif fixé sur mon visage. Quand je le regarde, ses yeux deviennent encore plus doux derrière les mèches blondes qui touchent presque ses cils. Freya a vraiment raté quelque chose.

Arc se racle la gorge derrière moi et je remarque que je me suis penchée vers Crispin, si près que je sens son souffle sur ma joue. Oups, ce n'était pas volontaire ! Stupide lien ! Il fait de moi une demi-déesse transie d'amour, sans retenue et avec des hormones hyperactives. Reprends-toi, Wyn. Tu es une femme forte et autonome, qui désire ses Gard… Non ! Pas du tout.

— S'il te plaît, distrais-moi, supplié-je Arc alors que j'essaie de reprendre le cours de mes pensées.

Il fronce les sourcils.

— Tout va bien ? Tu as peur du Portail ?

Merci de m'avoir donné un moyen de me sortir de cet embarras. J'acquiesce. C'est une excuse comme une autre.

— Tu n'as aucune raison d'avoir peur, ma belle. Nous serons avec toi tout du long.

Il me sourit et mes entrailles fondent.

OK, ça ne fonctionne pas. Je sens de la chaleur s'accumuler entre mes jambes. Il se passe quelque chose, quelque chose en rapport avec le lien. Mauvaise idée, je n'aurais pas dû écouter les gars.

Mes tétons durcissent et se pressent contre le tissu de mon t-shirt. Je serre les cuisses l'une contre l'autre, ignorant les pulsations qui s'y agitent. Je ferme les yeux et m'adosse à l'appui-tête, essayant de me concentrer sur… eh bien, tout sauf sur mes zones érogènes.

Je soupire de frustration, mais ça ressemble à un gémissement. Oh, non ! Tuez-moi.

— Princesse, tout va bien ? demande Storm, d'une voix grave.

— Il se passe quelque chose, murmuré-je. Je me sens bizarre.

— Arrête la voiture, ordonne Crispin, et je sais que le conducteur obtempère.

Je garde les yeux fermés ; regarder les gars ne ferait qu'accroître mon embarras. Les palpitations entre mes cuisses s'intensifient et mes seins commencent à me faire souffrir.

— Tu as mal ? demande Crispin, d'une voix à la fois méthodique et inquiète.

Il a du mal à rester dans son rôle de guérisseur. Je me sentirais touchée si je ne me sentais pas déjà… eh bien, touchée, physiquement.

— Nooooaah !

Mon non se transforme en gémissement.

Je souffle de frustration. Comment vais-je m'expliquer sans perdre ce qu'il me reste de dignité ?

— Je crois que je sens les effets du rituel, lâché-je en fermant les yeux, souhaitant que personne ne puisse me voir.

Malheureusement, je suis assez âgée pour savoir que ce n'est pas parce que je ne les vois pas qu'ils ne peuvent pas me voir.

— Oh ! Ça ne devrait pas encore arriver, murmure Crispin.

— Eh bien, c'est en train de se produire, hurlé-je avec toute la force de mes hormones bouleversées. Faites quelque chose !

— Ça ne devrait pas arriver comme ça. Ça devrait commencer lentement, avec le temps, et après l'orgasme, ça…

— Tu viens de dire orgasme ???

Je crie après lui, c'est plus fort que moi.

— Doucement, ma belle, intervient la voix grave d'Arc à ma droite.

Il pose une main sur mon épaule, qui s'enflamme aussitôt. Pas de vraies flammes, mais j'ai l'impression que mon épaule est en feu. Chaque terminaison nerveuse s'enflamme, envoyant des petits éclairs jusqu'à mon cœur.

— Je t'en prie, ne me touche pas, gémis-je, et sa main disparaît immédiatement.

— Crisp, qu'est-ce qu'on fait ? s'inquiète Arc.

— Je ne sais pas, aucun des livres ne parle d'une telle chose…

— Alors, pense à quelque chose, crie Storm, ce qui me fait légèrement sursauter.

Le mouvement me fait sentir encore plus mon corps. Mes vêtements sont trop serrés, trop contraignants. Je tire dessus, essayant d'enlever le t-shirt de mes seins douloureux.

— Qu'est-ce que tu – non, arrête ça, Wyn, tu ne veux pas faire ça, hurle Crispin, mais je m'en fiche.

Je me tortille sur mon siège, tirant sur mes vêtements, essayant de me débarrasser de la chaleur qui enveloppe ma peau. J'ai besoin de me libérer maintenant.

J'entends les gars chuchoter autour de moi, mais je m'en fiche, je suis trop occupée à empêcher mes mains de courir sur mon corps, de me toucher à tous les endroits importants. Mon self-control se tient au bord du gouffre, prêt à se jeter dans le vide pour laisser place à son frère jumeau, le désir charnel. Oh, comme il serait facile de céder ! Si les gars n'étaient pas là, je m'en ficherais. Mais avec eux… non. Je dois rester forte.

Un vent frais souffle autour de moi, chassant un peu la chaleur qui assaillait mon corps. Il est agréable sur ma peau et je me penche dans la brise, soupirant de satisfaction.

— Ça marche ! crie Crispin tout près de mon oreille.

Je ne me fais toujours pas confiance pour démêler mes mains. Elles pourraient aller dans la mauvaise direction… vers le bas. Mais l'air frais m'aide. Un peu. Assez pour que mon esprit reprenne vaguement le contrôle. Assez pour que je ne m'effondre pas devant les gars.

— Wyn, tu dois nous dire ce qui se passe, nous ne pouvons pas t'aider, autrement, dit Crispin sur un ton rassurant.

J'ai envie de me pencher sur sa voix, puis d'attirer son corps vers moi et… NON. Mauvaises pensées.

Je presse mes lèvres l'une contre l'autre, ne voulant même pas essayer de parler. Je risquerais de gémir à nouveau comme une chatte en chaleur.

— D'accord, essayons autre chose. Hoche la tête ou secoue-la. Tu as mal ?

Je secoue la tête. Un soupir collectif de soulagement emplit l'air. Oh là là ! Je n'avais pas réalisé à quel point ils devaient être inquiets.

— Elle fait peut-être une crise de panique, marmonne Storm, mais Crispin le fait taire brusquement.

— Wyn, ta magie te pose des problèmes ?

J'acquiesce. J'aurais probablement pleurniché si j'avais pu. C'est pathétique. Et vrai.

— C'est le lien ?

J'hésite, puis j'acquiesce à nouveau.

— Putain, je savais qu'on n'aurait pas dû faire ça ! crie Storm.

Je l'imagine se passer les mains dans ses cheveux noirs comme il le fait d'habitude quand il est en colère.

— Personne ne savait que ça aurait un effet aussi fort sur elle, argumente Frost. Sinon nous ne l'aurions jamais fait.

Sa voix se rapproche.

— Tu le sais, Wyn, n'est-ce pas ? Si nous l'avions su, nous ne t'aurions jamais fait faire ce rituel.

J'acquiesce, entendant la vérité dans ses paroles. Mais cela ne m'aide pas pour l'instant. Mon corps est toujours hors de contrôle, palpitant, douloureux et désireux d'être touché par un homme. Ou plusieurs. Ma magie lève la tête. Ouais, c'est exactement ce qu'elle veut. C'est peut-être la solution.

— Touchez-moi, murmuré-je en serrant les dents. S'il vous plaît, touchez-moi.

Silence. Puis Crispin vérifie :

— Tu es sûre ?

Non, je ne le suis pas. Bien sûr que non. Mais je hoche la tête. Ça ne peut pas être pire, n'est-ce pas ?

— Il faut d'abord qu'on te sorte de la voiture, marmonne Crispin d'un ton apaisant.

Il glisse un bras sous mes genoux et l'autre autour de mon dos. Des étincelles jaillissent là où il me touche et je gémis de frustration.

— Dans un instant, murmure-t-il à mon oreille.

Il me soulève de la voiture et m'assoit sur ses genoux. Il élève la voix.

— Les gars, venez ici, elle a besoin de nous tous.

— Tu es sérieux ? demande Arc, mais il se rapproche lorsque Crispin s'en prend à lui.

J'ai tellement chaud que même l'air froid qui souffle autour de moi ne parvient pas à me rafraîchir. On pourrait probablement faire frire des œufs sur ma peau en ce moment. Quelqu'un me touche l'épaule et soudain, un éclat de glace me traverse, se heurtant à la chaleur qui brûle dans mes veines. Frost. Une autre main, cette fois sur ma cuisse, et le feu et la glace se pressent l'un contre l'autre dans un tourbillon. Storm. Je me sens proche de l'explosion avec toute l'énergie contenue en moi. Mais il manque encore quelque chose.

— S'il te plaît, murmuré-je d'une voix rauque, désespérée que ce trou en moi soit comblé. Je t'en supplie.

Des lèvres se pressent contre les miennes, apportant un doux calme qui enveloppe le feu, la glace, le vent, les combinant, les pressant les uns contre les autres jusqu'à ce qu'ils se transforment brusquement en une boule de lumière, aussi brillante que le soleil et tout aussi belle.

Puis la boule explose. Je hurle tandis que des particules de lumière aveuglante traversent mon corps, sauvages et féroces, et atteignent la grotte de mon cœur où ma magie les attend.

Elle bondit et attrape la lumière, l'avalant morceau par morceau, avant de briller d'un éclat céleste. Elle se lèche les pattes et bâille, s'étirant comme si de rien n'était. Autour d'elle, les nuages arc-en-ciel (j'ai toujours envie de les appeler pets de licorne, mais ce serait immature) illuminent les murs de la grotte, la rendant accueillante et sûre. J'aimerais rester ici, me blottir comme ma magie, mais j'entends les gars qui m'appellent. Avec un soupir, je quitte la grotte et reprends connaissance.

— Wyn, parle-moi, dit désespérément Crispin en me secouant les épaules.

— Arrête, murmuré-je en ouvrant enfin les yeux. Je suis là, maintenant.

Je suis entourée de mes quatre hommes, qui me touchent encore (la main d'Arc est maintenant sur mon épaule) et qui ont tous l'air un peu perdus. Bienvenue au club.

— Bordel, qu'est-ce qui vient de se passer ? ronchonne Storm de mon côté.

Je secoue la tête. Je suis fatiguée.

— Plus tard ? demandé-je, et bien qu'ils aient tous l'air de préférer poser des questions, ils acquiescent.

— Allons juste à ce foutu Portail.

Nous roulons en silence. Je suis très consciente de sentir Arc et Crispin se presser contre moi de chaque côté, mais ce n'est plus inconfortable. Non, je me sens connectée à eux, d'une certaine manière, et c'est rassurant de sentir leurs corps.

Après quelques minutes passées à regarder par la fenêtre, à admirer le paysage clairsemé mais magnifique, je demande combien de temps il nous reste à rouler.

Frost consulte la carte sur ses genoux.

— On devrait presque y être…

Nous atteignons le sommet d'une légère pente et apercevons les Pierres dressées au loin.

— Merde !

Nous ne sommes pas les premiers.

Et ils nous attendent.

Avec une armée.

CHAPITRE
NEUF

À voir son visage, Storm porte bien son nom. Son front est plissé, ses yeux sont froids, sa bouche est une fine ligne, son souffle bruyant est l'annonce d'une tempête à venir. Il est en colère ; non, il est furieux.

— Nous devons passer par là, dit-il en serrant les dents.

— Tu ne nous apprends rien, mec, répond Frost tout aussi sinistrement.

Nous sommes sur une petite colline, devant la voiture, et nous regardons au loin les Pierres dressées de Calanais. Et l'armée qui les entoure.

Des dizaines de grosses pierres forment une croix celtique. D'après ce que les gars m'ont dit, un vieux cairn se trouve au centre du cercle. C'est là que se trouve le Portail.

Une ruine fumante sur le côté des Pierres donne à la scène un air sinistre de fin du monde. J'imagine qu'il s'agissait autrefois du centre d'accueil des visiteurs. Jusqu'à l'arrivée des Démons.

Il doit y en avoir au moins une centaine. C'est difficile à dire de loin, mais certains ont l'air plus démoniaques que d'autres.

Les ailes sont un peu révélatrices. Des ailes rouges, des ailes noires, des ailes brunes. Ce ne sont pas des ailes d'ange comme on les imagine, toutes duveteuses avec des plumes ; non, plutôt des ailes de chauves-souris. C'est ainsi que j'imagine les Démons. Pour une fois, les histoires ne se sont pas trompées. Ils ont l'air méchants, même de loin. Certains sont voûtés, marchant à quatre pattes, d'autres sont grands et droits, deux fois plus grands qu'un humain moyen. J'en aperçois même quelques-uns qui ont une queue. Je comprends d'où vient l'image du diable chez les humains. Certains d'entre eux en feraient d'excellents imitateurs, avec leurs griffes, leurs ailes et leurs pieds difformes.

Peut-être qu'un quart de la foule à l'air humaine, mais cela ne veut pas dire qu'ils le soient. Après ma rencontre avec des Magiciens à l'hôtel et sur le ferry (bien que nous ne sachions pas s'il ne s'agissait pas d'un Gardien), je ne fais plus confiance aux personnes d'apparence humaine. Il n'y a plus que mes Gardiens et moi. Et à en juger par leurs postures, ils ne demandent qu'à partir au combat.

— Comment ils ont su qu'on serait ici ? demandé-je (stupidement, à en juger par les regards que me lancent mes Gardiens).

— C'est le seul Portail d'Écosse qui ne mène qu'aux royaumes des Dieux, soupire Arc. Les autres peuvent t'emmener aux royaumes des Démons, ou pire. C'est le plus sûr… c'était le plus sûr.

— Le seul en Écosse… Il y en a en Angleterre ?

— Oui, en Cornouailles et au pays de Galles. On n'a pas le temps de faire la route.

— Alors, on fait quoi ?

Storm se retourne et me regarde avec détermination.

— On se bat.

Malheureusement, je ne sais pas du tout comment utiliser ma

magie pour me battre. Certes, j'ai réussi à brûler un bâtiment et à raser une rue, mais c'étaient des accidents. Ce qu'il me faut, c'est de l'entraînement.

Alors que Storm, Frost et Crispin se tiennent ensemble et chuchotent, Arc s'est éloigné de notre groupe et est maintenant assis sur un énorme rocher, les yeux fermés, les épaules détendues. Il a l'air paisible à cet instant. Et magnifique.

— Les gars, qu'est-ce qu'il fait ? demandé-je aux Gardiens restants.

Crispin s'approche et passe un bras autour de mes épaules. Ma magie ronronne doucement en moi. Son contact me fait du bien.

— Il essaie d'entrer en contact avec les Gardiens de l'autre côté du Portail.

— Il peut faire ça ?

— Seulement avec ceux qui ont la même capacité télépathique que lui. Ils ne sont pas nombreux, donc il faudrait avoir de la chance. Toutefois, un télépathe vit dans le palais de ta mère, il pourra donc transmettre un message à Sa Majesté.

— Elle pourra envoyer de l'aide ?

— De son côté du Portail, oui. Mais elle ne pourra pas envoyer ses forces sur Terre. Elle a elle-même établi cette loi, alors même si elle le voulait, elle ne pourrait pas l'enfreindre.

Il remarque mon air confus.

— Les lois qu'elle promulgue sont magiques. Si quelqu'un les enfreint, les conséquences sont graves. Et en tant que créatrice des lois, ça la tuerait probablement.

Oh ! Eh bien, je suppose qu'on va devoir se débrouiller seuls !

Je regarde à nouveau l'armée de Démons. Ils ne font pas grand-chose ; la plupart d'entre eux sont assis autour des pierres, à attendre. À nous attendre.

— On peut le faire ? On peut les combattre ?

Crispin soupire et me serre l'épaule.

— Je n'en suis pas sûr. Juste nous, quatre Gardiens ? Non. On pourrait peut-être s'occuper de la moitié d'entre eux, mais à la fin, ils nous vaincraient. Mais toi ? Tu es un joker, on ne sait pas ce que tu peux faire.

Je ris, un peu hystériquement.

— Moi non plus.

— C'est pour ça qu'on va t'entraîner, interrompt la voix tonitruante de Storm. On a besoin de voir de quoi tu es capable. On a vu ta puissance brute, mais elle doit maintenant être transformée en arme.

Il s'arrête et me regarde avec un semblant de sympathie.

— Ce n'était pas censé se passer comme ça, princesse. On ne devrait pas te forcer à explorer ta magie avant que tu ne sois prête. Mais plus on restera ici, plus il sera difficile de percer leurs rangs. On va s'entraîner pendant une journée. Avec un peu de chance, ce sera suffisant. Si ce n'est pas le cas... il faudra s'en contenter.

Il se retourne vers son frère, qui a étalé une carte de l'île sur le capot et la regarde, perdu dans ses pensées.

— Tu vas bien ? chuchote Crispin, son bras toujours autour de mes épaules.

Je m'appuie sur lui, j'ai besoin de son contact. Pendant un moment, il ne réagit pas. J'ai peut-être été trop loin. Peut-être qu'il s'agissait juste d'un geste amical. Rien de plus qu'ami...

Il me fait tourner pour que je le regarde dans ses yeux bleu brillant. Il lève les mains et touche doucement ma joue. D'un doigt, il effleure la peau sensible sous mon œil. Je veux combler l'espace qui nous sépare, mais de son autre main, il nous sépare en appuyant sur mon épaule. Il me trouble. Son toucher est si doux, si plein de sens, mais en même temps, il ne me laisse pas l'approcher.

Il sourit doucement et soupire.

— Pas ici, murmure-t-il avant de se détourner, me laissant seule.

Je sens encore le fantôme de ses doigts sur ma joue.

— Chesca ! crie soudain Arc en sautant du rocher sur lequel il s'est assis.

Les gars derrière moi poussent un grognement collectif.

— Non, pas elle ! Il n'y a pas quelqu'un d'autre ? ronchonne Frost.

— Qui est Chesca ? demandé-je, déjà un peu inquiète.

C'est mauvais signe.

Les gars se regardent, mal à l'aise.

— C'est l'amante d'un camarade Gardien, dit finalement Frost. Elle a un cottage pas très loin d'ici où nous pourrons séjourner et nous entraîner.

— D'accord, ça n'a pas l'air si mal.

Arc grimace.

— Elle est aussi une Démone.

— Attendez, tous les Démons ne sont pas censés être mauvais ?

— Si, en général, ils le sont. Mais Chesca est… eh bien, elle a ses périodes…

— Elle essaie d'être quelqu'un de bien, explique Frost. Mais elle n'y parvient pas toujours.

— Pourquoi elle essaie de… oh, parce qu'elle est amoureuse d'un Gardien ?

— Oui. Elle doit vraiment l'aimer pour combattre sa nature. Tu le comprendras quand tu la rencontreras. Elle te trompera et te dupera, mais en général, on peut lui faire confiance.

— Ça a l'air d'être un sacré numéro, songé-je. Ce sera la première fois que je rencontrerai une Démone.

— Après, tu les rencontreras sur le champ de bataille, dit Storm d'une voix monocorde.

J'imaginais qu'il se réjouirait d'avoir l'occasion de combattre des Démons, mais curieusement, il a l'air… triste. Plein de regrets. Pas vaincu, cependant. Et c'est le plus important.

— Arc, qu'ont dit les Gardiens ? demande Storm.

— Ils sont une dizaine à attendre de l'autre côté du Portail, dont un guérisseur. Beira a été informée. Ils ne peuvent pas faire grand-chose de plus.

— Alors, c'est à nous de jouer. Allons-y, on n'a pas de temps à perdre.

Nous suivons Storm jusqu'à la voiture. Il est temps de rencontrer Chesca.

LE COTTAGE SEMBLE TOUT droit sorti d'un conte de fées. Des murs blanchis, un toit de chaume, des fleurs en pot sous les fenêtres, un banc en bois à côté de la porte verte. Je décide que je veux posséder une maison comme celle-là, un jour. Peut-être un peu plus grande pour que mes Gardiens puissent y tenir.

Il me faut un moment avant de réaliser ce que je viens de penser. J'ai inclus les gars dans mes projets. C'est impossible. Je les connais depuis trois jours. Ce n'est pas assez pour tomber amoureuse. Mais me voilà, à rêver d'un cottage avec mes hommes. Pourrais-je leur demander de faire la vaisselle ? C'est tout moi ! Je pense tout de suite au côté pratique des choses.

Avant même que nous sortions de la voiture, la porte verte s'ouvre et en sort… eh bien, je suppose qu'il s'agit d'une Démone. Mais elle ne ressemble pas aux Démons que j'ai vus aux Pierres de Calanais. Cette Démone est belle, d'une manière diabolique et démoniaque. Ses ailes sont dorées avec des pointes noires, et elle semble en avoir percé les bords supérieurs et les avoir décorées d'une rangée d'anneaux dorés. Une queue elle aussi dorée est enroulée autour de ses hanches, mais d'une manière ou d'une autre, elle l'enlève et la rend élégante. Sa peau est de la même teinte et recouverte d'une minuscule robe noire ; une de ces robes qui donneraient à la plupart des femmes un air désespéré. Mais pas sur elle.

Elle est plus grande qu'une femme humaine ordinaire ; mince et parfaitement formée. Ses seins sont un peu plus petits que les miens, je le remarque avec soulagement. Je ne sais pas trop pourquoi je la compare avec moi. C'est peut-être la façon dont elle regarde mes Gardiens avec avidité. C'est ça, *mes* Gardiens.

Elle s'avance à grands pas vers la voiture, en balançant ses hanches d'un côté à l'autre (y compris sa queue), les ailes ouvertes pour montrer son impressionnante envergure. Ce n'est que maintenant que je remarque que ma bouche est grande ouverte et que je la regarde fixement. Eh bien, excusez-moi, c'est ma première rencontre avec une Démone !

Storm sort en premier et s'éloigne de nous pour la rejoindre. Les autres gars regardent, apparemment réticents à sortir du véhicule.

— Toutes les Démones sont comme elle ? murmuré-je.

— Elle est unique en son genre, soupire Crispin. On ferait mieux de suivre Storm ou il pourrait essayer de la tuer.

— Une raison particulière à ça ? demandé-je innocemment.

Non pas que je sois jalouse, hein !

— Avant qu'elle ne tombe amoureuse d'Aodh, elle était… eh bien, elle était très intéressée par Storm. Elle a commencé un peu à le stalker. Il n'a pas aimé.

— Mais elle ne pense plus à lui comme ça, si ? Il ne lui plaît plus ?

— C'est une Démone, princesse. Elle craque sur tout le monde.

— Oh ! Tout le monde ?

— Oui, elle te mangerait au petit-déjeuner si elle le pouvait, dit Arc en riant.

— D'une manière sexy ou cannibale ? demandé-je avec précaution.

— Les deux, si tu la laisses faire.

— Je ne suis pas sûre de vouloir la rencontrer.

Ils rient et sortent de la voiture. Merci beaucoup de m'avoir amenée chez une Démone douteuse avant de me faire combattre d'autres Démons. Ceux-ci semblent prendre le contrôle de ma vie. Et les Gardiens.

— Alors, c'est elle, la gentille princesse dont j'ai tant entendu parler ? gémit Chesca d'une voix sulfureuse, mais plutôt agaçante.

Je lève un sourcil.

— Vraiment ?

Son sourire innocent se transforme en grognement.

— Non, chérie, je n'ai pas entendu parler de toi. Et je me fiche de savoir qui tu es.

Ses traits se lissent à nouveau.

— Entrez, j'ai de la limonade dans le frigo.

Elle se retourne, me heurtant presque avec sa queue, et rentre dans la maison d'un pas nonchalant en nous faisant signe de la suivre. Je regarde les gars, qui sont tous dans des positions diverses de rires réprimés.

— Elle est toujours aussi… changeante ?

— Oh, ma belle, ce n'était rien ! sourit Arc. Attends qu'elle commence à se disputer avec toi. En fait, elle passe de l'accord au désaccord.

— Ça a l'air sympa. On y va ?

Je les précède, leurs ricanements me suivent dans le cottage. L'intérieur est joli ; les meubles blancs et marron clair le rendent lumineux et confortable. Ce n'est pas du tout comme ça que j'imaginais la maison d'une Démone. Je me demande à quoi ressemble sa chambre. Noire ? Des chaînes en fer suspendues au plafond ?

Chesca nous attend dans la cuisine, avec deux verres de limonade. Elle m'en offre un, je tends la main pour le prendre et… elle le laisse tomber par terre. La limonade froide me trempe les pieds.

— Ouuups ! Je suis vraiment désolée, chérie, me sourit-elle avec un faux clin d'œil. Mais je suis sûre qu'avec ta magie, tu pourras nettoyer ?

Avant même que je puisse dire quoi que ce soit, la limonade se soulève du sol (et de mes chaussures) dans une grosse bulle jaune et plane jusqu'à l'évier. Je regarde derrière moi et je vois Frost qui agite paresseusement les mains.

Chesca peste.

— Je voulais qu'elle le fasse !

— Eh bien, c'est moi qui m'en suis occupé, alors fais avec, répond le Gardien calmement, les mains dans les poches.

L'expression de la Démone passe de la colère à la séduction.

— Oh, j'aimerais bien m'occuper de toi, adorable Gardien ! Tu me garderas, ce soir ?

— Allez, Chesca, tu peux faire mieux ! dit-il en riant.

— En effet, je peux. Pourquoi tu ne me laisses pas te montrer ? À l'étage.

Sa voix est d'un érotisme sulfureux qui fait vaciller mes genoux, et elle ne m'a même pas parlé. Cette Démone respire la sensualité.

— Arrête tes conneries, grogne Storm, on n'est pas là pour tes petits jeux.

— Oh ! Vous l'êtes, ronronne-t-elle, mais vous ne le savez pas encore.

En un clin d'œil, elle se tient à côté de Storm, sa queue s'enroulant autour de sa taille. Elle presse son corps parfaitement formé contre sa poitrine et…

Sans réfléchir, j'agis. À mon commandement, la carafe de limonade se soulève de la table de la cuisine, vole dans les airs et se place juste au-dessus de la tête de Chesca. Je souris et donne un coup de pouce à ma magie. La carafe bascule, libérant la délicieuse limonade collante.

La Démone hurle et s'éloigne de Storm. Mission accomplie. Il est à moi, salope !

Elle me jette un regard haineux et sort de la pièce en trombe.

Je regarde mes Gardiens, qui semblent un peu choqués. Je souris et ils se mettent à rigoler, jusqu'à ce qu'on soit tous tordus de rire, gloussant ensemble à propos d'une Démone couverte de limonade. Même Storm. Je sais, c'est un miracle.

Une fois remis de notre crise de rire (c'est Frost qui met le plus de temps à reprendre son sérieux), on s'assoit à la table de la cuisine.

— Les Démons sont plus faibles à midi, commence Crispin, ce qui me surprend.

Je pensais que Storm nous dirait quoi faire, comme d'habitude.

— Ça signifie que nous avons environ vingt-quatre heures pour t'entraîner, Wyn, et nous préparer au combat. Je propose que tu t'entraînes individuellement avec chacun d'entre nous. Trois séances aujourd'hui, une tôt demain matin. Ça devrait te donner assez de temps pour récupérer et avoir toute ton énergie pour combattre.

— Ça m'a l'air bien, dit Storm, me surprenant à nouveau.

Depuis quand laisse-t-il les autres prendre les décisions ?

— Je suis d'accord, ajouté-je, ne voulant pas qu'ils décident de tout. Avec qui je vais m'entraîner en premier ? Et vous allez vraiment m'apprendre quoi ? Enfin, je sais que Storm peut jouer avec l'air et Frost avec l'eau…

— Je l'aime bien, interrompt Chesca, debout dans l'embrasure de la porte. Elle te parle avec le bon mélange de condescendance et de sincérité.

Nous la regardons tous avec stupéfaction. Comment une personne… euh, une Démone… peut-elle être si changeante ? S'appuyant sur le cadre de la porte, elle courbe légèrement le dos, présentant sa poitrine généreuse et sa taille minuscule. Quelle frimeuse !

— Mais je pense que je pourrais aussi lui apprendre certaines choses, poursuit-elle en ignorant nos regards. Des choses que vous, les Gardiens, êtes peut-être trop prudes pour lui enseigner. Des choses dont elle aura besoin lorsqu'elle entrera dans les royaumes. Les Dieux peuvent être de tels conspirateurs.

Storm se racle la gorge.

— C'est très gentil de ta part, Chesca, mais pour l'instant, Wyn doit se préparer au combat. On doit traverser les Pierres le plus vite possible, on se préoccupera des intrigues de cour plus tard.

— Rabat-joie !

Elle lui tire la langue. Je glousse, ce qui me vaut un regard haineux de sa part. Je suis presque soulagée qu'elle se comporte à nouveau comme une Démone et non comme une diablesse sensuelle.

Elle se tourne pour partir, mais murmure, presque après coup :

— Si tu veux savoir ce que Storm aime au lit, viens me trouver.

Je m'étouffe avec ma propre salive et Crispin doit me donner quelques claques dans le dos pour que je puisse reprendre ma respiration. Comment ose-t-elle...

— Breeeeeef, dit Frost en rigolant, revenons à nos entraînements. Comme tu l'as si bien dit, je *joue* avec l'eau. Le don de Storm est l'air, celui de Crispin est la guérison et Arc est spécialisé dans la manipulation de l'esprit. On sait que tu as aussi des aptitudes de feu et de terre, Crispin va donc tester ce que tu peux en faire.

— On ne sait pas si tu as des pouvoirs de guérison, explique Crispin, et on n'aura de toute façon pas le temps de les utiliser pendant la bataille. J'ai étudié toutes les capacités magiques qu'on connaît, je pourrai donc t'aider plus que les autres.

J'acquiesce.

—On commence quand ?

— Voilà, c'est ça qu'on veut ! lance Arc. Et tu commenceras avec moi.

CHAPITRE
DIX

Je retrouve Arc à l'extérieur, derrière la maison. Il n'y a pas grand-chose autour du petit cottage ; des collines nues et basses, des landes, et au loin, la mer. C'est beau, tout simplement. Je prends une grande inspiration, appréciant le picotement de l'air salé dans mes narines. Je pourrais m'habituer à cette vue. Tout est si calme, ici ! Après avoir vécu en ville toute ma vie, c'est très différent. Dans le bon sens.

Je me demande à quoi ressembleront les royaumes. Je les imagine sortis d'un conte de fées, avec une touche de Moyen Âge. Pas d'électricité, pas de rues, pas de voitures. Mais peut-être que j'ai tout faux. Je veux dire, la magie y est omniprésente, non ? Qui a dit qu'elle ne pouvait pas alimenter une maison en électricité ? Ils ont peut-être même internet, là-bas.

Il faut d'abord que je traverse ces Pierres, puis je pourrai le découvrir.

Arc est debout, dos à moi. Son kilt bouge doucement dans la brise, tout comme ses cheveux roux. Ses larges épaules sont détendues tandis qu'il regarde au loin. Il est magnifique, d'une manière sauvage et dure. Pas aussi dure que Storm, qui est le maître de l'austérité.

Je cours vers lui et lui saute dessus en l'étreignant par-derrière. Ma magie ronronne en moi. Oui, je l'admets, c'est agréable de satisfaire le lien entre les gars et moi. Trop agréable, presque.

— Ma belle, je suis content de te voir, dit Arc de sa voix grave, en souriant.

Je me frotte les mains et le regarde avec impatience.

— On commence par quoi ?

Si je ne me contrôlais pas autant, je sauterais d'excitation. Je vais enfin pouvoir explorer ma magie !

— Tu sais quoi de mes capacités ?

— Hmm, je sais que tu peux changer les souvenirs ; tu as fait ça à mes voisins après que j'ai… eh bien, après que ma magie a explosé. Mais c'est à peu près tout ce que je sais.

Il soupire.

— Je n'aime pas me mêler de l'esprit des gens. Trop de choses peuvent mal tourner, trop de choses risquent d'être perturbées Mais parfois, je n'ai pas le choix. Mais je peux faire d'autres choses. Lire dans l'esprit des gens pour savoir s'ils mentent.

— Oh, je sais le faire ! m'exclamé-je.

— Tu sais ?

Ses sourcils broussailleux s'arquent de surprise.

— J'en ai toujours été capable. Seulement avec les humains, je crois. En tout cas, je n'y arrive pas avec vous.

— C'est parce qu'on a un bouclier. Tu pourras peut-être essayer avec Chesca plus tard. Les Démons sont assez semblables aux humains dans ce domaine. La plupart des Magiciens ont des boucliers. Les Dieux ne peuvent pas être lus du tout.

Il sourit.

— Une chose de moins à t'enseigner. En priorité, tu dois absolument apprendre à protéger ton propre esprit. Certains Démons peuvent prendre le contrôle des Magiciens s'ils ne se protègent pas suffisamment. Et je ne veux pas imaginer ce que pourrait faire un Démon qui te posséderait…

Je frissonne. Non, moi non plus. Et en repensant au moment où ces Magiciens m'ont kidnappée, je réalise l'importance de ce bouclier.

— Comment je fais ?

Il sourit devant mon enthousiasme. Arc a l'air très souriant, aujourd'hui. J'espère que ça va durer. J'adore ses fossettes.

— Asseyons-nous.

Il me désigne un groupe de rochers. Bonne idée ; le sol est bien trop mou et humide pour s'asseoir.

Lorsque je suis assise sur une pierre en face de lui, il commence son explication.

— Ferme les yeux. Détends ton corps. Concentre-toi sur tes membres. Ils sont détendus ? Relâche toute tension que tu ressens. Maintenant, inspire… retiens… et expire.

J'ai l'impression qu'il se transforme en une sorte de yogi. Sa voix grave habituelle s'est adoucie, prenant un ton calme et paisible. Je pourrais l'écouter pendant des heures.

Je suis ses instructions, je respire profondément, je me concentre sur la façon dont mon souffle gonfle ma cage thoracique, puis la dégonfle à nouveau.

— Maintenant, imagine une île. Elle n'a pas besoin d'être grande, ça peut être un petit morceau de sable au milieu de l'océan. Imagine que tu y es assise, comme tu l'es maintenant. Tu es détendue. Écoute le bruit des vagues. Écoute-les devenir plus fortes, plus sauvages. Elles se transforment en tempête. Tu dois te protéger des éléments. Imagine un dôme de verre couvrant toute ton île. Il n'a pas besoin d'être haut, mais il doit toucher le sol partout. Il ne doit pas rester de trou ni de faille où l'eau pourrait entrer.

Je me sens un peu comme Robinson Crusoé, assise sur ma petite île sous un palmier. J'ai du mal à me concentrer ; mon ventre est plein de papillons qui s'agitent à chaque mot que prononce Arc. Ce lien aura raison de moi.

Je dois me concentrer.

En prenant une grande inspiration, j'imagine un dôme et, en expirant, je le dépose sur mon île. Il m'écrase presque, mais il est juste assez haut pour que je puisse me tenir debout. Apparemment, je peux détruire des choses même dans mon imagination. Il faut vraiment que je me familiarise avec tous ces trucs magiques.

— Tu as le dôme ? demande Arc d'une voix douce.

J'acquiesce en essayant de ne pas me déconcentrer.

— Bien. Maintenant, voyons s'il est solide. Je vais essayer de le briser. Ne t'inquiète pas, je ne te ferai pas de mal.

Je me prépare à son assaut, pensant qu'il va essayer d'écraser le fragile dôme que j'ai érigé autour de moi. Mais rien ne se passe. Les vagues continuent de s'écraser contre le verre, mais pas plus qu'avant.

Je me détends un peu. Peut-être que mon dôme est assez solide pour résister aux pouvoirs d'Arc ? Je suis une demi-déesse, après tout, mes pouvoirs sont sans doute plus puissants que ceux d'un Gardien.

Je souris… et je pousse un cri lorsque je remarque soudain Arc assis à côté de moi sur le sable.

Il fronce les sourcils.

— Tu as échoué. Essayons encore.

Il disparaît dans les airs, me laissant surprise et déçue. Trop de confiance tue la confiance.

Je me débarrasse du sentiment de rejet et me concentre à

nouveau sur le dôme. Je cherche des trous ou des failles qu'il aurait pu utiliser pour entrer. En effet, je trouve une grande fissure au fond du dôme, où l'eau s'écoule lentement. Putain, Wyn ! Ce n'est pas un jeu, même si un Gardien sexy participe.

Cette fois, je m'assure qu'il ne reste pas de fissure. Mon dôme est lisse et solide.

— Ce n'est toujours pas suffisant, déclare Arc, m'arrachant à ma jubilation.

Il s'est étalé sur le sable à côté de moi, profitant de la vue. Les vagues s'écrasent contre le verre, certaines parviennent à passer entièrement par-dessus le dôme.

— Qu'est-ce que j'ai mal fait, cette fois-ci ? protesté-je. Je pensais avoir tout prévu.

— Tu as pensé à ce qui se passe sous l'eau ?

Je souffle. Non, je n'y ai pas pensé.

— Alors, ce n'est pas censé être un dôme, mais une sphère ! Pourquoi tu ne me l'as pas dit ?

— Parce qu'alors, je n'aurais pas pu faire ça.

Il me tire contre lui et pose ses lèvres sur les miennes. Je sais que ce n'est pas réel, je sais que ça se passe dans mon esprit, mais ça *semble* réel. J'écarte légèrement les lèvres, et Arc prend cela comme une invitation à les ouvrir davantage, pénétrant ma bouche avec sa langue. Nous fusionnons, nos bouches se pressent l'une contre l'autre, nos esprits s'entremêlent. C'est magnifique. Ses lèvres sont douces et fermes contre les miennes, ses mains agrippent mes cheveux, m'attirant encore plus près de lui. Avec un dernier contact de sa langue contre la mienne, ses lèvres quittent ma bouche et descendent vers le bas, déposant des baisers sur mon menton, puis sur ma gorge. Je gémis et m'adosse à ses bras, qui me maintiennent en place. Je ferme les yeux, me délectant de la sensation de son souffle chaud sur ma peau. Sa langue descend plus bas, dessinant des cercles sur ma nuque. Je gémis doucement et, en réponse, il me mord gentiment la peau.

— Ouvre les yeux, murmure-t-il d'une voix rauque.

Quand j'obtempère, sa bouche descend à nouveau sur la mienne, me donnant un baiser passionné, avant qu'on se sépare. J'ai le souffle coupé, j'attends qu'il revienne, qu'il me touche encore, plus, partout.

Il sourit.

— Regarde en bas.

Je le fais et… putain de merde, mon t-shirt a disparu ! Je suis nue jusqu'à la taille ; pas de soutien-gorge, pas de t-shirt, juste ma peau nue. Il me fait un grand sourire.

— Et voilà pourquoi tu ne devrais pas me laisser entrer dans ton esprit.

Avant que je ne puisse protester, sa bouche est sur mon sein droit, suçant mon mamelon. Pourquoi protesterais-je ? Je me penche en arrière, ses mains me tiennent toujours… je tombe dans le sable.

Il n'est plus là.

Je suis seule sur mon île, allongée dans le sable, à moitié nue.

— Aaaaarc ! hurlé-je de colère et de frustration.

Il n'a même pas eu la décence de me laisser mon t-shirt. Je n'ai rien pour me couvrir. Pas même une feuille de palmier géante que je pourrais utiliser, à la façon d'Ève. Je grogne. Cet homme va être tué à petit feu. Je vais peut-être même demander à Chesca de m'aider. Je suis sûre qu'elle adorerait une bonne torture de Gardien suivie d'un rôtissage de Gardien. Ou un démembrement. Oui, c'est une bonne idée. J'opte pour le démembrement.

❄

— Prépare-toi, je vais réessayer, dit la voix d'Arc au loin.

Je vais lui montrer, à celui-là ! Il n'entrera plus jamais. Ma magie gémit de déception. Chut, ma jolie ! La fierté avant le plaisir.

J'étends mon dôme vers le bas afin que les bords se rejoignent. Je les colle ensemble, formant une sphère parfaite. Personne ne peut plus entrer, pas même par-dessous. Pas même Arc. Je déverse toute mon énergie dans le verre, le rendant plus fort, incassable.

Il ne me battra plus jamais.

Tous les muscles tendus et prête à agir, j'attends. Pas de surprise, cette fois-ci, aussi agréable soit-elle.

Je regarde les vagues qui continuent de s'écraser contre ma sphère. La mer est en ébullition, les eaux sombres se battent pour dominer. Est-ce que… oui, j'aperçois quelqu'un là-bas, dans l'eau.

Un grand corps, nu, qui se bat contre les vagues.

Arc.

Il atteint mon globe protecteur, ses poings frappent le verre. Son visage est désespéré, il essaie de parler, mais cela signifierait que l'eau rentre dans sa bouche. Il se noierait. Il gratte le verre, essaie de s'y accrocher. Je cours vers lui, je pose mes mains sur le verre. Ses yeux rencontrent les miens, sauvages et pleins de peur. Il se noie. Je dois l'aider.

Je me concentre. J'ai construit cette sphère ; je peux la briser. Avec toute la force dont je suis capable, je frappe mon poing contre le verre, le brisant.

Le dôme s'effondre.

L'eau entre et me submerge rapidement. Arc a disparu. Il ne reste plus que moi, les vagues et mon dernier soupir.

❄

J'ouvre les yeux en sursaut. Je commence par vérifier si je suis habillée. Je le suis, Dieux merci.

Arc me regarde depuis la pierre sur laquelle il est assis.

— Tu n'aurais pas dû faire ça, dit-il tristement. Quoi que tu voies dans ton esprit, tu ne dois jamais laisser tomber ton bouclier. Compris ?

— Mais tu étais en train de te noyer, bafouillé-je.

— Ce n'était pas réel. Les Démons te montreront toutes sortes de choses pour te tromper.

Je hoche la tête, gênée. J'ai échoué à son test. Merde ! Pourquoi cela m'affecte-t-il autant ? Pourquoi je me soucie tant de ce qu'il pense de moi ?

— Allez, on va essayer avec les autres. Garde ton bouclier en place, d'accord ?

J'acquiesce, encore un peu abattue.

— Ne sois pas si triste, ma belle. On ne te demande pas d'être parfaite dès le départ.

— Mais je dois être capable de faire ça demain, Arc ! répliqué-je. Je n'ai pas le temps de m'entraîner encore et encore.

— Oui, je sais. C'est pour ça qu'on s'entraîne avec Chesca.

Je déglutis. Je ne suis peut-être plus aussi enthousiaste.

Je suis Arc jusqu'au cottage. Les trois autres Gardiens sont assis dans la cuisine, en train de prendre un thé et ce qui ressemble à des scones. Quelqu'un d'autre les a rejoints, un homme, tout aussi beau qu'eux. Je suppose qu'il s'agit du Gardien pour lequel Chesca essaie d'être quelqu'un de bien (ou de mieux, de moins mauvaise).

Il se lève lorsque nous entrons dans la pièce et s'incline légèrement.

— Princesse, c'est un honneur de vous rencontrer.

Je souris, ne sachant que faire. Je me promets qu'en arrivant dans les royaumes, je commencerai par apprendre les bonnes manières d'une demi-déesse.

— Tout l'honneur est pour moi, rétorqué-je en me souvenant d'une phrase déjà entendue dans des films fantastiques.

Tous ces marathons de télé se révèlent enfin utiles.

— Wyn, voici Aodh, un compagnon Gardien, le présente Storm. Il est le…

— Fiancé, interrompt Chesca derrière nous.

Elle se faufile entre nous et parvient à frotter ses fesses contre Arc. C'est pas vrai, cette Démone ! Elle se glisse sur les genoux d'Aodh.

— On s'est fiancés le mois dernier.

— Félicitations, soupire Storm.

Arc se penche et me chuchote à l'oreille :

— Ils se fiancent toutes les quelques semaines, puis se séparent à nouveau. On ne le prend plus très au sérieux, et je doute qu'Aodh soit dupe.

Celui-ci sourit patiemment.

— Vous voulez du thé, princesse ?

J'acquiesce.

— Je t'en prie, appelle-moi Wyn. Je n'ai pas encore l'impression d'être une princesse.

— Ça viendra, dit-il sagement. Tu t'habitueras à ton rôle une fois que tu auras passé un peu de temps au palais.

— Si nous y arrivons un jour, marmonné-je en attrapant un scone.

Ils ont l'air délicieux. Je me demande si c'est Chesca qui les a faits. D'une certaine manière, je ne l'imagine pas debout dans la cuisine, à cuisiner et pâtisser. Mais bon, que sais-je des Démons ? Ils sont peut-être tout à fait domestiqués.

Avec un petit sourire satisfait, je prends une bouchée. D'accord, c'est bien Chesca qui les a faits. Ils sont dégoûtants. Je crois qu'elle a utilisé du sel plutôt que du sucre et qu'elle a ajouté une bonne dose de vinaigre. Je n'ai jamais rien mangé d'aussi rance.

Les gars me regardent avec impatience. C'est seulement maintenant que je vois qu'ils n'ont pas touché à leurs propres biscuits. Merci de m'avoir prévenue.

J'avale avec détermination, puis je souris à Chesca.

— Ils sont délicieux, c'est toi qui les as faits ?

Elle acquiesce, son expression s'éclaircit.

— Oui, tu les aimes ?

— Les mots me manquent, assuré-je en essayant de garder mon sérieux.

Frost se cache le visage derrière sa tasse de thé, tentant de ne pas éclater de rire. Les autres ne font pas mieux, à deux doigts de craquer. Même Aodh semble avoir du mal à ne pas grimacer.

Ne se rendant compte de rien, Chesca me regarde.

— Prends-en un autre, ma chérie, j'en ai encore dans le salon.

Tuez-moi !

Heureusement, Arc vient à mon secours.

— Malheureusement, on n'a pas beaucoup de temps. J'ai appris à Wyn à protéger son esprit, mais elle a besoin d'entraînement. Chesca, tu pourrais…

Toujours souriante, celle-ci acquiesce gracieusement.

— Bien sûr. Chérie, regarde-moi.

Je ne réalise qu'elle s'adresse à moi que lorsque Storm s'éclaircit la gorge.

— Euh, oui.

Je me tourne sur mon siège face à elle.

— Ton bouclier est toujours en place ? murmure Arc.

Je vérifie rapidement l'état de ma petite île et constate avec soulagement qu'une nouvelle sphère s'est formée autour. Je lui fais un petit signe de tête et il me sourit d'un air rassurant.

Chesca se penche en avant, tout en restant affalée sur les genoux de son fiancé.

— Ferme les yeux, mon chou.

Je manque de m'étouffer, mais j'arrive à faire ce qu'elle me dit. Je me retrouve à nouveau sur mon île. La mer s'est un peu calmée, mais elle est toujours agitée.

Lentement, une brume s'élève de l'eau, s'accumulant autour des bords de mon sanctuaire. Au milieu, une femme apparaît. Chesca. Ses ailes sont déployées et elle est aussi nue que le jour de sa naissance (ou de sa création, ou de sa sortie de l'enfer ; quelle que soit la façon dont les Démons commencent leur vie). Elle me fait un petit signe séducteur. Enfin, séduisant peut-être si j'aimais les femmes. Ou si j'aimais les Démons. Mais au lieu de regarder sa petite démonstration sulfureuse, je pense à mes Gardiens. Tous les quatre, ensemble, m'entourant, comme sur le ferry, mais cette fois, Crispin a rejoint les autres. Je respire leur odeur, leur masculinité.

Chesca n'a aucune chance face à la force de mon imagination.

Ses traits passent de la séduction à la colère. Elle agrippe ma sphère de verre, qui tremble légèrement, mais tient bon. Pas de fissure, cette fois. Prends ça, garce de Démone !

Lorsque j'ouvre les yeux, une Démone en colère me regarde. Mais ce qui m'intéresse le plus, ce sont les regards fiers que me lancent mes Gardiens. J'ai réussi le test. Hourrah !

CHAPITRE
ONZE

Je suis Frost à l'extérieur. Cette fois, nous ne restons pas près du cottage, mais suivons un sentier battu qui mène à un minuscule lac. Il s'agit plutôt d'un grand étang, entouré de buissons de bruyère.

— J'ai pensé qu'il serait plus facile de s'entraîner avec un petit bassin d'eau plutôt que d'aller à la mer, dit Frost avec un sourire suffisant.

Je lui souris avec reconnaissance. Je ne sais pas du tout quoi faire avec de l'eau. Le jour de mon anniversaire, c'est de la glace et de la neige qui m'ont attaquée. Est-ce la même chose que la magie de l'eau ?

— Pour manipuler l'eau, il faut d'abord en comprendre l'essence.

Je fronce les sourcils.

— Ça semble très philosophique.

Frost rigole.

— Tu devrais aimer ce passage. Déshabille-toi.

— Quoi ?!

Pas encore ! Ces garçons me rendent folle avec leurs tentatives de me dénuder.

Il soupire.

— Tu peux garder tes sous-vêtements. Tu pourrais même garder tous tes vêtements, mais tu serais trempée après, et je ne veux pas que tu tombes malade la veille d'une bataille.

Il n'a pas tort. Mais je ne céderai pas si facilement.

— Mais il fait froid… Je te rappelle qu'on n'est pas en été ! gémis-je.

Il se contente de sourire patiemment.

— Touche l'eau.

Je lui lance un regard confus, mais je me penche et mets un doigt dans l'eau qui clapote au bord du lac. Je ris de surprise. Elle est chaude ! La température idéale pour se baigner, en fait.

— Maintenant, déshabille-toi, on va se baigner.

Fidèle à sa parole, Frost passe son t-shirt par-dessus sa tête, dévoilant ses abdos sculptés. Magnifique. Il me surprend en train de le fixer. Je rougis et détourne le regard. Inutile de lui montrer à quel point il m'affecte.

Quand il fait glisser son jean, je m'occupe de mes propres vêtements. Je n'ai vraiment pas envie de faire ça, mais… si, j'en ai envie. Avant de changer d'avis, je me mets en sous-vêtements et je cours dans l'eau, manquant de glisser sur le sol boueux.

L'eau est assez trouble, ce qui est bien car elle cache mon corps des yeux brûlants de Frost. Oui, son regard me suit, son expression est affamée. Il porte toujours son caleçon, mais à présent, il met ses mains sous l'élastique et le tire vers le bas – je me détourne, fixant l'eau, qui est soudain devenue très intéressante. Fascinante. C'est tellement mieux de regarder l'eau que ses… parties. Même si je suis sûre qu'elles sont impressionnantes. Aaah, non ! C'est l'eau qui est impressionnante. Tout à fait !

— Tu peux te retourner, maintenant, dit-il en riant, bien conscient de mon embarras.

Je me retourne lentement, m'assurant que je peux regarder en toute sécurité. Il est debout dans l'eau, en train de patauger vers moi. C'est comme si l'onde se séparait devant lui, ce qui lui donne un air beaucoup plus gracieux que je n'ai dû avoir en entrant dans le lac.

Je me tiens sur un sol vaseux et je ne veux même pas imaginer quelles créatures pourraient regarder mes orteils en ce moment. Ou sur quelles créatures je me tiens. C'est dégueulasse ! Je devrais vraiment apprendre à marcher sur l'eau, comme Frost l'a fait lorsqu'il m'a sauvée de la mer. Mais bon, je serais à moitié nue. Alors, peut-être pas.

— Maintenant que tu es entourée d'eau, il te sera plus facile d'atteindre son essence, commence Frost. L'eau est fluide, glissante et difficile à contrôler. C'est beaucoup plus facile de la prendre comme elle vient et de la manipuler doucement pour qu'elle change de direction, plutôt que de la forcer à faire ce que tu veux. Mais pour l'instant, je veux simplement que tu observes. N'essaie pas de contrôler l'eau, contente-toi de la regarder et apprends d'elle.

— Logique.

Il sourit.

— Bien. Ferme les yeux et ne les ouvre pas avant que je te le dise.

Je fais ce qu'il me dit et me concentre sur ce qui m'entoure. L'eau clapote doucement autour de mes épaules, de petites vagues se brisent sur mes clavicules. Sous la surface, je sens les différentes températures de l'eau – elle est plus froide vers le sol, mais suffisamment chaude pour que je n'aie pas froid. Je veux apprendre la méthode de Frost pour réchauffer le lac !

Mes mains flottent, légères. Je me balance un peu d'un côté à l'autre, cédant au léger courant.

À la façon dont l'onde bouge, je sens que le Gardien se rapproche.

— Maintenant, étends ta magie. Puise dans l'eau, explore-la. N'essaie pas de la changer. Vois ce qui se passe.

C'est étrange. Je n'ai jamais utilisé ma magie pour explorer quoi que ce soit. D'habitude, je me contente de la lancer, d'allumer une bougie (ou une maison) ou d'ouvrir mes rideaux. C'est nouveau. Je suis étonnée de n'avoir jamais pensé à le faire avant. Mais personne n'a jamais pris la peine de me l'apprendre (oui, mère, c'est à vous que je m'adresse).

Les yeux fermés, j'étire quelques fils magiques de mes doigts. Au début, je ne sens rien d'autre que ma propre magie, mais ensuite… c'est difficile à décrire, mais c'est comme si elle était doucement tirée d'un côté à l'autre. Comme une feuille qui flotte sur l'eau, j'imagine. D'habitude, rien ne peut affecter ma magie. C'est inédit.

Ce n'est pas une forte traction, plutôt un mouvement ludique, comme si l'eau testait jusqu'où elle peut aller. C'est bizarre, je parle de l'eau comme si elle était intelligente, comme si elle savait ce qu'elle faisait.

— Tu sens quelque chose ? me demande Frost, la voix proche de mon oreille.

— Oui, l'eau fait bouger ma magie.

Il est difficile de trouver les mots pour décrire ce sentiment étrange.

— C'est merveilleux ! Je ne pensais pas que tu la sentirais aussi vite. Maintenant, utilise ta magie pour attirer un peu d'eau en toi.

Hmm, comment suis-je censée faire ça ? Ma magie est invisible, mais l'eau est solide – enfin, fluide, vous voyez ce que je veux dire. Toutefois, j'ai confiance dans les connaissances de Frost en la matière. C'est parti.

J'imagine l'un des fils magiques flottant dans l'eau comme une paille, puis j'aspire doucement. Dans mon esprit, pas pour de vrai. Même si je ne peux pas m'empêcher de faire un léger bruit de succion.

Lentement, l'eau est attirée par ma magie ; une corde bleu foncé s'enroule autour de mon fil magique. Elle semble fraîche lorsqu'elle pénètre en moi, pourtant elle n'est pas mouillée, étrangement. Mais ce n'est pas mon corps qui ressent les choses, c'est mon esprit. Ma magie.

La magie de l'eau est différente de la mienne, elles ne se mélangent pas. Mais maintenant qu'elle est en moi, je peux la contrôler. Je la forme en une petite boule, juste assez grande pour tenir dans ma main. Puis je la pousse vers l'extérieur, comme je le ferais avec ma propre magie.

J'ouvre les yeux. Bon, une boule d'eau plane bien au-dessus de ma main – mais elle est plutôt grosse. Deux fois plus grosse que moi, en fait. Oups ! Apparemment, j'ai sous-estimé ma force.

Frost ricane derrière moi.

— Un peu trop ambitieuse, aujourd'hui ?

Je ris avec lui.

— Aujourd'hui ? Toujours !

J'admire ma sphère d'eau. Je n'arrive pas à croire que je l'ai créée. Et cela ne m'a pas demandé beaucoup d'énergie. La magie de l'eau est peut-être mon pouvoir le plus fort.

— Maintenant, relâche-la lentement, dit Frost, toujours en riant.

Oh oui, compte sur moi ! Avec un sourire diabolique, je déplace l'eau juste au-dessus de lui et je la laisse tomber. Elle s'écrase sur lui. Et sur moi. Apparemment, je ne suis pas douée pour évaluer les distances. Ça s'est retourné contre moi. Au moins, l'eau est encore assez chaude. Ça aurait pu être pire.

Je réfléchis et je suis soudain poussée vers le bas, sous la surface. Une fois que je suis complètement immergée, les mains de Frost disparaissent de mes épaules et je refais surface en bafouillant des obscénités. Salaud !

Je me retourne et lance un regard noir à mon Gardien. La vengeance sera douce. Mouillée, en réalité.

Ça ne me demande pas beaucoup d'effort d'invoquer la magie de l'eau en moi et de l'expulser en une rafale massive qui frappe Frost en pleine poitrine et le projette en arrière. Je l'ai eu !

Il est plongé dans l'eau et disparaît.

Et ne refait pas surface.

Oh ! oh !

Je viens peut-être de tuer mon Gardien.

L'eau autour de moi devient soudainement froide. Très froide. Je ne serais pas surprise qu'elle se transforme en glace, c'est si gelé !

— Frost ! hurlé-je en commençant à frissonner.

— Tu vas faire quoi, maintenant, petite princesse ?

Sa voix joyeuse contraste avec la colère que je ressens en le voyant s'approcher de moi.

Il marche à nouveau sur l'eau. Comme ce foutu Jésus. Un Jésus tout nu.

— Réchauffe-la ! grogné-je en lui lançant un regard haineux.

Il se contente de rire.

— Fais-le toi-même.

Et il se tourne et s'en va.

Fils de garce de sirène !

Bon, qu'est-ce que je fais, maintenant ? Comment la réchauffer ? En demandant gentiment à la magie de l'eau ? En la menaçant ? Non, il doit y avoir une meilleure façon de le faire. Qu'est-ce qui génère de la chaleur ? Le mouvement.

Je prends autant de magie que j'ose et la jette dans l'eau, la secouant d'un côté à l'autre, la faisant tourbillonner dans l'eau glacée. L'eau ne bouge pas vraiment, mais je vois son essence changer lentement de couleur. Et de température. Je soupire de soulagement.

— Grossier, mais efficace, commente Frost derrière moi.

Comment fait-il pour toujours me surprendre comme ça ? D'accord, j'étais occupée à gaspiller toute ma magie pour chauffer un (petit) lac entier.

— Maintenant, ne lâche pas ta magie, mais retire-la. La température ne changera pas, ne t'inquiète pas.

Je suis ses conseils. Dieux merci, ça marche, sinon je n'aurais pas été d'une grande utilité pour mes prochaines leçons. Une demi-déesse sans magie est pire qu'une humaine.

— Bien joué, me sourit-il en s'asseyant sur l'eau comme s'il s'agissait d'une surface solide.

— Comment je fais ça ? demandé-je avec appétit.

Cette compétence va me donner l'impression d'être une véritable déesse.

— Il te suffit de croire que tu peux le faire, dit-il simplement.

— Merci pour cette explication détaillée, lancé-je d'une voix rageuse.

— De rien.

Il me tend la main et je la saisis. Une seconde plus tard, je suis dans ses bras, sur l'eau à côté de lui. Cool ! Puis il me lâche et je retombe dans l'eau.

— Crois-y !

— Tu sais que tu ressembles à un prêcheur fou ?

Il sourit.

— Je crois en toi. Je suppose que ça fait de moi un croyant en la divine Wynter.

Je le regarde, bouche bée.

— Je ne suis pas divine.

— Tous les Dieux ne le sont-ils pas ?

— Si, mais je ne suis pas une Déesse.

— Mon ange, tu as réussi à chauffer un lac entier. Seuls les Dieux et les Gardiens peuvent faire ça.

OK, je l'admets, je suis sans voix. Et un peu fière.

Il me tire à nouveau hors de l'eau. Il y met tant de force que je trébuche contre lui… et je ne m'arrête pas vraiment. Il m'attrape dans ses bras et me serre contre lui. C'est alors que je remarque que je suis en sous-vêtements mouillés. Et il est nu. Oh, tellement nu ! Et apparemment, il a remarqué la même chose. Au lieu de me relâcher, il me serre encore plus fort dans ses bras. Sa verge dure se presse contre mon ventre. Curieusement, cela ne me dérange pas. Mes tétons sont tout aussi durs – mais c'est parce qu'ils sont mouillés et subissent l'air froid de l'Écosse. Et pas ce genre d'humidité. Je veux dire, trempés. Nooon. Mouillés par l'eau du lac. C'est tout. Il ne m'affecte pas le moins du monde.

— Wyn, murmure-t-il, et je me fonds en lui.

Je relève la tête et mes lèvres s'ouvrent à l'idée de rencontrer les siennes.

Son baiser est doux et tendre, si différent du baiser exigeant de son jumeau. Mais c'est tout aussi bon. Il a le goût de la mer, salé et frais à la fois, et je veux le savourer davantage, alors je plonge ma langue dans sa bouche. Il gémit et passe une main dans mes cheveux, guidant doucement ma tête pour que je lève les yeux vers lui. Ses doux yeux bruns fixent les miens tandis que nos langues dansent, et je vois son désir brûler dans ses yeux. Je suis sûre que les miens sont pareils. J'ai envie de lui. J'ai besoin de lui.

Je passe mes mains dans son dos, sentant les muscles durs autour de ses omoplates. Il mordille ma lèvre inférieure et, avec surprise, je griffe son dos, mes ongles laissant des marques sur sa peau. Il gémit à nouveau et cela m'excite encore plus. Mes Gardiens me provoquent depuis si longtemps – d'abord Storm, puis Arc, et maintenant Frost. J'ai besoin de plus que leurs baisers.

Alors, je décide de l'achever. J'attrape son cul à deux mains et je serre, attirant son bassin contre moi, frottant son sexe dur contre mon ventre.

— Wyn, halète-t-il en s'éloignant un instant de mes lèvres.

J'attends qu'il dise quelque chose, mais il continue de respirer bruyamment. Il a eu sa chance. Je me mets sur la pointe des pieds et l'embrasse. Il soupire contre ma bouche, puis me rend le baiser avec avidité. Il est plus intrépide qu'avant ; le doux baiser s'est transformé en une conquête victorieuse.

Je passe à nouveau mes mains sur son dos. J'ai besoin de son contact. J'ai besoin de le sentir.

Il se recule, mais seulement pour un moment, puis il appuie doucement sur mes épaules, me faisant signe de me mettre au sol – enfin, sur la surface de l'eau. Je n'arrive toujours pas à croire que nous nous tenons (tripotons) sur le lac. Mais je n'ai pas le temps de réfléchir, car il m'incite à m'allonger sur le dos, le regard tourné vers lui. Il s'agenouille à mes côtés et passe ses mains sur mon ventre, puis plus haut, atteint ma poitrine. Il la pétrit à travers le soutien-gorge mouillé que je porte encore.

— Enlève-le, murmuré-je à voix basse, et il s'exécute, le remontant négligemment et exposant mes seins.

— Tu es magnifique, Wyn ! gémit-il, et il se penche pour prendre mon mamelon gauche dans sa bouche.

Il presse doucement l'autre de ses mains, en faisant des cercles autour de mon aréole plissée. Je gémis et me cambre. Je ne sais pas comment il réussit à me mettre dans cet état rien qu'en m'embrassant, mais je me sens déjà si proche de la jouissance ! Ma peau est brûlante et j'ai désespérément besoin d'être libérée. Il m'excite, mais j'ai besoin de plus. J'attrape sa tête à deux mains, je le retire de mon sein et je le pousse vers le bas.

Il s'esclaffe.

— J'allais y venir, princesse.

— J'ai besoin de toi, maintenant ! gémis-je. Je t'en supplie.

Sa langue trace une ligne sur ma peau. Lorsqu'il atteint mon nombril, il le mordille. Je ris presque, mais cela se transforme en gémissement. Je le pousse plus loin. Stupide Gardien ! Il n'a pas compris le message ?

J'ai de plus en plus chaud – et je parle de ma température. Je sens la sueur perler sur mon front. Aucun autre homme ne m'a jamais fait ressentir cela. J'ai désespérément besoin d'un verre, mais j'ai encore plus envie de sentir Frost, entièrement.

Sa langue est enfin arrivée à destination. Presque. Si près du but. Mais il me taquine, léchant trop haut, pas au bon endroit. Et il le sait.

— Frost ! crié-je, ignorant à quel point je manque d'air.

Il glousse, puis finit par presser sa langue contre le cœur de mon désir. Je crie, et lui aussi.

Mais si mon cri est de plaisir, le sien est de douleur.

— Arrête, Wyn, arrête !

Je me redresse et sursaute. Un cercle de flammes nous entoure, luttant violemment contre la barrière d'eau que Frost lui oppose. Des étincelles jaillissent tout autour de nous.

Il se retourne et je vois son dos, la peau est rouge vif là où le feu l'a brûlé. Je panique.

— Je ne sais pas comment l'arrêter ! pleuré-je, me tordant les mains devant le chaos que j'ai provoqué.

— Retire ta magie ! répond Frost en lançant ses bras en l'air, invoquant une vague qui s'écrase contre le mur de feu.

Mais ce n'est pas suffisant pour l'éteindre.

Reprends-toi, Wyn. Tu ne peux pas le laisser se blesser davantage.

Je me concentre de façon à voir ma magie s'enflammer furieusement autour de moi. Je ne l'ai jamais vue aussi violente. J'essaie de la faire reculer, mais elle ne réagit pas. Mes fils magiques habituels se sont transformés en un véritable brasier que je ne contrôle plus.

— Arrête-le à la source ! crie Frost désespérément, jetant plus d'eau sur le feu.

Je ferme les yeux et cherche la grotte de mon cœur, à l'intérieur de moi. Elle brûle, la grotte est remplie de flammes. Ma magie grogne après moi avec colère ; elle me dit que ce n'est pas sa faute. Je l'ignore et j'utilise la magie de l'eau que Frost vient de m'apprendre. Je la verse dans la grotte, de plus en plus, jusqu'à ce qu'elle éteigne les flammes. Au soupir de soulagement de mon Gardien, je comprends que le feu autour de nous s'est également éteint.

Ma magie secoue sa fourrure dégoulinante, me lance un regard mauvais et se retourne en léchant ses plaies.

Ce qui me rappelle...

— Frost, à quel point tu es blessé ?

Je cours jusqu'à l'endroit où il est agenouillé sur le sol, les épaules affaissées par l'épuisement.

— Tout va bien, princesse, j'ai connu pire.

— Tout ne va pas bien, ma magie t'a fait du mal. Je t'ai fait du mal.

Je m'enfonce à côté de lui, examinant son dos.

C'est grave. Des brûlures recouvrent la majeure partie de la peau, allant du rouge vif aux cloques.

— On doit t'emmener à Crispin, murmuré-je, mon cœur se refroidissant sous l'effet de la honte.

Tout est ma faute.

Je l'aide à se relever, en passant l'un de ses bras par-dessus mes épaules, et nous retournons ensemble au cottage.

Lui, brûlé et nu. Moi, misérable, coupable, en sous-vêtements.

DOUZE

— Qu'est-ce que tu as encore fait ? souffle Crispin.

— Je n'ai rien fait, proteste Frost, mais son acolyte se contente de hausser un sourcil et de nous faire entrer dans le cottage.

Aodh et Chesca sont assis dans le salon, mais se lèvent en nous voyant. Le Gardien nous fait signe de nous asseoir sur le canapé.

— Tu peux t'y allonger, Frost.

La Démone marmonne quelque chose à propos des taches de sang, mais un regard de son amant Gardien la fait taire. Wouah ! Je n'avais pas réalisé à quel point il avait de l'influence sur la diva démoniaque.

Avec un gémissement, Frost s'enfonce dans le canapé. Crispin se tient à côté de lui, déplaçant ses mains en l'air au-dessus de son dos brûlé. Je le vois tisser un filet de fils magiques fins, délicats et magnifiques.

— C'est ta première leçon de guérison, murmure Crispin, le front plissé par la concentration.

— Je n'avais pas prévu que ça se passerait comme ça, répliqué-je tristement.

— Ne t'inquiète pas, princesse, lance Frost, la voix étouffée par les deux coussins sur lesquels sa tête est posée. Je suis heureux de te servir de rat de laboratoire.

— Euh… merci. Je me sens beaucoup mieux grâce à toi.

Il rit, puis gémit lorsque Crispin abaisse le filet magique tissé sur son dos.

— La magie est par nature sans but, explique le guérisseur en manipulant la toile. Seule l'intention de celui qui l'utilise en fait un outil. Quand j'ai tissé ce filet, ce n'était qu'une forme, rien de plus. De l'énergie assemblée d'une certaine manière. Mais maintenant, j'y mets de l'intention. Je lui dis d'avoir un but et de guérir les blessures de Frost. Tu dois lui donner des instructions précises. C'est facile quand c'est une consigne simple comme « allume une bougie », mais avec la guérison, tu dois lui dire exactement quoi faire. C'est pourquoi les connaissances médicales sont essentielles, même pour un Magicien guérisseur. Je dois savoir ce dont la peau a besoin pour être soignée. Elle a besoin de fluides, de sang, de produits chimiques pour se réparer ?

— Donc, même si j'ai de la magie et que je peux tisser une toile comme la tienne, je ne pourrais pas vraiment l'utiliser pour guérir ? demandé-je, un peu confuse.

Ça ne ressemble pas du tout à la magie que j'utilise normalement.

— Tu pourras peut-être guérir un os cassé, mais tu ne pourras probablement pas réparer les tissus autour de la fracture. Une fois que nous serons dans les royaumes, je t'apprendrai les bases pour que tu puisses soigner des blessures mineures.

Frost ricane.

— Ce qu'il veut dire, c'est qu'il te donne une leçon pour

t'expliquer que tu ne sais rien et qu'il ne peut rien t'enseigner maintenant.

En réponse, Crispin fait un geste du doigt et une partie du filet magique appuie sur la peau de Frost. Celui-ci gémit.

— Tu disais quoi, mon ami ?

— Rien. Seulement que tu es le meilleur guérisseur qui soit. Maintenant, pourrais-tu t'y mettre, s'il te plaît ?

Crispin soupire.

— Comme tu voudras.

Avec des mouvements experts, il agite ses mains dans l'air, ses doigts manipulant la magie comme une araignée tirant sur sa toile. Certains des fils magiques pénètrent dans le corps de Frost, d'autres s'étalent sur sa peau. Lentement, je vois qu'ils font effet. Sa chair est moins rouge et les cloques rétrécissent avant de disparaître complètement. En quelques minutes, son dos est aussi impeccable qu'il l'était avant… l'accident.

Avec un dernier geste de ses mains – comme un chef d'orchestre lors des dernières notes d'une symphonie –, Crispin dissipe la magie et s'éloigne de son patient.

— Maintenant, quelqu'un pourrait me dire comment Frost a fini brûlé en t'enseignant la magie de l'eau ?

LES AUTRES GARDIENS nous ont rejoints dans le salon pour écouter mon explication embarrassante. C'est l'histoire la plus gênante que j'aie jamais eue à raconter. J'ai mis le feu à l'homme avec qui j'allais coucher.

Ouais, je suis sûre que ça arrive à tout le monde à un moment ou à un autre de sa vie. Ou pas.

Quand j'ai fini, le silence règne. Même Chesca regarde

tranquillement le sol. Je me rends compte à quel point c'est grave.

— Tu as dit que tu avais eu chaud juste avant que ça n'arrive, dit finalement Aodh d'un ton pensif.

— Bien sûr qu'elle a eu chaud. Il suffit de le regarder, glousse son amante bêtement. Si ces bras musclés me touchaient, moi aussi, j'aurais chaud.

Je rougis. En fait, mon visage est resté rouge tout le long de cette conversation. Ils voulaient tous entendre beaucoup de détails… C'était tellement gênant !

— C'est peut-être parce que sa magie ne s'est pas encore installée, suggère Storm. Elle n'a pas eu le temps d'explorer ce dont elle est capable.

— Ça ne ressemble pas à une crise normale, répond Crispin. Non, elle a dit que sa magie était attaquée, n'est-ce pas, Wyn ?

— Je ne sais pas si c'est le mot adéquat. Ma grotte… (pour une raison quelconque, Frost ricane à ce mot) était en feu, comme tout ce qui nous entourait. Mais je ne sais pas ce qui s'est passé.

— Aodh, tu es l'expert en magie de feu, dit Storm. Tu as déjà entendu parler d'un tel phénomène ?

Le Gardien secoue la tête.

— Pas que je me souvienne. Mais je vais jeter un coup d'œil dans mes livres, je trouverai peut-être quelque chose.

— Bien. Arc va t'aider. Frost, tu as besoin de dormir, la guérison a utilisé une grande partie de ton énergie. Crispin, c'est à toi d'enseigner à Wyn. Mais cette fois, je reste avec toi. Si quelque chose se reproduit, je ne veux pas que tu sois toute seule.

Je m'apprête à protester, à dire qu'avec Crispin, je ne suis pas seule, mais un regard sévère de Storm me fait taire. Je sais reconnaître un combat perdu d'avance.

Je soupire.

— Bon, d'accord. Alors, qu'est-ce qu'on fait ?

Au lieu de sortir comme je l'ai fait avec Arc et Frost, Crispin nous emmène à l'étage, dans l'une des chambres. Je commence à aimer de plus en plus ce cottage. Tout est décoré avec goût, c'est pittoresque et mignon. J'aurais imaginé qu'une petite vieille vivait ici, pas une diva démoniaque. À partir de maintenant, je continuerai à l'appeler comme ça. Ça lui va bien.

On s'assoit sur l'épais tapis qui couvre la plus grande partie du sol, devant un lit à baldaquin. Storm se tient dans l'embrasure de la porte et nous observe. Il me rend nerveuse. Avec lui ici, j'ai l'impression qu'il s'agit d'une prophétie qui se réalise d'elle-même, d'un accident magique qui ne demande qu'à arriver.

— Tu veux bien t'asseoir ? S'il te plaît, dis-je, crispée, lorsqu'il ne bouge toujours pas.

Il souffle et traverse la pièce pour s'installer sur le lit. Il est aussi tendu que moi ; prêt à bondir et à intervenir. J'espère que ce ne sera pas nécessaire.

— Wyn, on n'a pas beaucoup de temps, m'interpelle Crispin, me tirant de mes pensées. Tu as eu tes leçons avec Arc et Frost, tu penses avoir appris suffisamment pour utiliser ces éléments demain ?

J'y réfléchis un instant. Malgré les mésaventures et les déceptions, j'ai appris quelque chose. Mince alors, j'ai réussi à lancer Frost à travers la moitié du lac. Et j'ai réussi à maintenir Chesca hors de mon bouclier mental – ce dont je suis extrêmement reconnaissante. J'ai l'impression que je n'ai fait qu'effleurer la surface de ce que je pourrais faire si j'avais plus de temps, mais je n'en ai pas. Nous ne savons toujours pas qui a essayé de me tuer, et plus nous resterons ici, plus il leur sera facile de nous trouver. Nous devons traverser les Pierres, armée de Démons ou pas.

— Oui, je pense que l'eau sera utile. Mais je n'ai utilisé la magie de l'eau qu'en étant dans le lac. Comment je peux l'invoquer en étant sur la terre ferme ?

Storm soupire et grimace. Je sens sa déception me piquer la peau.

— Frost t'a appris à te connecter à l'essence de l'eau, à la reconnaître. Maintenant que tu l'as fait, c'est facile. Étends ta magie tout de suite. Il y a de l'eau tout autour de toi, dans l'air, dans le sol, dans les tuyaux. Si tu tires assez fort, elle viendra.

J'élargis ma conscience et constate qu'il a raison. Je vois maintenant le monde qui m'entoure différemment. C'est comme si j'avais développé un nouveau sens – faible, mais bien là. Je sais qu'un tuyau passe juste en dessous de mon pied droit ; je sais qu'un petit ruisseau coule à une cinquantaine de mètres du cottage. Je sens même l'eau présente dans le sang des Gardiens autour de moi.

Ma surprise a dû se lire sur mon visage, car Crispin me fait un large sourire.

— Tu as réussi ?

J'acquiesce, lui rendant son sourire. Enfin une réussite !

— Mais ça ne va pas demander beaucoup d'énergie d'invoquer l'eau depuis le ruisseau ?

— Pas si tu lui laisses une certaine marge de manœuvre. Tu sens dans quelle direction il s'écoule ?

— Oui, il s'éloigne d'ici, vers la mer.

— Bien. Si tu invoquais l'eau de mer pour la faire venir à toi, ça irait à l'encontre de son courant, de sa nature, et tu aurais besoin de beaucoup d'énergie. Mais si tu la prends dans l'autre sens, elle s'écoule déjà vers toi, tu as juste à l'accélérer un peu. Tu n'as pas besoin de beaucoup de force pour le faire.

— C'est logique. Je repense à l'eau que j'ai sentie autour de moi. Question idiote, mais je peux obtenir de l'eau à partir du sang ?

— Non ! gronde Storm, ce qui me fait sursauter. Ne manipule jamais, jamais la magie dans les autres, à moins que tu ne veuilles leur faire du mal.

— Bien sûr que je ne veux pas vous faire du mal, mais qu'en est-il des Démons ? Je ne pourrais pas... Je ne sais pas, faire bouillir leur sang, par exemple ?

Storm ouvre la bouche pour dire quelque chose, mais Crispin est plus rapide.

— C'est une bonne question, Wyn. L'une des raisons pour lesquelles nous ne le faisons pas, c'est que la plupart des gens n'ont pas assez de contrôle pour n'affecter que le sang d'un seul Démon. Ils pourraient blesser ou même tuer leurs camarades. C'est l'une des rares façons de tuer les Gardiens, soupire-t-il.

— Oh !

Ça me fait taire – pour quelques secondes, au moins.

— Mais si tu avais le contrôle, ça ne serait pas logique...

— Tu as déjà prouvé que tu n'avais pas le contrôle, alors arrête de discuter ! crie Storm en se levant du lit.

Je le regarde bouche bée, puis j'acquiesce. Il a raison. Et c'est son frère que j'ai brûlé, il est donc logique qu'il soit en colère. Malgré tout, pourquoi cela me fait-il si mal de voir la colère sur son visage ? Une colère dirigée contre moi ?

— Storm, prends un moment, le réprimande Crispin. Sors, Wyn doit se concentrer.

Celui-ci lui jette un regard agacé, mais quitte la pièce, nous laissant seuls. Ce n'est que maintenant que je remarque que mes yeux sont un peu humides. Oh, Wyn, pourquoi ces hommes t'obligent-ils à te comporter comme une pleurnicheuse à cause de tes hormones ?

— Il ne le pense pas, Wyn, dit Crispin doucement. Ce que tu as demandé… il a perdu un ami de cette façon. Ce n'est pas une belle façon de mourir. Après l'avoir vu une fois… eh bien, tu n'utiliseras cette méthode que lorsque tu n'auras pas d'autres choix.

— Je comprends, murmuré-je, mortifiée par ce que Storm a dû penser de moi.

Moi, me comportant comme le meurtrier de son ami.

— Je le sais, sourit Crispin. C'est pourquoi je sais que tu aurais posé beaucoup d'autres questions, n'est-ce pas ? Nous avons juste choisi de nous concentrer sur la mauvaise.

Je fronce les sourcils.

— Mais comment je suis censée me battre si je ne sais rien ? Un jour ne suffit pas pour se préparer. Je suis censée lâcher une boule d'eau sur les démons ? Tout ce qu'Arc m'a appris, c'est à protéger mon esprit. Ça ne me servira à rien quand un Démon se tiendra devant moi et essaiera de me tuer. J'ai besoin d'outils, d'armes, de quelque chose de rapide qui nous permettra d'atteindre les Pierres sans nous faire tuer.

— Et c'est pourquoi tu es ici maintenant, dit Crispin toujours en souriant. Tu sais que je suis un guérisseur, mais savoir réparer un corps, c'est aussi savoir le briser.

Je comprends mieux. Et je suis triste à l'idée que Crispin, ce Gardien innocent, drôle et serviable, doive utiliser sa magie de guérison d'une telle manière. C'est mal. Et malgré son sourire, ses poings serrés me disent qu'une histoire se cache derrière. Une histoire que je ne suis pas sûre de vouloir entendre.

J'ai toujours su qu'il y avait plus dans Crispin que son apparence joyeuse. Mais maintenant que je suis sur le point d'en découvrir davantage, je suis presque sûre de ne plus en avoir envie.

— Il y a plusieurs façons de mourir.

La voix de Crispin est devenue froide, son visage est un masque sans émotion. Comment a-t-il pu changer si rapidement ?

— Le cœur s'arrête, la respiration se coupe, les organes cessent de fonctionner, le cerveau cesse d'envoyer des signaux. Il existe tant de façons différentes d'interrompre une existence ! Même les Gardiens peuvent mourir quand les circonstances s'y prêtent.

Il s'arrête un instant et je n'ose pas parler.

— Et les Démons aussi, poursuit-il avec détermination. Ils peuvent être tués et je peux t'apprendre à le faire.

Je ne suis plus sûre de le vouloir. Je n'ai d'ailleurs jamais vraiment voulu le faire. Je n'ai jamais tué personne de ma vie. En fait, je sauve des araignées et je les mets dehors avant que ma mère ne les trouve et ne les tue avec une tapette à mouches. Je ne tue pas. Et ces Démons ne m'ont pas encore menacée, n'est-ce pas ? Tout ce qu'ils font, c'est se tenir autour des Pierres dressées. Peut-être qu'ils ne nous arrêteront même pas ?

— Ne te mens pas à toi-même, soupire Crispin.

Je le regarde avec stupeur, puis je regarde à l'intérieur de mon esprit, à la recherche de mon bouclier. Il est abaissé. Il a lu mes pensées.

— Pourquoi tu as fait ça ?

— Parce que tu as besoin d'apprendre. Tu dois apprendre à protéger ton esprit, tu dois apprendre à te battre, tu dois apprendre à ne pas hésiter quand un Démon se tient devant toi, prêt à te tuer. Il faut que tu t'en sortes vivante. Donc je vais te montrer. Je dois le faire.

Là, il commence à me faire peur. Pas dans le sens où il va me sauter dessus, non, dans le sens où il se fait du mal en m'aidant.

— Prends ma main.

Devant mon hésitation, il tend la main et serre mes doigts dans les siens.

— Maintenant, envoie un peu de ta magie en moi. Pas dans mon esprit, dans mon corps.

— Et si je te fais mal ?

— Tu ne le feras pas, dit-il avec une telle confiance que je ferme les yeux et envoie un seul fil magique à travers nos mains jointes.

Lorsqu'elle coule en lui, j'éprouve une sensation étrange. J'imagine que c'est ce que ressentent les personnes amputées lorsqu'elles sentent leurs membres alors qu'ils ne sont plus là. C'est comme si j'avais un deuxième corps, mais il est éphémère, comme un écho de quelque chose qui a été. J'y mets un peu plus de magie et la conscience de cet autre corps devient plus forte.

— Tu sens mes orteils ?

Sans même avoir à réfléchir, je sais que oui. Ils sont là, bien au chaud dans ses chaussettes. Je hoche la tête, craignant que parler ne me déconcentre.

— Tu sens la façon dont je suis assis sur le sol ?

Oui, je remarque que ses fesses touchent le tapis irrégulier. Hmm, c'est une sensation étrange. Pendant une seconde, j'envisage d'essayer de voir à quoi ressemble certaines parties du corps à proximité – c'est peut-être la seule occasion d'explorer l'anatomie masculine de ce point de vue –, mais je m'abstiens de le faire.

— Tu sens mon cœur battre ?

D'une seule pensée, je suis dans sa poitrine, éprouvant chaque contraction de son cœur.

C'est vraiment étrange. Je le vois se contracter, non, c'est plus une sorte de sensation que de vision. Et d'une certaine manière, je sais que si je le touchais, je pourrais l'obliger à s'arrêter.

Je me replonge dans mon propre corps en un clin d'œil.

— Pourquoi tu m'as laissé faire ça ? J'aurais pu te blesser, accusé-je Crispin.

— Je savais que tu ne le ferais pas. Mais tu dois savoir comment le faire.

— En quoi c'est mieux que, tu sais, faire bouillir ton sang ?

— C'est rapide. C'est presque indolore. Et si tu veux que personne ne le sache… des gens meurent de crises cardiaques tout le temps.

J'écarquille les yeux. Il ne parle plus de tuer au combat. Il parle d'assassinat.

— Maintenant, essayons sans que je te touche.

Il se penche en arrière, sa main quitte la mienne. Ma main est froide où la sienne me touchait. Je me concentre et lui envoie de la magie. Entrer dans son corps est plus difficile sans le contact physique, mais c'est encore assez facile. Il suffit d'une petite poussée et je suis à l'intérieur. Cette fois, je vais directement à son cœur, m'émerveillant de voir comment cette petite chose parvient à alimenter tout son corps. J'ai envie de tendre la main, de le toucher, de lui ôter la douleur que je sais cachée quelque part à l'intérieur – mais ce serait stupide.

Je quitte le corps de Crispin et retourne dans le mien.

Je constate que quelque chose ne va pas. Je n'arrive pas à mettre le doigt dessus, mais j'ai une drôle de sensation dans la gorge, comme si de la nourriture y était coincée. Je déglutis, mais la sensation ne s'en va pas. En fait, elle se renforce de plus en plus ; mes voies respiratoires se ferment lentement.

— Crispin, haleté-je, en vain, mon Gardien restant assis, les yeux fermés. Je ne peux pas respirer !

Ses sourcils se froncent, mais la pression autour de ma trachée augmente. Je respire bruyamment, essayant de faire entrer autant d'air que possible.

— Cris…

Ma voix faiblit. Des taches noires dansent devant mes yeux et je me sens osciller, bien que je sois assise sur le sol. Dans un geste désespéré, j'ouvre mon esprit, levant mon bouclier, criant à l'aide.

Non pas que je m'attende à ce que quelqu'un m'entende.

Mon dernier souffle me quitte.

Je ne peux plus respirer.

Je tombe lentement en arrière, mais je sens à peine ma tête toucher le sol.

— Relâche-la !

La voix tonitruante de Storm traverse mon esprit embrumé.

— Je ne peux pas, elle va la tuer, murmure Crispin.

— Elle est partie. Elle ne peut plus leur faire de mal. Maintenant, laisse-la partir !

Une gifle résonne dans la pièce. Ma gorge s'ouvre et je prends une profonde inspiration.

— Wyn, ça va ?

Frost est à mes côtés et m'aide à me redresser. J'ai la tête qui tourne et je m'appuie sur lui pour me soutenir. Que vient-il de se passer ?

Lentement, ma vision redevient normale.

Crispin me regarde, les yeux écarquillés. Je ne vois que de la peur dans ses yeux turquoise, une panique qui doit être insupportable.

— Arc, fais-le sortir, ordonne Storm.

Le grand Gardien soulève Crispin, qui ne réagit pas du tout, et le traîne hors de la pièce.

Frost me caresse doucement les cheveux tandis que son frère nous regarde. Je ne l'ai jamais vu arborer une expression aussi émue.

— Je n'aurais pas dû vous laisser seuls tous les deux, finit-il par dire à mi-voix.

— Tu ne savais pas qu'il serait encore affecté comme ça, dit Frost d'un ton apaisant, en passant toujours ses doigts dans mes cheveux.

— Qu'est-ce qui vient de se passer ? demandé-je, la voix rauque et cassée.

Frost soupire.

— Crispin a des… problèmes. Lorsqu'il a été créé, ce n'était pas pour en faire un protecteur ou même un amant. Non, sa Déesse l'a façonné pour l'aider d'une autre manière. Elle pensait pouvoir créer un pion qui suivrait aveuglément tous ses désirs tordus. Mais les Gardiens ont un sens intrinsèque du bien et du mal. Même au début, Crispin savait que ce qu'elle lui demandait était mal. Sa Déesse lui a donc fait une sœur. Il devait vraiment l'aimer, car il a commencé à faire ce qu'on lui demandait. Je ne connais pas tous les détails, mais d'après les histoires, elle en a fait un assassin. Un inquisiteur.

— Il a fait des choses terribles, murmure Storm.

Frost fait une pose, puis continue :

— Quand Beira l'a appris, elle est intervenue. Mais la Déesse n'a pas abandonné facilement. Sans qu'on sache comment c'est arrivé, la sœur de Crispin est morte. Il n'en parle pas, mais ça l'a brisé. Beira l'a envoyé à Freya pour qu'il commence une nouvelle vie. Il lui a fallu beaucoup de temps pour s'en remettre.

— Apparemment, il n'y est pas encore parvenu.

La voix de Storm est un mélange de tristesse et de colère.

Mon cœur se brise pour Crispin.

— Quel était son nom ? La Déesse qui l'a créé ?

Les jumeaux restent silencieux un moment. Puis Storm s'éclaircit la gorge.

— C'est la Morrigan.

CHAPITRE

TREIZE

J e me réveille avec un sentiment d'effroi au fond de l'estomac. Il n'y a pas de réveil en douceur, aucune langueur restante. Non, je le sais tout de suite : aujourd'hui, nous allons devoir nous battre. Et si ça tourne mal, il n'y aura peut-être pas d'autre matin pour mes Gardiens et moi.

Pour la centième fois, je me demande si nous devons vraiment le faire. Nous pourrions simplement nous cacher quelque part sur Terre, en attendant que nos mystérieux poursuivants abandonnent. Apparemment, les Gardiens ont accès à pas mal d'argent ; ils pourraient sûrement payer un vol vers une île exotique quelque part.

Mais Arc avait raison hier soir lorsqu'il affirmait que cette horde de Démons ne resterait pas éternellement près des Pierres. Ils auront faim et iront dans les villages voisins. Des gens seront tués.

Nous devons nous débarrasser d'eux et franchir le Portail dans la foulée. De préférence avec tous nos membres intacts.

Je me redresse et regarde autour de moi. Mes Gardiens campent sur des matelas à même le sol ; après la nuit dernière, ils ont tous ressenti le besoin d'être avec moi. C'est mignon, dans un sens, mais j'aimerais que ce ne soit pas parce que Crispin souffre d'un syndrome de stress post-traumatique d'homicide.

La soirée a été très calme. L'absence de nos plaisanteries et de nos rires habituels m'a poussée à aller me coucher juste après le dîner, et les autres ont rapidement suivi. Nous n'avons pas beaucoup parlé de ce qui s'est passé. Les jumeaux ont refusé de m'en dire plus sur l'histoire de Crispin. Et ce dernier n'était pas en état d'en parler – et je ne le lui aurais pas demandé de toute façon. S'il décide un jour qu'il est prêt, il le fera probablement. Pour l'instant, il doit gérer la culpabilité de m'avoir presque tuée.

Je ne lui en veux pas, mais il n'écoutait pas. Il s'était assis dans un coin, ne croisant pas mon regard, ne parlant pas, réagissant à peine lorsque l'un de nous s'adressait à lui.

Je le cherche dans la pénombre de la chambre. Son matelas est vide, la couette soigneusement pliée sur le dessus.

Les autres gars dorment encore – d'accord, je n'ai rien dit, Storm est réveillé et m'observe depuis sa place près de la porte. Son visage est caché dans l'ombre, mais je vois de minuscules points de lumière se refléter dans ses yeux ouverts. Je soupire et me lève. Storm lève la tête.

— Où tu vas ?

— Chercher Crispin, murmuré-je.

Pendant un instant, je crois qu'il va m'empêcher de partir, mais il rejette sa couverture (ses abdos sont encore plus ciselés dans l'obscurité) et se lève à son tour. Il enfile une chemise qui gît sur une pile au sol à côté de son matelas, mais il ne la boutonne pas, ce qui me permet de voir son corps musclé. Ai-je précisé qu'il ne porte qu'un caleçon ?

Eh bien, s'il veut la jouer comme ça… Je resterai en t-shirt et short de pyjama. Non pas que j'aie un corps comme le sien, mais c'est peut-être suffisant pour le mettre un tout petit peu mal à l'aise.

Il ouvre la porte. Elle grince et Arc relève la tête, mais quand il voit que Storm est avec moi, il se recouche.

Bien. Je n'ai pas besoin qu'ils m'accompagnent tous.

Je suis Storm dans la maison silencieuse. Les premières lueurs du matin éclairent juste assez les pièces pour que nous n'ayons pas besoin d'allumer les lumières pour trouver notre chemin.

— On va où ? chuchoté-je.

— Je sais où il est, répond simplement Storm, m'incitant à ne pas poser d'autres questions.

Lorsque nous atteignons la porte d'entrée, je regrette mon choix de vêtements. Je n'avais pas réfléchi autant à l'avance. Il va faire super froid, dehors.

Mais si je retourne dans notre chambre maintenant, Storm pourrait bien aller voir Crispin tout seul. Je soupire et enfile mes chaussures. Sur un porte-manteau dans un coin, je choisis une veste au hasard – à en juger par l'odeur légèrement parfumée, je suppose qu'elle appartient à Chesca.

Storm n'a mis que ses bottes, sans prendre de manteau. Il n'a toujours pas boutonné sa chemise. Ouais, vraiment viril. Frimeur.

Lorsqu'il ouvre la porte, un vent glacial nous accueille. On dirait que l'automne se transforme lentement en hiver.

Le soleil se lève sur les collines au loin. La journée s'annonce magnifique.

Je sors et respire l'air frais, en essayant de ne pas penser que c'est peut-être mon dernier lever de soleil.

Ma dernière chance de parler à Crispin.

Storm fait le tour de la maison et suit le chemin que j'ai emprunté avec Frost hier après-midi, vers le lac. Il est silencieux ; tout ce que j'entends, ce sont nos pas sur le sol légèrement gelé et quelques chants matinaux des oiseaux.

Lorsque nous atteignons le lac, je suis gelée. C'était vraiment une mauvaise idée de ne pas mettre de vêtements appropriés. Storm s'arrête au bord du lac et se retourne, remarquant ma silhouette frissonnante.

Il me lance un sourire carnassier (oui, il sait sourire !)

— Peut-être qu'on devrait en faire notre première leçon.

Tout à coup, l'air autour de moi commence à se réchauffer. Mes frissons s'arrêtent et je bouge mes bras dans l'air chaud, m'imprégnant de la chaleur. Alors que j'ai presque atteint la température idéale, l'air redevient froid.

Je lance un regard méprisant au Gardien. Il répond par un haussement d'épaules.

— À toi de jouer.

— Comment je fais ça ?

— Frost a dit que tu savais chauffer de l'eau. C'est à peu près la même chose.

— On ne devrait pas plutôt chercher Crispin ?

— Ne t'inquiète pas, on va le faire. On n'est pas loin.

Sa voix rassurante calme un peu mes inquiétudes.

Allez, c'est parti. Je ferme les yeux – je trouve que c'est beaucoup plus facile d'atteindre ma magie – et je cherche la grotte de mon cœur. Ma magie ronfle doucement, mais se réveille lorsqu'elle s'aperçoit que j'ai besoin d'elle. Elle bâille et je dois sourire lorsqu'elle étire son corps étincelant.

J'envoie quelques fils magiques et commence à les tisser ensemble. Pas besoin d'en utiliser qu'un seul ; j'espère que ce sera plus rapide. J'ai réussi à réchauffer l'eau en y faisant tourbillonner ma magie, j'espère qu'il en sera de même avec l'air.

Lorsque mon filet est terminé, je le serre fermement et je le lance mentalement, le balançant comme un lasso autour de mon corps. J'espère qu'un mouvement suffisant me permettra de me réchauffer en un rien de temps.

Je sens déjà un léger changement de température. Puis une brise s'empare de mes cheveux, se transformant rapidement en quelque chose de plus puissant. Le vent commence à hurler autour de moi et j'ouvre les yeux.

Merde !

Je me trouve à l'intérieur d'une tornade d'air qui me tourne autour de plus en plus vite. Storm s'est retiré à bonne distance, mais au lieu de m'aider, il est mort de rire. Le vent est trop fort pour que je puisse l'entendre, mais on dirait qu'il rit à gorge déployée. Salaud ! Un peu d'aide, s'il te plaît ?

Je retire ma magie, mais le vent ne s'arrête pas. Il se déplace maintenant de lui-même. Je soupire d'exaspération. Je suis vraiment une mauvaise magicienne ! Je voulais réchauffer l'air et j'ai créé une tornade. J'imagine que cette compétence pourra au moins être utile au combat.

Je suis toujours dans l'œil du cyclone, mais il se déplace lentement. Si je sors de l'œil, qui est calme, je serai projetée dans les airs. Je ne sais pas si le jeu en vaut la chandelle.

— Comment je l'arrête ? crié-je.

Storm a au moins la décence d'arrêter de rire. Il s'avance et agite les mains en l'air. D'un coup, le vent se dissipe.

Ça avait l'air bien trop facile.

Il me fait une fausse révérence, puis sourit.

— Tu devrais peut-être travailler ta technique, princesse.

— Ma technique ?! soufflé-je. Tu ne m'as pas appris à le faire !

— Ce n'est pas le meilleur professeur, intervient une voix grave derrière nous.

Crispin !

Il marche vers nous, le visage inexpressif. Il n'arbore plus le sourire dont je suis tombée amou… hmm, que j'ai appris à aimer. Ses cheveux sont en désordre, mais pas le désordre intentionnel qu'il obtient habituellement avec une demi-bouteille de laque. Ses vêtements sont déchirés, et de petites brindilles et feuilles sont collées à son jean.

En résumé, il a une sale tête.

Au moins, on l'a trouvé. Ou plutôt, il nous a trouvés.

— Qu'est-ce que tu faisais ? lui demandé-je en le regardant d'un air perplexe.

Il baisse les yeux, ne semblant remarquer que maintenant l'état de ses vêtements.

— Oh… je suis allé courir, marmonne-t-il.

— Et la nature s'en est mêlée ?

— Ouais, on peut dire ça.

Sa voix n'a plus son timbre habituel. J'ai presque envie qu'il se taise, juste pour ne pas avoir à entendre ce Crispin vide et différent.

Je ne sais pas quoi dire et, apparemment, les gars non plus. Je regarde l'eau ; elle est lisse comme un miroir, ce matin, avec seulement quelques feuilles qui brisent sa surface. Si j'avais le temps, si j'étais en vacances plutôt qu'en camp de préparation au combat, j'irais me baigner.

Mais non, j'ai d'autres priorités. Comme rester en vie.

Je soupire.

— Storm, qu'est-ce que j'ai mal fait tout à l'heure ?

— Tu as oublié que l'air n'offre pas autant de résistance que l'eau. Tu as mis trop de force, trop de magie. L'air avait besoin de se débarrasser de cet excès d'énergie, alors il a pris une forme qui lui permet de le faire.

— Sérieusement ? Ça n'aurait pas pu devenir quelque chose de moins menaçant qu'une tornade ?

Il rit, me surprenant.

— Essaie encore. Cette fois, fais en sorte que ta magie soit plus petite, plus fine. Tu n'as pas besoin de déclencher une tempête, tu veux juste secouer un peu l'air. Imagine que tu secoues un tamis pour en faire sortir toute l'eau. C'est le mouvement que tu dois faire dans ta tête.

J'acquiesce.

— Vous feriez mieux de reculer, je ne veux pas vous faire de mal.

Ils s'exécutent. Dommage, j'aurais aimé qu'ils protestent, juste pour invoquer un peu de vent pour les repousser.

Cette fois, je garde les yeux ouverts. Je ne veux pas être à nouveau surprise par une tornade. J'essaie de prendre juste la quantité de magie dont j'ai besoin, puis je l'étale en une fine toile tout autour de moi. Je la secoue légèrement, comme un tamis.

Mes hanches se réchauffent. Ça a fonctionné ! Enfin, d'une certaine manière. J'aurais probablement dû enrouler la toile autour de moi au lieu de me placer en son centre comme un tutu.

Je bouge doucement ma magie tout en continuant à la faire vibrer. De l'air chaud m'entoure. Bingo !

Storm et Crispin s'approchent, maintenant qu'ils voient que je ne les tuerai pas avec un petit ouragan. J'étends ma toile magique (ça devrait devenir le nom d'une marque un jour) pour qu'elle s'enroule autour d'eux.

Storm me fait un autre sourire. Wouah, il est vraiment joyeux, aujourd'hui !

— Bien joué. Tu vois, ce n'était pas difficile.

Son sourire devient diabolique.

— Pour t'entraîner, tu devrais voir si tu peux changer plus d'une température d'air en même temps. Et si tu le refroidissais un peu autour de Crispin ?

Une seconde plus tard, Storm crie des obscénités.

— Oups, je vous ai confondus ? Désolée, je ne voulais pas que l'air soit *aussi* froid.

En réponse, il tend un bras et le retire immédiatement. Quelque chose m'attrape par la taille et me projette en avant, dans ses bras.

— C'est de la triche ! protesté-je, luttant pour me défaire de son emprise.

Il se contente de rire, faisant vibrer sa poitrine contre la mienne.

— Ça fait partie de notre leçon. Maintenant, essaie de t'échapper en n'utilisant que ta magie de l'air.

— Et tu ne te défendras pas avec la tienne ?

— Non, promis.

Il est difficile de se concentrer lorsqu'un Gardien musclé se presse contre vous. Et qu'un lien à l'intérieur de votre cœur vous murmure combien il serait agréable de lever la tête, d'attirer ses lèvres vers vous, d'utiliser votre autre main pour… Mes Dieux, un jour, ce lien va me tuer ! Je dois m'entraîner.

Comment puis-je me défaire de son emprise avec du vent sans me blesser ? Il me tient fermement ; même si j'utilisais le même tour que lui sur moi et que je le tirais en arrière avec un lasso d'air, il ne me lâcherait pas. Il faut que je fasse en sorte que ses mains s'éloignent de mes bras.

Je tisse quelques petits fils magiques et les noue autour de ses doigts. Maintenant, comment ajouter du vent ? J'essaie la technique de la paille, mais apparemment, on ne peut pas faire ça avec l'air comme avec l'eau. Ensuite, je *souhaite* que l'air fasse quelque chose. Eh bien, ça valait le coup d'essayer.

Si tout cela ne fonctionne pas, peut-être que la méthode douloureuse le fera… J'enroule un lasso d'air autour de sa taille et un autre autour de la mienne et je les tire dans des directions opposées. Mes jambes se détachent du sol, je vole presque parallèlement à celui-ci. Storm lutte contre le vent, mais même ses pieds sont presque soulevés. Toutefois, il ne me lâche pas. Je demande à l'air de tirer davantage – et je glisse des bras de Storm, mais il saisit mes poignets, gardant une prise sur moi. C'est pas vrai ! J'ai un peu peur de ce qui se passera quand il lâchera prise. Je ne suis pas sûre de pouvoir arrêter la traction tout en m'assurant de ne pas m'écraser au sol. Mais ça n'a pas d'importance, il faut que je gagne ce défi.

Je sollicite ma magie et, avec un ronronnement satisfait, elle me donne accès à toutes ses réserves. Je la déverse dans le vent, le rendant plus fort, plus sauvage. Storm est soulevé dans les airs ; on doit ressembler à des parachutistes, flottant dans l'air, les bras tendus, nous tenant l'un à l'autre.

Enfin, lui s'accrochant à moi.

— Lâche-moi ! sifflé-je, mais il se contente de sourire. Je ne suis pas responsable de ce qui se passe maintenant, grogné-je, commençant à nous faire tourner en rond.

Peut-être que s'il tombe malade, il lâchera prise.

Mais j'ai une bien meilleure idée. Il va la détester.

J'arrête de nous faire tourner et me concentre sur son pantalon. Pour être précise, son caleçon. Ce n'est pas ma faute s'il ne porte rien d'autre. Avec un soupir, je l'agrippe fermement avec quelques bandes d'air, et je le tire vers le bas. Il crie et lâche mes mains, couvrant sa pudeur. Nous sommes éloignés l'un de l'autre par les lassos d'air que j'ai encore enroulés autour de nos tailles, mais je parviens à les maîtriser pour qu'ils nous posent sur le sol. Nous arrivons à atterrir sans trop d'hématomes.

Crispin se met à rire en voyant Storm s'écrouler sur le sol, le caleçon accroché aux chevilles.

Le son de son rire est une sensation encore plus agréable que le goût de ma victoire contre Storm.

Ensemble, nous retournons à la maison. Après m'avoir réprimandée pendant ce qui semblait être des heures, Storm m'a montré d'autres tours de passe-passe avec le vent. Mais je sais que ce ne sera pas suffisant pour affronter une horde de Démons.

À l'extérieur de la maison, Chesca et Aodh sont assis sur un banc. Le Gardien a passé un bras autour des épaules de la Démone, qui ronronne véritablement en se blottissant contre lui. Voilà un spectacle que je ne m'attendais pas à voir dans ma vie.

Aodh lève les yeux à notre approche et se détache de sa fiancée.

— Storm. Crispin. Princesse. Nous avons décidé de nous joindre à vous, aujourd'hui.

Je le regarde bouche bée, attendant que Storm proteste, mais mon Gardien se contente de marcher vers eux et de serrer le bras d'Aodh.

— Je t'en suis reconnaissant, mon frère.

— Nous ne pourrions pas rester assis ici en sachant que vous vous battez contre une horde de Démons.

Il jette un regard appuyé à Chesca, qui s'empresse de hocher la tête et de faire des bruits d'acquiescement.

Je suppose que l'idée ne vient pas d'elle.

— On part quand ?

— Soyons prêts à onze heures, ça nous laissera le temps de prendre le petit-déjeuner et de nous préparer.

Je regarde ma montre. Encore deux heures avant que nous risquions tous de mourir. Et Storm parle de petit-déjeuner.

Les hommes !

CHAPITRE
QUATORZE

Ça semble irréel ; nous sortons du cottage, prêts à nous battre. Cinq Gardiens, une Démone et une demi-déesse. Les gars ont revêtu les armures qu'Aodh avait cachées quelque part, et tous ont une sorte d'épée (je n'y connais rien aux armes, donc tout ce que je peux dire, c'est que Storm en a une longue et grande, Frost deux courtes, celle de Crispin ressemble plus à une grande dague, et Arc a la plus grande d'entre elles). Ils m'ont donné une dague que je porte dans un fourreau attaché à la taille. Non pas que je sache quoi en faire. Tout ce que j'ai coupé dans le passé, c'étaient des légumes.

Chesca porte un *crop top* et un pantalon cargo. Et moi, j'ai enfilé mes vêtements normaux, auxquels s'ajoute un gilet pare-balles. Il ne me reste plus qu'à dire aux Démons qu'ils ne peuvent m'attaquer que sur le torse.

En attendant, en ligne dehors, j'ai l'impression qu'on est des superhéros. Les Sept Avengers. Un truc du genre. Nous nous répartissons dans deux voitures : la nôtre, et la Ferrari de Chesca. Elle est rose, d'ailleurs.

181

Je me sens nauséeuse et j'espère que je n'aurai pas à demander aux gars de s'arrêter en route pour que je puisse vomir. Je n'ai toujours aucune idée de ce que je vais faire. Les Gardiens ont élaboré un plan et je connais mon rôle, mais ça ne signifie pas que je sois prête à utiliser ma magie pour tuer.

— Ça va aller, ma belle, murmure l'Écossais en passant un bras autour de mes épaules.

Je m'appuie contre lui, savourant son contact. Je ne me le pardonnerai jamais s'il arrive quelque chose à mes hommes.

Arc, pragmatique et drôle. Frost, effronté et serviable. Storm, sombre et fort. Et Crispin, doux et abîmé.

Mes Gardiens.

Quand je me concentre sur ma magie, je sens le lien qui m'unit à eux. Cela m'aidera plus tard, si j'ai besoin de savoir où ils sont. Ce sera l'un de mes rôles : leur dire si l'un d'entre eux a des ennuis. Ils sauront toujours où je suis. Enfin, ce lien me sera utile.

Je me blottis contre Arc. De l'autre côté, Crispin me prend la main et la presse de manière rassurante. Je lui souris et il me rend un sourire tendu. Il n'est pas encore revenu à son état normal, mais au moins, il parle à nouveau. Quand tout cela sera terminé, il faudra qu'on ait une longue conversation.

LE TRAJET se termine bien trop tôt. Nous sommes de retour au sommet de la petite colline d'où nous pouvons voir les Pierres dressées. L'armée adverse s'est agrandie depuis hier. C'est difficile à dire, mais je dirais qu'elle se compose d'au moins cent cinquante Démons de toutes tailles et de toutes formes qui se prélassent autour des Pierres.

Nos chances de réussite viennent encore de diminuer.

Nous sortons de la voiture et attendons qu'Aodh et Chesca nous rejoignent. Ils marchent bras dessus, bras dessous, et mon cœur se réchauffe en voyant l'amour qu'ils éprouvent l'un pour l'autre. C'est étrange de voir un Démon se comporter ainsi, alors qu'une horde de ses frères et sœurs attendent de nous tuer.

— Vous savez tous ce qu'il faut faire ? demande Storm, d'une voix posée.

Tout le monde acquiesce. Ce n'est plus la peine d'en parler. Nous avons suffisamment discuté de notre plan. Il ne nous reste plus qu'à le mettre en pratique.

— Wyn, teste ton lien une dernière fois.

Je soupire, mais je me concentre sur la corde invisible qui me lie à mes Gardiens. Ce matin, Aodh m'a montré comment tirer dessus pour attirer leur attention. Je pourrais leur parler, mais cela signifierait ouvrir mon bouclier mental, ce qui serait trop dangereux. À la place, nous nous en tenons à ces simples tractions. Si l'un de mes Gardiens la sent, il doit revenir vers moi, parce que moi-même ou l'un des autres avons des ennuis. Facile.

Je tire doucement sur chacun d'eux, et l'un après l'autre, ils frémissent. Apparemment, c'est une sensation assez étrange.

— Bien. Aodh, Chesca, vous êtes sûrs de vouloir faire ça ? Vous pouvez encore partir. Sans rancune.

— Ne nous offense pas, mon frère, dit Aodh à voix basse.

— Oui, tuons ces monstres, ajoute Chesca d'un ton enjoué.

Je ne lui dis pas que, théoriquement, elle est de la même espèce qu'eux.

— Vous voulez bien nous laisser un moment ? demande Storm au couple, et ils se retirent vers leur voiture.

Chesca enroule ses ailes dorées autour de son fiancé et les protège des regards. Pratique pour s'embrasser en public.

Je me retrouve avec mes Gardiens. Je les regarde tous, ne sachant pas quoi dire. Qui sait si nous serons tous en vie à la fin du combat ? En silence, nous restons en cercle, écoutant les mouettes qui planent au gré du vent au-dessus de nous.

Finalement, Frost s'avance et me prend dans ses bras.

— Câlin de groupe !

Arc le rejoint en ronchonnant et m'enlace par-derrière. Sans hésiter, Storm et Crispin suivent, je me retrouve serrée au milieu de mes quatre Gardiens. Pendant un instant, je me sens en sécurité.

Puis ils reculent et emportent leur chaleur.

Il est temps de se battre.

Le plan consiste à se séparer : Frost contournera les démons pour atteindre la mer, Storm l'accompagnera à mi-chemin et trouvera ensuite l'endroit parfait pour attendre, Arc et Chesca les contourneront par l'autre côté, et Aodh les approchera de face. Crispin et moi resterons près du centre des visiteurs en feu, d'où nous voyons le champ de bataille sans en faire directement partie.

Crispin doit être protégé afin de pouvoir soigner les autres en cas de besoin, tandis que je rejoindrai le combat plus tard. Ma magie étant si imprévisible, je ruinerais probablement la tactique bien pensée que Storm et Crispin ont mise au point.

Pourtant, je me sens exclue. Je ne veux pas tuer, mais je ne veux pas non plus rester en retrait quand tous les autres se battent. Je suis censée être la plus puissante, bordel de merde !

Mais mes Gardiens ont avancé des arguments convaincants. Je suis la seule à pouvoir me connecter à eux tous. Si l'un d'entre eux est blessé, j'essaierai de leur amener Crispin sans qu'il soit blessé. Celui-ci a peut-être tué dans le passé, mais il n'est pas comme les trois autres. C'est un assassin plus qu'un guerrier.

Ainsi, alors que les trois autres se battent avec des épées, nos armes de prédilections sont des jumelles.

Il n'y a pas d'adieux. Les autres s'en vont, certains hochant la tête, d'autres souriant. Storm me jette un dernier regard, puis part sans se retourner.

— Ça va aller, princesse, murmure Crispin. Ce n'est pas notre première bataille.

— Vous avez déjà autant été en infériorité numérique ?

— Non, admet-il. Mais avec Chesca et Aodh à nos côtés, et toi, bien sûr, nous avons beaucoup plus de chances. Nous t'emmènerons jusqu'à ce Portail, Wyn. Bientôt, tu mettras enfin les pieds dans les royaumes. Ce soir, on pourrait déjà festoyer dans les salles de ta mère.

— Elle a vraiment des « salles » ? Au pluriel ?

Il a un petit sourire satisfait.

— Oui, le palais est assez grand. Il y a la Grande Salle, et puis des salles plus petites pour différentes fonctions. La salle du trône est assez impressionnante. Il y a aussi des pièces plus simples, bien sûr, mais ta mère a eu beaucoup de temps pour construire et décorer le palais. C'est une véritable œuvre d'art.

— J'ai hâte de le voir.

Je suppose que j'ai hâte de voir ma mère aussi. Cela fait des années. Elle n'aura pas changé, elle est la même depuis des milliers d'années, apparemment. Mais moi, j'ai changé, physiquement et mentalement. Je vais devoir lui poser des questions pesantes. J'ai besoin de savoir, enfin, pourquoi elle a été absente toute ma vie. Pourquoi elle ne m'a jamais préparée à des moments comme ceux-ci – batailles, enlèvements, rencontre avec une Démone psychotique.

Mais chaque chose en son temps. On a une bataille à gagner.

Quelque chose tire sur ma magie. Arc. Cela signifie qu'il est en position. Il en reste deux. Frost a le plus long chemin, mais plus il est proche de la mer, plus sa magie est forte.

Une autre traction. Storm.

Aodh ne pourra pas me dire quand il sera à l'endroit

convenu, mais il est le plus proche et nous devrions pouvoir le voir. Bien qu'il nous ait prévenus qu'il est un expert en camouflage. En tant que magicien de feu, il a accès à de la fumée qui peut le dissimuler – ajoutez un centre d'accueil enfumé et vous obtenez le camouflage parfait.

Enfin, la troisième traction. Frost a atteint la plage.

Un Gardien à chaque point de la croix que forment les Pierres dressées. Nous sommes prêts.

— Ils sont en position, dis-je à Crispin. Tu es prêt ?

— Je ne peux pas faire grand-chose pour me préparer. Je ne peux qu'attendre que quelqu'un soit blessé. Je peux imaginer des passe-temps plus agréables.

Ouais, je n'y avais pas pensé.

Je regarde à l'intérieur de moi, trouvant la grotte de mon cœur. Ma magie est en alerte, prête pour la bataille. C'est bien, ma jolie. Je tire sur les liens qui me relient à mes Gardiens. Crispin respire bruyamment à côté de moi.

— Désolée, c'est plus facile quand je les tire tous en même temps, m'excusé-je.

— Ce n'est pas grave. Je suppose que je finirai par m'y habituer.

En silence, nous observons les démons qui paressent autour des Pierres. Ils ont posté quelques gardes sur leur périmètre, mais la plupart ne font pas attention à ce qui les entoure. Ils comptent sur leur nombre comme moyen de dissuasion.

Eh bien, nous n'avons pas d'autre choix que de les combattre.

Et nous les battrons.

Soudain, un incendie éclate au pied de la croix, près du centre des visiteurs. Presque au même moment, un mur d'eau d'au moins trois mètres de haut déferle sur la plage, tandis qu'une petite tornade passe à l'action à droite des Pierres.

La bataille a commencé.

QUINZE

Mes Gardiens tuent des dizaines de Démons pris par surprise avant que le reste de la horde ne s'aperçoive qu'elle est attaquée. De la fumée s'élève de la ligne de combat la plus proche de nous, où Aodh fait apparaître un mur de feu qui avance lentement. Il dérive vers nous et l'odeur de Démon brûlé empeste jusqu'ici. C'est probablement la chose la plus dégoûtante que j'aie jamais sentie.

Au loin, des boules de glace tombent du ciel, emportées dans les airs par les rafales que crée Storm. De l'autre côté du champ de bataille, plusieurs Démons ont commencé à attaquer leurs propres rangs. Ce doit être l'œuvre d'Arc.

C'est le chaos, mais c'est exactement ce que nous voulons. Il ne s'agit pas de tuer le plus de Démons possible. Il s'agit d'identifier les adversaires les plus forts, ceux dont il faut se méfier.

Pendant le petit-déjeuner, les gars m'ont donné un cours accéléré de démonologie. Apparemment, certains d'entre eux n'ont presque pas de magie, ils ne comptent que sur leurs qualités physiques. Cela ne veut pas dire que leurs griffes, becs et dents ne sont pas moins mortels que la magie. Ensuite, il y a ceux qui se spécialisent dans différents éléments, tout comme les Magiciens et les Gardiens. La plupart d'entre eux n'ont qu'un seul pouvoir et sont physiquement faibles. Les Démons supérieurs, qui possèdent plusieurs compétences magiques et prouesses physiques, sont ceux qui posent problème. En général, ce sont les chefs, plus intelligents et plus sournois que leurs congénères. Dans le pire des cas, ils sont comme des Gardiens corrompus, égaux en force et en intelligence. Nous espérons qu'aucun d'entre eux, ou seulement quelques-uns, ne se trouve à Calanais aujourd'hui.

La théorie de Storm est que les Démons supérieurs ne rejoindront pas la mêlée immédiatement. C'est pourquoi Crispin et moi sommes en train de fouiller le champ de bataille à la recherche de potentiels chefs Démons. Je place les jumelles sur mes yeux, essayant de voir le plus possible.

L'un d'eux se tient perché sur une pierre tombée par terre, près du centre du cercle. Ses ailes rouge vif sont déployées et il crie en direction de ses congénères qui se trouvent au sol. Des cornes noires sortent de son front, semblables à des bois de cerf. Une crinière touffue descend le long de sa colonne vertébrale jusqu'à une longue queue juste au-dessus de ses fesses. Je le montre du doigt et Crispin acquiesce.

— Un fiend. J'espérais qu'il n'y en aurait pas. Ce sont les princes des royaumes des Démons ; forts et imprévisibles. Tu vois la pointe sur sa queue ? C'est un poison, mortel pour les humains et affaiblissant pour les Gardiens. Tâchons de ne pas découvrir ce qu'il provoque chez les demi-dieux.

Il montre l'entrée du cairn, qui est maintenant gardée par un Démon géant et charnu. Il ressemble un peu à une orque que l'on aurait fait bouillir dans de l'eau chaude. Pas joli à voir.

— Je la connais…

— Attends, cette chose est une femme ?

— Je n'ai pas eu l'occasion de vérifier son anatomie, dit Crispin d'un air amusé. Mais elle porte bien un nom de femme. On l'appelle Brenda. Elle a une sacrée réputation. Elle aime tuer ses victimes lentement et brutalement. Elle aime aussi les grignoter lorsqu'elles sont encore en vie.

Je frissonne.

— On peut la tuer ?

— Avec plaisir.

Nous apercevons deux autres Démons supérieurs : un qui semble presque humain, si ce n'est que sa peau est d'un bleu éclatant, et un autre qui paraît être un croisement entre un yéti et… eh bien, quelque chose avec quatre bras.

JE REGRETTE que ce ne soit pas à moi de tuer ces Démons. Du moins, pas encore.

Les Gardiens ont réussi à semer le chaos autour des Pierres. Nos adversaires courent dans tous les sens en hurlant, certains gisent sur le sol, morts ou blessés, et les Démons supérieurs aboient des ordres.

Mais maintenant que l'attaque initiale est passée, ils commencent à riposter. Un groupe s'est séparé de la horde et court vers la plage, essayant apparemment de contourner Frost, qui s'est éloigné de la mer pour se rapprocher de la ligne de combat. S'ils y parviennent, il sera cerné. Si seulement je pouvais utiliser mon lien pour lui envoyer un avertissement… mais son esprit et le mien doivent rester protégés. Nous ne savons pas encore de quelle force disposent certains de ces Démons. La possession n'a pas l'air très amusante (non pas qu'ils puissent réellement vous posséder comme dans les films. En revanche, ils brisent votre esprit et vous contrôlent, vous transformant en esclave sans cervelle. Mais comme cette coquille humaine agit comme le Démon le veut, ça ressemble à de la possession).

— Crispin, ils essaient de…

Je m'inquiétais pour rien. Frost s'est retourné et un blizzard glacial entoure maintenant les Démons qui ont essayé de se faufiler jusqu'à lui. J'ai presque envie de l'encourager, mais nos ennemis risquent de repérer notre position. Nous ne nous cachons pas, mais nous sommes assez loin du champ de bataille pour ne pas attirer l'attention. Je l'espère.

Crispin rit d'un air sinistre.

— Regarde, Storm utilise tes techniques, maintenant !

Une tornade entoure notre ami. Elle a l'air bien mieux préparée que celle que j'ai provoquée par accident lors de la leçon de ce matin. Mes Dieux, c'était vraiment il y a quelques heures ? J'ai l'impression que des années se sont écoulées.

Les Démons essaient de l'atteindre, en vain : ils sont soulevés et projetés dans les airs. C'est impressionnant.

Je regarde de l'autre côté des Pierres, ou Arc et Chesca ont commencé leur attaque. Je ne les vois pas.

— Crispin, où est Arc ?

Il m'aide à passer au peigne fin le champ de bataille. Ils ont disparu.

— Où ils ont pu aller ? demandé-je, l'inquiétude étreignant mon cœur.

— Ils doivent être quelque part… Ils poursuivent l'un des Démons supérieurs, ils doivent être cachés – ah, tu vois, là, derrière le Démon bleu flageolant ?

Je ravale ma question sur le « Démon flageolant ». Il ressemble exactement à ce qu'on entend. Imaginez une masse informe de gelée avec une tête, des bras et une sorte de jambes trapues. Et il est bleu vif.

Derrière lui, une Démone dorée est apparue, ignorée par ses congénères qui l'entourent. Malgré sa couleur, Chesca se fond dans la masse. Elle traîne Arc derrière elle et crie quelque chose au Démon flageolant. Il se retourne et inspecte mon Gardien, qui a l'air hébété et pas en grande forme.

La colère monte en moi.

— Chesca ! Je savais qu'elle manigançait quelque chose !

Crispin glousse.

— Attends, je ne pense pas que ce soit ce qu'on croit.

Le Démon bleu tend un bras pour toucher Arc – et le membre s'envole dans les airs, coupé par l'épée du Gardien. Une seconde plus tard, cette même épée s'enfonce dans la poitrine de la créature flageolante. Je tremble quand celui-ci... se dissout. Dégueu !

Chesca lève la main pour faire un high-five. C'est elle tout craché, un high-five sur un champ de bataille. Génial !

— Un Démon supérieur en moins, murmure Crispin à côté de moi.

— Combien y en a-t-il ?

— J'en ai compté six pour l'instant, mais il ne s'agit que de ceux qui sont physiquement forts. Certains ont peut-être l'air banals, mais sont tout de même des Démons supérieurs.

— Ils sont donc plus nombreux que nous.

— Princesse, tu as compté les Démons ? Ils sont plus nombreux que nous depuis le début.

Je souffle. Bien sûr que je le savais ! Mais il y a une différence entre cent cinquante Démons stupides et cent quarante-quatre Démons stupides plus six autres super forts.

Crispin sursaute et montre du doigt l'endroit où Frost se bat.

— Il a besoin d'aide !

Mon Gardien de l'eau est encerclé. D'autres Démons ont dû suivre le premier groupe. Il tire des stalactites dans toutes les directions, mais chaque fois qu'un adversaire tombe, un autre prend sa place.

J'attrape mon lien et tire sur Storm. Je vois qu'il vacille un instant et je sais que mon message lui est parvenu. Il sait maintenant que quelqu'un a des ennuis. Une fois de plus, je regrette de ne pas pouvoir lui donner plus d'informations.

Mais il court déjà vers son frère, écartant les Démons de son chemin par de grandes rafales de vent. Elles n'ont pas pour but de tuer, mais de lui permettre d'atteindre plus rapidement son jumeau.

Frost se bat avec acharnement. Un énorme mur liquide roule sur la plage, vers lui et ses assaillants. L'eau va-t-elle le blesser en déferlant sur eux ?

Certainement pas. C'est son élément, après tout !

Je remarque que je serre la main de Crispin. Quand est-ce arrivé ?

Storm a presque atteint son frère lorsque la vague s'écrase sur Frost et les Démons qui l'entourent. L'espace d'un instant, ils sont cachés. Storm s'immobilise, attendant que le flux disparaisse.

Je patiente en retenant mon souffle. Chaque seconde me semble durer une heure. Puis l'eau s'éclaircit, libérant ses victimes. Les Démons s'effondrent, noyés sur place. Quelques-uns bougent encore, mais ils ne représentent plus une menace. Frost se tient au milieu d'eux, victorieux.

Et s'effondre.

Storm est en un clin d'œil aux côtés de son frère. Il le soulève, visiblement inquiet. J'aimerais pouvoir comprendre ce qu'ils se disent. Il tend un bras en l'air, faisant un signe de la main.

Il a besoin de l'aide de Crispin.

— Tu es prêt ? demandé-je au guérisseur.

— Oui, allons-y. Le mieux est de contourner le champ de bataille autant que possible. Ça prendra plus de temps, mais si nous sommes pris dans les combats, nous pourrions ne jamais les atteindre.

J'acquiesce et je relâche sa main. Il sort son épée de son fourreau, et je fais de même avec ma dague. Au combat.

Nous progressons lentement. Nous essayons de rester hors de vue, en nous cachant derrière des buissons de bruyère et dans les fossés occasionnels. C'est dommage que cette zone ait été aménagée pour les touristes qui veulent profiter de la vue. Elle n'offre pas beaucoup d'abris.

Une fois, nous tombons sur un Démon combattant, mais Crispin l'élimine d'un seul coup. Une goutte de sang m'éclabousse le visage. Mais je n'ai pas le temps de penser à l'aspect dégoûtant de la chose, car mon acolyte me prend la main et m'entraîne.

Notre plan initial prévoyait que je protège Crispin si nous devions atteindre l'un des Gardiens. Jusqu'à présent, c'est l'inverse qui s'est produit. Je dois vraiment commencer à y mettre du mien.

Lorsque nous atteignons Frost et Storm, je suis couverte de sueur et j'ai du mal à respirer. Il faut que je fasse plus d'exercice. Peut-être que l'un des Gardiens pourra devenir mon entraîneur personnel une fois que nous serons dans les royaumes. Ou même tous. Bien sûr, il faudrait qu'ils soient torse nu pour cela.

Je suis reconnaissante que mon esprit soit toujours aussi stupide. Il me distrait des Démons morts qui jonchent le sol. L'un d'eux m'agrippe la cheville – d'accord, il n'est pas encore tout à fait mort. Instinctivement, je me penche et le poignarde avec ma dague. Avec un craquement, elle s'enfonce dans sa cage thoracique. Il n'y a presque pas de sang.

Il relâche mon pied et rend son dernier soupir.

Mon premier meurtre.

Je frémis.

— Wyn ! Crispin ! Par ici ! appelle Storm, la voix pleine d'urgence.

Ignorant le Démon mort à mes pieds, je cours vers lui. Frost est allongé sur le sol, ses joues ont une teinte bleue. Ses yeux sont fermés et son souffle est court. Son armure est abandonnée à côté de lui, laissant entrevoir le haut de son corps pâle.

—Que s'est-il passé ? demande Crispin d'un ton très sérieux.

C'est Crispin le guérisseur qui parle, pas Crispin l'ami.

— Un Démon l'a poignardé par-derrière, brisant sa concentration. La blessure est superficielle, mais il a perdu le contrôle de l'eau et il a failli se noyer, comme les Démons.

— Retourne-le, ordonne Crispin, et Storm fait doucement rouler son frère sur le ventre.

Une large entaille part de l'omoplate gauche de Frost et descend jusqu'au bas de sa colonne vertébrale. Elle saigne abondamment ; son armure ne semble pas avoir été assez solide pour empêcher l'arme d'atteindre sa peau. Si c'est ce que Storm appelle une « blessure superficielle », je ne veux pas savoir à quoi ressemblerait une blessure profonde.

Crispin jure à mi-voix.

— Ça va prendre du temps. Wyn, fais attention aux Démons, tu devras les tenir éloignés de nous. Storm, les autres ont besoin de ton aide. Retourne te battre.

— Il s'en sortira, n'est-ce pas ? grogne-t-il.

— Oui, mais aucun d'entre nous ne s'en sortira si tu ne tues pas ces salauds, rétorque Crispin, agitant déjà sa main sur le corps inerte de notre ami.

Avec un soupir, le jumeau du blessé prend son épée et se détourne de nous, courant vers le champ de bataille. Deux jets de terre prennent vie de part et d'autre de lui. La fureur de mon Gardien est visible. Je l'encourage en silence. Les démons ont fait du mal à mon Frost. Ils doivent mourir.

Je me lève et me place de manière à protéger Crispin et son patient. Le guérisseur murmure entre ses dents, mais il marmonne pour que je comprenne.

Je me concentre sur notre environnement. Une Démone s'approche de nous, séparée du reste de la bataille.

Brenda.

Merde !

Je ne suis pas encore sûre de pouvoir gérer une Démone supérieure.

— Crispin, une Démone arrive, mais je vais m'en débarrasser, dis-je avec une confiance entièrement artificielle.

Je saisis fermement ma magie, me préparant à me battre. Cette créature ne s'en prendra pas à mes Gardiens.

Maintenant qu'elle s'approche, je vois mieux sa laideur. Sa chair semble trop grande pour sa peau. Des furoncles couvrent ses bras et ses jambes, mais je ne sais pas s'ils sont dus à la bataille ou s'ils ont toujours été comme ça. Des dents pointues sortent de ses lèvres froncées ; elles sont totalement disproportionnées par rapport à la taille de sa bouche. Quelques cheveux s'étirent sur son crâne chauve. C'est l'être le plus laid que j'aie jamais vu.

Et là, elle me sourit – si on peut appeler ça un sourire. Il s'agit plutôt d'un léger mouvement de sa bouche.

— Fille de Beira, siffle-t-elle. Ton heure est venue.

— Tu ne peux pas trouver quelque chose de plus créatif ? lui répliqué-je en hurlant. Vous abusez de cette phrase !

Elle me regarde fixement. Apparemment, personne ne l'a interpellée sur ses phrases stéréotypées.

Puis son sourire s'élargit et d'un geste de la main, le sol devant moi explose. Je suis projetée en arrière ; heureusement pas sur Crispin et Frost.

— Tu as besoin d'aide ? crie notre soigneur.

J'ai envie de dire oui, mais il est occupé à guérir.

— Je m'occupe d'elle, le rassuré-je en serrant les dents.

Cette salope va mourir !

Elle veut utiliser la magie contre moi ? Je vais lui montrer la mienne.

Je n'ai même pas besoin de réfléchir à ce que je vais faire. Il me suffit de puiser en moi, de prendre un paquet de magie et de le lancer dans sa direction. Une énorme boule de feu fonce vers elle.

Elle hurle, mais parvient à dresser un mur de terre devant elle juste avant que mon attaque ne l'atteigne. Putain !

Essayons autre chose. Je tourne mes mains et un tourbillon naît devant moi. Je le pousse vers Brenda, et il se projette en avant, s'écrasant contre son mur de terre. Je tourne encore mon bras et le vent se transforme en une petite tornade, déchirant la terre et détruisant sa barrière protectrice.

Je fais en sorte qu'il se déplace davantage, pour qu'il atteigne la Démone. Elle hurle tandis qu'il s'acharne sur elle, arrachant les quelques cheveux qui lui restent sur le crâne. Je ris en formant une autre boule de feu et en la lançant sur elle.

Elle se mélange avec le vent, transformant la tornade en une torche enflammée. Brenda hurle lorsque les flammes la touchent. Brûle, salope de Démone !

J'insuffle encore plus de magie dans le feu, pour qu'il brûle encore plus fort. Ses cris se transforment en gémissements, et je souris sinistrement lorsque sa peau commence à fondre sur son corps. Elle a menacé mes Gardiens. Maintenant, elle le paie. Ils sont à moi.

— Wyn ! s'écrie soudain Crispin, m'arrachant à ma rage victorieuse.

Je me retourne – et mon cœur s'effondre. Un Démon tient un couteau sous la gorge du guérisseur.

C'est un petit Démon banal – qui ressemble à la plupart des autres. Mais je distingue une intelligence qui brûle derrière ses yeux et qui me fait le classer immédiatement dans la catégorie des Démons supérieurs. Il est dangereux, sans doute plus que Brenda (qui s'est transformée en Démone croustillante derrière moi).

Crispin a plus l'air agacé qu'effrayé. Je crois que j'ai assez peur pour nous deux. Ce couteau a l'air très aiguisé. Et mortel.

— Qu'est-ce que tu veux ? grogné-je contre l'agresseur de mon Gardien.

Il rit.

— La même chose que chacun d'entre nous. Toi.

— Eh bien, vous ne m'aurez pas ! Maintenant, relâche mes amis.

Je tremble de rage. Je ne le laisserai pas s'en tirer comme ça.

Il rit encore plus fort.

— Tu n'es pas en position d'exiger quoi que ce soit, abomination.

— Comment tu viens de m'appeler ?

Il sourit largement, la salive formant une toile d'araignée autour de ses dents tordues.

— Tu es une halfelin. Une bâtarde. Une abomination née d'un inceste. Tu aurais dû être tuée à ta naissance. Aujourd'hui, ma maîtresse veut rétablir les choses. Et c'est moi qui le ferai. Elle me récompensera…

Il s'écroule au sol, emportant le couteau avec lui. Une petite goutte de sang coule le long de la gorge de Crispin. Il l'essuie de la main. C'est étrange qu'il soit blessé, mais le Démon gît mort sur le sol, sans aucune trace de blessure. Il pourrait être en train de dormir. Personne ne saura comment j'ai arrêté son cœur avec un simple fil de magie. Sauf Crispin, bien sûr.

— Tu n'aurais pas pu faire ça un peu plus tôt ? souffle-t-il.

— Désolée, je n'arrivais pas à me décider sur la façon de le faire. C'est étrange, son cœur ressemble à celui d'un humain.

Il sourit tristement.

— Tu es une bonne élève. Mais j'aurais aimé que tu n'aies pas à faire ça.

En fait, je suis contente. Arrêter le cœur de ce Démon est la meilleure chose que j'aie jamais faite. Je rayonne à l'intérieur. Je veux sauter et le dire au monde entier. Puis je veux le brûler.

— Je vais tuer des Démons, annoncé-je en quittant les deux Gardiens, sans tenir compte des protestations de Crispin.

Je m'avance sur le champ de bataille, à la recherche d'ennemis à tuer. Ma magie aiguise ses griffes en moi, ronronnant à l'idée que le sang des Démons se déverse sur le sol.

Personne ne nous arrêtera.

Je suis une demi-déesse. Ces Démons ne sont pas de taille à m'affronter.

J'ai un peu chaud, alors j'invoque des boules de feu et je les fais pleuvoir sur le champ de bataille. Les Démons hurlent tout autour de moi, fuyant leurs camarades en flammes. Je ris en voyant les broussailles de bruyère s'embraser sur le sol. Une épaisse fumée commence à s'élever, rendant la vue difficile. Mais je m'en moque. Je jette encore plus de feu autour de moi, sans me soucier de savoir s'il touche quelqu'un.

Je suis ivre de magie, et c'est la meilleure sensation qui soit.

Un Démon me fonce dessus par-derrière, mais je le sens venir et j'envoie une lance enflammée dans sa direction. Elle fait un trou dans son abdomen, et pendant un instant, je vois à travers lui, avant qu'il ne s'effondre sur le sol.

D'autres Démons courent vers moi. Je souris et forme quelques fouets de feu que j'enroule autour de leur cou, les tranchant net. Quatre ennemis de moins.

Je devrais peut-être aller voir si Arc a besoin d'aide. Il n'a pas de pouvoirs destructeurs comme les autres Gardiens et moi.

Je traverse le champ de bataille comme une enfant, ignorant les Démons autour de moi. Cela faisait longtemps que je ne m'étais pas autant amusée.

Je cherche mon lien avec Arc et je me tourne dans sa direction. Il n'est pas loin. Quelques ennemis se mettent en travers de mon chemin, mais je les tue avec d'autres lances de feu. C'est tellement facile ! Au moins, Brenda était un défi, mais je peux écraser ceux-là d'une simple pensée.

Je fais un signe de la main quand je vois Arc, lançant du feu en l'air. Oups, ce n'était pas prévu ! Il me regarde bizarrement, et je me retourne pour voir s'il y a des Démons derrière moi, mais je les ai tous brûlés.

Mais j'en vois une à côté d'Arc. Elle ne blessera pas mon Arc.

Je prépare une boule de feu.

— Arc, pousse-toi ! crié-je, mais étrangement, il s'interpose devant la Démone.

Comme s'il la protégeait.

C'est quoi, ce bordel ?

C'est une Démone, elle doit mourir. Tous les Démons doivent mourir. C'est comme ça.

— Elle va te tuer, éloigne-toi d'elle ! l'avertis-je, mais il se contente de secouer la tête.

— Reprends-toi, ma belle ! C'est Chesca ! Tu connais Chesca, elle n'est pas comme les autres !

Ça me rappelle quelque chose, mais le feu qui m'habite éteint cette pensée.

— Pour la dernière fois, éloigne-toi d'elle ! crié-je.

— Sinon quoi ? Tu vas me brûler ?

Non. Mais il est près d'une Démone, et il faut la tuer. Ma magie gronde. Elle veut du sang. Du sang de Démon.

Sans lâcher ma boule de feu, je fais apparaître un lasso de vent avec mon autre main, comme ceux que j'ai utilisés ce matin pour éloigner Storm de moi. Je l'enroule autour de la taille d'Arc et tire, l'arrachant de la Démone. Il vole dans les airs et je suis sûre que l'atterrissage ne lui est pas très agréable, mais il est en sécurité, maintenant.

Enfin, je peux lancer cette boule de feu sur la créature. Je grimace et l'envoie vers elle, mais – elle n'est plus là. Elle a déployé ses ailes et vole quelques mètres au-dessus du champ de bataille.

Ce n'est pas possible. Je tire à nouveau du feu sur elle, mais elle est trop rapide et l'esquive facilement. Il est temps de changer de tactique. Je forme un lasso de vent et le balance autour d'elle, dans le but de la tirer vers le sol pour la brûler et...

Je suis plaquée au sol. Je m'apprête à tirer du feu sur mon assaillant, mais je vois les yeux verts d'Arc et je rétracte ma magie. Mon Gardien. Pourquoi me regarde-t-il si étrangement ? N'est-il pas fier de moi ?

— Wyn, tu dois arrêter ça, murmure-t-il.

— Mais ils doivent mourir, protesté-je, avant qu'il me fasse taire.

— Ce n'est pas toi. La magie te contrôle. Je peux t'aider, mais tu dois abaisser ton bouclier pendant un moment, ma belle.

Sa voix est calme et apaisante, et je veux suivre ses consignes.

Mais ma magie m'en empêche. Elle s'accroche à moi, me poussant à me débarrasser de lui pour pouvoir tuer d'autres Démons.

Je respire profondément. Il l'a demandé. Ce n'est pas ma faute.

J'attrape ma magie et m'arrête en sentant quelque chose de curieux se produire. Il me faut un moment pour comprendre qu'il s'agit d'une sorte de grattement étrange sur le bouclier qui entoure mon esprit. Je jette un coup d'œil à mon île. Elle est toujours entourée de ma sphère de verre, comme je l'ai laissée. Mais quelque chose frappe dessus depuis l'extérieur. Quelqu'un.

Mon Gardien roux.

Je cours vers lui, tout le reste est oublié. Il pose ses mains contre le verre, et je fais de même de mon côté du bouclier. Soudain, le verre disparaît et ses mains s'accrochent aux miennes. Une seconde plus tard, il se tient à côté de moi.

— Vite, remets le bouclier.

Confuse, j'obéis et répare le trou.

— Comment tu as fait ça ? lui demandé-je une fois que la sphère est à nouveau entière.

Il sourit.

— Secret du métier. Maintenant, tu pensais faire quoi, là-bas ? Tu es folle ?

Qu'est-ce que j'ai fait ?

Qu'est-ce qui s'est passé ?

Qu'est-ce qui ne va pas chez moi ?

Je presse mes mains contre ma bouche, me sentant soudain mal à l'aise. Tout ce sang que j'ai fait couler. Tous ces Démons que j'ai tués. Les blessures que j'ai infligées. La joie que j'ai ressentie en le faisant.

J'ai des haut-le-cœur et me penche en avant. Mais rien ne sort. Je suppose que je ne peux pas vomir dans l'esprit.

— Ça va aller, ma belle, dit Arc d'un ton apaisant, en me frottant le dos.

Je me relève et me penche pour qu'il m'étreigne. Ses bras puissants me pressent contre son corps et je me sens coupable d'apprécier le moment.

Je devrais être punie. Je ne devrais pas être réconfortée. Je ne le mérite pas.

Nous restons un long moment sur la plage, unis dans notre étreinte.

Finalement, je pose la question qui me trotte dans la tête depuis le début.

— Pourquoi j'ai fait ça ? Comment j'ai pu ?

— Ta magie a pris le contrôle de toi. Tu n'as pas assez d'expérience pour utiliser autant de magie à la fois. Tu te souviens du tremblement de terre ?

J'acquiesce. Comment ne pas m'en souvenir ? J'ai rasé une rue.

— Certains éléments ont un effet plus fort sur toi. On dirait que le feu et la terre sont tes éléments dominants, mais ils sont aussi les plus difficiles à contrôler. Tu as ressenti la même chose avec d'autres éléments ?

Je repense au début de la bataille.

J'ai utilisé le vent pour capturer Brenda, mais il ne m'a pas affectée de la même manière que le feu. Je n'ai pas utilisé l'eau, donc je ne sais pas en ce qui la concerne. Et quand j'ai arrêté le cœur du Démon, ça a été rapide et ça ne m'a pas fait plaisir. Pas comme avec le feu. Je me suis délectée des flammes dévorant la chair de mes adversaires.

Je frémis.

— Non, mais je n'ai pas encore utilisé d'eau. Le vent semble être sans danger.

— Alors, contente-toi du vent autant que tu le peux. Mais d'abord, on doit te ramener à Crispin.

Il me regarde, ses yeux s'adoucissent.

— Tu as besoin de plus de temps, ma petite ? Tout ça se passe dans ta tête, le temps ne passe presque pas dans le monde réel.

— Oui, je préférerais ne pas affronter Chesca maintenant.

Il s'esclaffe.

— Elle sera furieuse, c'est certain. Mais c'était bien joué, la façon dont tu m'as éloigné d'elle. Tes compétences s'améliorent.

— Ne parlons pas de la bataille, s'il te plaît, murmuré-je. Je n'ai pas envie d'y penser pour l'instant. Pour le moment, je veux juste apprécier la façon dont tu...

Je ferais mieux de me taire.

— La façon dont je quoi, ma belle ?

En réponse, je frotte ma joue contre son torse. Il ne porte pas d'armure ici, juste un t-shirt moulant qui met ses muscles en valeur. Il passe une main dans mes cheveux. Il déplace doucement ma nuque pour que je lève les yeux vers lui et ses magnifiques yeux verts.

— La façon dont je quoi ? répète-t-il.

Je rougis.

— Tu me fais me sentir bien. D'accord ? Je me sens bien, tu sens bon, tu es magnifique. Et je ne devrais vraiment pas dire tout ça. Mais apparemment, je n'ai pas beaucoup de filtre, ici.

Il rit, sa poitrine vibrant contre ma joue. J'adore quand il fait ça.

— Je vais te montrer à quel point je te fais te sentir bien.

Et il presse ses lèvres contre les miennes. J'ouvre ma bouche avec avidité, l'invitant à entrer. Il m'embrasse avec une passion qui dépasse tous les autres baisers. Tous.

Il glisse ses mains sur mon dos, dessinant des cercles sur ma peau. Je sens mes muscles noués se détendre. Je gémis lorsqu'il quitte mes lèvres pour reprendre son souffle.

— Tu es tellement impatiente ! ricane-t-il. On ne devrait pas faire ça, princesse. Mais je ne peux pas m'arrêter.

Sur ce, il plonge à nouveau sa langue dans ma bouche et je lui réponds de même. Je glisse mes mains sous son t-shirt et explore sa peau douce. C'est incroyable comme elle est soyeuse, même si les muscles en dessous sont durs comme la pierre. Tout comme une autre partie de lui qui se presse contre mon ventre.

Il a dit que le temps ne s'écoulerait pas dans le monde réel tant que nous sommes ici, n'est-ce pas ? Je n'ai donc aucune raison de ne pas descendre mes mains vers son cul ferme et de le presser un peu, ce qui le fait haleter tout en gardant ses lèvres pressées contre les miennes. Je souris et mordille sa lèvre inférieure. En réponse, il serre mes fesses, me pressant encore plus contre son corps.

Je suis tellement excitée ; j'ai besoin de plus. Sans crier gare, je recule et je passe mon t-shirt par-dessus ma tête. Il glousse.

— Excitée, pas vrai ?

— J'ai besoin de te sentir plus, dis-je simplement, le regardant dans les yeux.

Ils sont comme des émeraudes en fusion, pleins d'émotion et de douceur. Il sourit et enlève son propre t-shirt, dévoilant son corps sculpté. Sérieusement, les Gardiens sont-ils faits comme ça ou doivent-ils aller à la salle de sport ? Si j'étais une Déesse, je suppose que je les créerais aussi beaux que ça – je veux dire qu'avoir un peu de charme dans son palais, ça ne peut pas faire de mal.

— Enlève le reste, grogne Arc en se débarrassant son propre jean.

Je suis soudain un peu timide. Et j'ai peur que ce soit

totalement inapproprié. Qui a déjà pensé à faire l'amour pendant une bataille ? Même si ce n'est que dans mon esprit. Surtout…

— Arc, j'ai vraiment envie de toi. Je te veux vraiment, vraiment. Mais notre première fois ne devrait-elle pas être dans le monde réel ?

Il me fixe un instant. Moi, en soutien-gorge, mes tétons dépassant du tissu en dentelle. Mes joues rougies. Mes cheveux, probablement dressés dans tous les sens depuis que ses mains les ont parcourus. En gros, je dois avoir l'air d'une fille prête à ce qu'un Gardien la prenne là, tout de suite.

— Oui, tu as raison, dit-il finalement.

Il me rapproche à nouveau jusqu'à ce que ma peau touche la sienne.

— Mais ça ne veut pas dire qu'on doit s'arrêter complètement.

Il m'embrasse encore, plus doucement cette fois, comme s'il me disait au revoir. Je me crie dessus. Pourquoi ai-je dû être si… raisonnable ? Je n'aurais pas pu prendre les choses comme elles venaient ? C'est pas vrai, Wyn ! Tu viens de louper l'occasion de coucher avec un délicieux Gardien. Je parie qu'aucune autre fille n'aurait raté ça volontairement.

Je passe lentement mes doigts sur son dos, mes ongles laissant de légères griffures. D'une main sur le dos de la mienne, il me rapproche de notre baiser. De l'autre, il presse mon ventre contre son bassin, où un membre dur sera déçu, aujourd'hui.

Peut-être plus tard. Après le combat.

D'un dernier coup de langue sur mes lèvres, il met fin au baiser.

CHAPITRE
SEIZE

— Tu es en retard pour la fête, dit Chesca, assise sur le corps du fiend que j'ai vu tout à l'heure. Ses ailes ont été arrachées et son visage… eh bien, ne ressemble plus vraiment à un visage.

Rappelez-moi de ne pas contrarier Chesca. Et faites-lui oublier que je l'ai attaquée tout à l'heure. Ce n'était pas moi. C'était ma magie.

Ce n'est qu'à ce moment-là que j'observe mon environnement. Le sol est jonché de Démons morts. Des Démons brûlés, surtout. Plus loin, d'autres se battent encore, mais nous nous trouvons dans une clairière ensanglantée. Une odeur âcre flotte dans l'air. Quelque chose comme des effluves de cheveux brûlés mélangés à ceux du steak et de la crotte de chien. J'essaie de respirer par la bouche, mais l'odeur parvient toujours à mon nez.

— C'est moi qui ai fait tout ça ? demandé-je calmement, choquée par la totale dévastation.

— Oui, c'est ton œuvre, dit joyeusement Chesca, toujours assise sur le cadavre du fiend. C'était tellement magnifique que je te pardonnerais presque de m'avoir attaquée.

Elle se lève en un clin d'œil et me frappe la poitrine d'un doigt griffu.

— Mais seulement presque. Je vais te trouver une belle punition, petite princesse. Je vais peut-être te voler l'un de tes Gardiens.

Peut-être que je le mérite. Mais c'est alors que la magie se réveille en moi. Ils sont à moi.

Je grogne.

— Si tu veux mes Gardiens, il faudra d'abord me tuer.

Tellement cliché, mais c'est vrai. Je ne laisserai personne d'autre les avoir.

Et je commence à penser que ce n'est pas simplement à cause du lien et du rituel. Non, c'est quelque chose de bien plus profond que cela. Ils sont spéciaux. Et à moi. Fin de l'histoire. Qu'ils le veuillent ou non.

Soudain, Chesca pousse un cri et désigne quelque chose derrière nous, je me retourne et… une petite boule de feu explose dans le ciel. Aodh a des ennuis.

Nous courons sur le champ de bataille en direction de l'endroit d'où provient le signal lumineux. Chacun d'entre nous a un signal pour faire savoir qu'il a besoin d'aide. Une boule de feu dans le ciel, c'est celui d'Aodh. Chesca déploie ses ailes et saute dans les airs, mettant rapidement de la distance entre nous alors que nous essayons de courir sans trébucher sur des cadavres. Un grand groupe de démons lutte non loin du centre d'accueil. Cela signifie qu'Aodh n'a pas beaucoup bougé depuis le début de la bataille. Il est fort, mais il affronte beaucoup de Démons – au moins une vingtaine, de toutes les tailles et de toutes les formes. Au moins, je ne vois pas l'un des Démons supérieurs que nous avons identifiés tout à l'heure. Trois d'entre eux sont morts, mais je ne sais pas si les autres ont été tués. Espérons-le.

Lorsque nous atteignons le premier Démon, je le projette au sol d'un coup sec, prêt à recevoir dans la poitrine le couteau qu'Arc lui destine. Nous en éliminons trois autres de cette façon. Une sacrée équipe ! me dis-je d'un ton morbide.

Les pleurs de Chesca se détachent du bruit des combats. Un instant plus tard, une brèche s'ouvre dans les rangs des Démons et je vois enfin – et je le regrette immédiatement. Aodh est allongé sur le sol, entouré de Démons morts. Je ne vois pas son visage, et il est trop loin pour que je sache s'il respire encore. Chesca et Storm se tiennent au-dessus de lui, luttant contre l'assaut de leurs adversaires. Chesca utilise ses ailes pour fendre les Démons devant elle ; apparemment, celles-ci sont beaucoup plus solides (et mortelles) qu'elles n'en ont l'air. Storm se bat avec son épée, et non avec sa magie, coupant, paralysant ou tuant les ennemis à chaque coup. Il est magnifique. Chaque mouvement est habile. C'est un magnifique massacre.

— Attention ! crie Arc à côté de moi.

Je me retourne et vois un groupe de Démons courir vers nous.

Génial ! Exactement ce qu'il nous fallait.

Je décide de ne plus utiliser ma magie de feu. Oui, elle est efficace, mais je ne veux pas risquer de perdre à nouveau le contrôle. À la place, je plonge mes mains dans la terre, la saisissant fermement, puis je la lance contre nos assaillants. Un mur de boue surgit du sol et s'abat sur eux, les ensevelissant. Je relâche immédiatement mon lien avec la terre. Je n'ai pas l'intention de provoquer un autre tremblement de terre.

— Bien joué ! s'écrie Arc en gelant trois démons avec son

esprit, avant de les poignarder l'un après l'autre. Tu l'as bien maîtrisé !

Est-il vraiment en train de me dire que je m'améliore dans l'art de tuer des Démons ? Non merci, ce n'est pas une compétence dans laquelle je veux exceller.

— Un coup de main ne serait pas de refus ! hurle Storm.

Je me retourne, cherchant le meilleur moyen de tuer les Démons qui les assaillent, les autres et lui. D'autres se sont joints à la mêlée. Les ennemis prêts à nous tuer ne s'arrêteront jamais.

Il faut être précis : les Démons sont trop proches de mes amis pour une attaque à grande échelle. Il y a un moyen, mais est-ce que j'oserai le faire ? Chesca pousse un cri de fureur lorsqu'une épée lui transperce l'aile. Du sang noir coule sur le sol. Je dois agir maintenant.

— Arc, éloigne-les de moi un instant, ordonné-je, et je ferme les yeux, confiante dans la capacité de mon Gardien à me protéger.

Je sens leurs cœurs – c'est comme si j'avais toujours fait ça. C'est trop facile. Je peux tous les anéantir en une seconde. Pourquoi ai-je gaspillé tant d'énergie à me battre avec les éléments ? J'aurais pu tuer tous les démons d'un seul coup.

J'entends des cris au loin. Pas de temps à perdre. Je me concentre et d'une seule pensée, j'éteins trente cœurs de Démons d'un seul coup.

C'est alors que je comprends pourquoi personne ne fait ça.

L'énergie noire qu'ils contenaient s'abat sur moi.

Ma magie hurle, je hurle, et tout devient aussi noir que la puissance inconnue qui se déchaîne en moi.

JE ME RÉVEILLE au son des sanglots. Ce qui me donne envie de retomber immédiatement inconsciente. Ce sont des sanglots déchirants, terrifiants. Et même si ma tête est douloureuse et que mon corps a l'impression d'avoir été écrasé par un Démon d'une demi-tonne, je sais que c'est Chesca qui pleure.

Et je devine pourquoi.

Aodh.

Je me souviens du Gardien de feu, allongé sur le sol, le visage tourné vers moi, entouré de Démons en pleine lutte et de leurs frères tombés au combat.

Aodh, riant au chalet quand j'essayais de ne pas grimacer après avoir goûté les scones de Chesca.

Aodh, l'air inquiet quand je suis arrivée avec un Frost grièvement brûlé.

Aodh, un Gardien qui a réussi à dompter une Démone.

Je sens une larme couler sur mon visage.

— Wyn, tu es réveillée ? demande Crispin.

Je veux ouvrir la bouche pour répondre – mais je ne peux pas bouger les lèvres. Paniquée, j'essaie de remuer les orteils, de lever les bras, mais rien ne se passe. Je gémis, mais aucun son ne s'échappe de ma gorge.

Je suis enfermée.

— Princesse, serre ma main, me demande mon Gardien guérisseur, la voix pleine d'inquiétude.

J'essaie de toutes mes forces, mais mes doigts ne bougent même pas.

À présent, je suis complètement réveillée. Mon esprit, en tout cas. Je cherche ma magie en moi. Je pourrais peut-être l'utiliser pour leur envoyer un message.

J'atteins la grotte de mon cœur et la regarde avec stupeur. L'entrée s'est effondrée ; de gros blocs de pierre m'empêchent d'y pénétrer. Ma magie, où est-elle ? Piégée à l'intérieur, comme je le suis à l'intérieur de mon corps ? J'essaie de déplacer l'un des petits rochers, mais il est trop lourd. Ma magie serait bien utile en ce moment.

Je donne un coup de pied à la pierre devant moi, mes orteils hurlent de douleur. Je sais que ce n'est pas réel, mais j'ai l'impression que ça l'est. C'est plus réel que le monde extérieur à mon corps, le monde avec lequel je ne peux pas interagir.

Qu'est-ce que j'ai bien pu faire pour me retrouver dans cette situation ?

Pourquoi ai-je voulu essayer de tuer autant de démons à la fois ?

Pourquoi personne ne m'a prévenue ?

Je frappe à nouveau la pierre, et cette fois, je me délecte de la douleur.

C'est ma pénitence pour le Gardien que j'ai tué et les démons que j'ai détruits. Ma punition légitime. Moi, enfermée dans mon corps, devant faire face à tout cela au lieu d'en rire comme j'ai l'habitude de le faire.

Je veux pleurer, mais je hurle. Tout ce que je reçois en retour, c'est mon écho.

Je me recroqueville à l'entrée de la grotte, serrant mes genoux contre ma poitrine. Le visage d'Aodh défile devant mes yeux. Je ne l'ai connu qu'un jour, mais je le pleure quand même.

Il est mort pour moi.

Je n'ai pas protesté quand il m'a proposé de se battre.

Je n'y ai même pas pensé.

Non, j'étais tellement obsédée par mes propres peurs et inquiétudes que je n'ai jamais envisagé qu'il pouvait être déplacé d'en demander autant à Chesca et à lui.

Maintenant, il est mort.

L a lumière m'aveugle. Quelqu'un m'ouvre les yeux. Je regarde le ciel bleu. J'essaie de regarder sur le côté, mais rien ne se passe. Super, je ne peux même pas bouger les yeux. Un visage flou apparaît, cachant le ciel. Crispin.

Il me regarde droit dans les yeux. J'essaie de les cligner, de bouger, de faire quelque chose pour lui montrer que je suis vivante. Mais au bout d'un moment, il laisse ma paupière se fermer et l'obscurité m'entoure à nouveau.

En fait, ce n'est pas tout à fait vrai. Je vois de l'orange, beaucoup d'orange rougeâtre. Mes yeux voient, même s'ils ne sont pas ouverts.

Je crois que je préférerais le noir, j'ai toujours détesté la couleur orange.

— Pourquoi tu ne la guéris pas ?!

La voix forte de Storm rompt le silence.

J'y entends de la panique et du désespoir. Si Crispin ne me soigne pas, c'est que quelque chose ne va pas du tout.

— Son corps va bien, j'ai soigné les quelques égratignures qu'elle a eues pendant le combat. Mais sa magie… quelque chose ne va pas. Je n'ai jamais rien vu de tel. C'est comme si elle était protégée, mais je ne peux pas voir à travers le bouclier. C'est différent d'un bouclier mental, c'est glissant et juste… mauvais.

— Je vais essayer.

La voix d'Arc se rapproche et le bruit de quelqu'un qui s'agenouille à côté de moi parvient à mes oreilles.

Le silence s'installe. J'attends que quelque chose se passe. Peut-être m'apparaîtra-t-il comme il l'a fait lorsqu'il était en dehors de la sphère de mon île. Peut-être parviendra-t-il à me parler.

Le lien ! Je peux peut-être communiquer à travers mon lien ! J'ai de l'espoir pendant une seconde – puis je me souviens que j'utilise ma magie pour tirer sur mon lien avec les gars. Pas de magie, pas de lien.

— Je n'arrive pas à la joindre, soupire Arc, et je sens une main passer doucement sur ma joue.

— Alors, essaie encore ! hurle Storm.

À l'intérieur, je pleure pour lui. Il est tellement en colère, tellement désespéré.

— Il fait ce qu'il peut, dit la douce voix de Frost au loin.

Cela lui ressemble tellement, de calmer son frère, mais de ne pas avoir la possibilité d'agir lui-même.

— Attention ! crie soudain Crispin, et le sol gronde sous moi. Quelque chose explose à proximité et un souffle d'air chaud me frappe. Un corps tombe – ou se jette – sur moi.

Bon sang, pourquoi je ressens encore de la douleur ? Pourrais-je juste être paralysée, s'il vous plaît ? De préférence dans mon esprit aussi.

— C'est Lewan ! Je croyais que tu l'avais tué, Storm ! s'écrie Arc.

— Je croyais que tu l'avais tué !

Quelqu'un souffle de frustration au-dessus de moi. Frost. Oh, c'est lui qui est allongé sur mon corps !

— L'un d'entre vous pourrait tuer Lewan, s'il vous plaît ? Il commence à faire un peu chaud, ici !

Il a raison, on a l'impression que quelque chose brûle autour de nous. L'air commence à me faire mal quand je le respire, il fait si chaud !

— Je m'en occupe, grogne Storm.

D'autres explosions. Puis le bruit du vent, beaucoup de vent. Des cris au loin.

Puis le silence. La chaleur se dissipe.

Apparemment, celui qui nous a attaqués n'est plus en mesure

de la diffuser. Avec un peu de chance, il gît sur le champ de bataille, en morceaux.

Frost se lève, me laissant seule sur le sol.

— C'était juste un retardataire, grommelle Storm.

— Certains ont fui quand Wyn a tué les Démons autour de nous, il se peut qu'ils reviennent. Nous devons franchir ce Portail dès que possible.

DIX-SEPT

Mon corps est soulevé par l'un des hommes. Je suis plaquée contre un plastron en cuir dur. Ils portent encore leur armure. Il est difficile de dire qui me porte – ils sont tous larges et musclés, encore plus avec des armures. Et ils sentent tous le sang, en ce moment.

Mais bon, est-ce important ? Ce sont tous mes Gardiens.

Je suis serrée contre la poitrine de l'homme. Il a passé un bras sous mes genoux et un autre autour de mon dos. Ce n'est pas inconfortable, mais le balancement sans que je puisse voir ce qui se passe me donne la nausée. Qu'arrivera-t-il si j'ai envie de vomir ? Vais-je m'étouffer avec mon propre vomi, incapable d'ouvrir la bouche comme je le suis ? Je préfère ne pas le savoir.

Un silence inquiétant règne autour de nous. Les gars ne parlent pas, et je ne peux pas. Apparemment, il n'y a plus de Démons à Calanais. La bataille a été tellement chaotique que j'ai perdu le fil du nombre de nos victimes. Du nombre que j'ai tué.

C'était nécessaire, mais je sais que je n'oublierai jamais l'odeur de sang et de Démon brûlé qui flotte maintenant sur le champ de bataille. C'est un miracle, vraiment, que nous ayons tous réussi à nous en sortir relativement indemnes. Par « nous », j'entends mes Gardiens et moi. Je ne veux pas penser à Aodh et Chesca.

D'ailleurs, où est Chesca ? Elle a dû partir pendant que j'étais inconsciente. Je ne pense pas qu'elle puisse rester silencieuse aussi longtemps.

Nous nous arrêtons enfin et les nausées disparaissent lentement de mon estomac.

— Vous êtes prêts ? demande Storm à voix basse.

— Oui.

— Oui.

— Oui.

Le dernier à parler est Frost, près de mon oreille. C'est lui qui me porte.

— Mais tu crois que c'est sûr ? Elle ne pourra pas penser à notre destination quand nous aurons franchi les Pierres.

— Il vaudrait mieux qu'on la tienne tous, suggère Crispin. Arc, tu as contacté les guérisseurs de l'autre côté ?

— Oui, ils sont prêts. Ils savent peut-être ce qui ne va pas avec cette jeune fille.

— Rapprochez-vous et tenez-la fermement, ordonne Storm.

Trois paires de mains agrippent mon corps à différents endroits. Un grognement se fait entendre à l'intérieur de moi. Je plonge profondément et me retrouve devant la grotte de mon cœur. L'un des gros rochers qui bloquaient l'entrée s'est brisé en deux ! Beaucoup d'autres encore m'empêchent de me connecter à ma magie, mais quelque chose a changé. C'est sûrement leur contact ; ça ne peut pas être une coïncidence.

— 3... 2... 1... allez !

Nous franchissons le Portail.

Je vole sur un arc-en-ciel. Un putain d'arc-en-ciel !

Tout est lumineux, coloré et magique. De la magie ! Je sens ma magie ! Elle n'est pas à l'intérieur de moi, non, elle flotte à mes côtés, ronronnant tandis que le vent ébouriffe sa fourrure. Elle étire ses membres, enfin sortie de la grotte où je l'ai enfermée si longtemps. Elle me fait un grand sourire, et je lui en offre un en retour. On est amies, on fait un tour sur un arc-en-ciel qui ressemble à ce qu'une licorne a éructé en faisant des loopings dans les airs. Ce n'est pas un arc-en-ciel qui commence au sol et forme un demi-cercle. Non, cet arc-en-ciel est comme des montagnes russes, qui s'étendent à l'infini dans le lointain, en forme de courbes et de boucles et… c'est un cœur, là-haut ?

Ce doit être un rêve. Mais un rêve très lucide. Il semble si réel ! Ai-je pris de la drogue ?

— Wyn ! crie quelqu'un derrière moi, projetant un écho carillonnant dans ce monde arc-en-ciel.

C'est Storm, qui évolue sur l'arc-en-ciel comme un surfeur sur une vague. Je ris et j'essaie de nager à contre-courant pour le rejoindre, mais ça ne marche pas. Heureusement, c'est un expert de l'arc-en-ciel et il m'atteint en un rien de temps.

— Wyn, dit-il, la voix rauque, et je me retrouve dans ses bras, serrée contre sa poitrine.

Ma magie s'esclaffe et s'éloigne, nous laissant un peu d'espace. Je n'aurais jamais cru qu'elle serait aussi prévenante.

Storm me soulève la tête en plaçant un doigt sous mon menton. Ses yeux sont doux et il me sourit. Storm, il sourit ! Ce doit être un rêve.

Il s'approche, nos lèvres se touchent presque.

— J'ai cru t'avoir perdue, murmure-t-il de son souffle chaud contre ma peau.

J'essaie de trouver une réponse, mais mon esprit est vide. Alors, je fais ce qu'il y a de mieux : je me mets sur la pointe des pieds et je l'embrasse. Il grogne et entrouvre mes lèvres avec sa langue. Il commence doucement, mais après quelques baisers doux, ils deviennent plus sauvages. Tout en revendiquant ma bouche, il glisse ses mains sous mon t-shirt.

Je gémis lorsqu'il rompt notre baiser.

— Ne t'inquiète pas, princesse, je n'ai pas encore fini, grogne Storm en déchirant mon t-shirt en deux.

Comment a-t-il pu faire ça ? Mais je m'en fiche complètement lorsqu'il décroche mon soutien-gorge et l'enlève, ainsi que les restes de mon t-shirt. Il se met à genoux devant moi et lève les yeux avec un regard étrange. Désir ? Dévotion ? Admiration ? Difficile à dire. Il embrasse la peau douce entre mes seins et je gémis à nouveau. Alors qu'il laisse une traînée de baisers sur mon ventre vers le bas, il attrape mes fesses. Je pousse mon bassin vers l'avant, comme une invitation ouverte. Il glousse.

— Patience.

— Depuis quand tu prônes la patience ?

En réponse, il ouvre la fermeture éclair de mon jean et le fait glisser vers le bas, m'encourageant à l'enlever. Je ne porte plus que ma culotte (et mes chaussures, mais ça ne compte pas). J'aurais aimé en mettre une plus jolie, mais lorsque je me suis préparée au combat ce matin, la beauté de mes dessous ne figurait pas parmi mes priorités.

En me pelotant les fesses, il continue à déposer de doux baisers juste au-dessus de mon nombril. Ça chatouille et je commence à être frustrée. Ce n'est pas assez.

Soudain, des mains se posent sur mes seins. Avant que je puisse me retourner, une voix taquine me chuchote à l'oreille :

— Je suppose que je n'aurais pas dû m'inquiéter pour toi. On dirait que mon frère s'occupe déjà de toi. Tu sais qu'il nous reste encore du chemin à parcourir pour atteindre l'autre côté du Portail ?

Frost.

Storm jette un regard agacé à son frère.

— Nous ne savons pas si elle ira bien une fois que nous aurons atteint l'autre côté. Restons ici encore un peu.

— Ça me va, dit Frost en riant, et il commence à me masser doucement les seins.

Je me penche vers lui et il baisse la tête, mordillant ma nuque. Pourquoi c'est si bon ?

Storm a finalement décidé de faire ce qu'il fallait et descend lentement ma culotte. Quand sa bouche touche la peau juste au-dessus de cet endroit précis, je vois des arcs-en-ciel. D'accord, peut-être que je les vois depuis le début puisqu'on se tient sur l'un d'eux. Mais vous voyez ce que je veux dire.

Je ferme les yeux et mon corps se remplit de plaisir. Je suis dans les bras de deux Gardiens. Incroyable ! Frost pince mes tétons entre ses doigts tout en effleurant mon cou de ses dents. Pour une raison que j'ignore, j'ai envie qu'il me morde. Je n'en ai pourtant jamais eu envie jusqu'à présent. Ils me font quoi, ces types ?

Quelque chose se presse en mon centre. Instinctivement, j'écarte un peu les jambes. Je crie quand Storm glisse son doigt en moi tout en suçant mon point sensible. Oh mes Dieux !

Si Frost ne me retenait pas, je serais déjà en train de me tortiller sur le sol.

— Ouvre grand pour mon frère, murmure ce dernier, en glissant ses mains le long de mon ventre jusqu'à mon bassin. Storm ajoute un autre doigt et, comme son jumeau me l'a demandé, j'écarte davantage les jambes pour lui donner un meilleur accès. Sa langue est en train de me rendre folle, elle me touche, me suce, me fait tournoyer.

Un rire tonitruant nous interrompt. J'ouvre les yeux et je vois Arc et Crispin courir vers nous. Est-ce vraiment grave que je les veuille tous ?

— Ne vous arrêtez pas, leur ordonné-je, pressant la tête de Storm entre mes jambes.

— On peut participer ? demande Arc alors qu'ils nous rejoignent.

Crispin secoue la tête, frustré.

— Quelqu'un a pensé à se demander pourquoi ici, elle est consciente ? Ou vous pensez tous avec vos verges, aujourd'hui ?

Storm refuse de répondre, se concentrant plutôt sur le plaisir qu'il me procure. Ça me va.

Frost s'éclaircit la gorge.

— Eh bien, elle va visiblement bien, et je pensais que Storm avait…

— Typique ! Wyn, je devrais t'examiner, dit Crispin d'un ton neutre.

Storm grogne.

— Dégage ou rejoins-nous.

Arc me fait une fausse révérence.

— Princesse, avec ta permission ?

Je suis trop occupée à essayer de ne pas perdre toute inhibition, alors je me contente d'acquiescer. Plus on est de fous, plus on rit. Une petite voix dans ma tête me dit que ce n'est pas moi, que je suis trop prude pour ça, mais je m'en fiche. J'ai trois Gardiens sexy autour de moi, qui ont tous l'intention de me faire du bien.

Arc est à mes côtés en quelques secondes, saisissant mes cheveux d'une main et me tirant vers lui. Il revendique ma bouche au moment même où Storm ajoute un troisième doigt. Mes Dieux, c'est incroyable ! Frost est dur contre mon dos et à chaque fois que son frère enfonce ses doigts en moi, je me frotte davantage contre lui.

Autour de nous, l'arc-en-ciel scintille. Mais peut-être que c'est juste mon esprit qui invente des choses bizarres dans le feu de l'action.

C'est. Tellement. Bon !

Storm interrompt soudain l'incroyable travail de sa langue. Il ne peut pas me faire ça ! J'étais si proche.

— Crispin, tu voudrais…

Il hésite en regardant derrière lui, où notre guérisseur se tenait il y a un instant.

Crispin n'est plus là.

— Ne t'inquiète pas, princesse, marmonne Arc en arrêtant un instant son baiser fougueux. Il n'a pas été avec une femme depuis longtemps. On ne sait pas ce qu'il a. Oublie ça, ça n'a rien à voir avec toi.

Je ne peux pas répondre car ses lèvres couvrent à nouveau les miennes et sa langue rencontre la mienne dans une danse extatique. Storm fait glisser ses doigts hors de moi et je me sens soudain très vide. Je gémis contre la bouche d'Arc. Puis j'entends le bruit d'une fermeture éclair, et je sais que ce n'est pas encore fini.

— Allongez-là, dit Storm, à bout de souffle.

Frost me dépose doucement sur le sol. Mes seins sont gonflés par l'attention qu'il leur a portée. Une fois que je suis étendue au sol, il se penche et prend l'un de mes mamelons dans sa bouche. Arc suce l'autre, tandis que Storm m'écarte les jambes.

Mes Dieux, suis-je vraiment entourée de trois Gardiens ? Trois mecs torrides, sexy et talentueux qui me font me sentir mieux qu'aucun homme ne l'a jamais fait auparavant.

Storm glisse à nouveau un doigt en moi et j'arque mon bassin en réponse, l'invitant à entrer. Puis je me souviens que j'en veux plus.

— Storm, s'il te plaît, gémis-je, mais Arc glisse un doigt dans ma bouche et me fait taire.

Je le suce, et pour une raison que j'ignore, c'est une sensation incroyable.

— Princesse, tu es prête ? me demande Storm et je lève la tête pour le regarder.

Il est nu, magnifique et dur comme de la pierre. Est-ce que tous les Gardiens en ont une aussi… grosse ? Je suppose que je vais devoir effectuer des recherches.

— Tu es sûre de le vouloir ? demande Storm une nouvelle fois.

Je mordille le doigt d'Arc pour qu'il le retire de ma bouche.

— Oui, j'ai envie de toi, murmuré-je sans le quitter des yeux.

— Et tu n'as pas envie de moi ? demande Frost.

Je ne sais pas s'il plaisante ou s'il est vexé.

— Je vous veux tous.

Frost sourit et se penche pour m'embrasser fougueusement. Je remarque que mes mains sont inutilement posées sur le sol, alors je les lève et tire Arc vers moi. J'ai besoin de tous mes Gardiens près de moi. C'est à ce moment que Storm entre en moi. Il n'est ni doux ni lent. Il s'enfonce et je gémis de plaisir lorsqu'il me remplit. Nous ne faisons qu'un, tout en étant nombreux. Il bouge en moi et, en même temps, Frost m'embrasse et Arc me masse les seins, tandis que je caresse la bosse entre ses jambes.

Nous ne faisons qu'un.

Storm glisse en moi et ressort, de plus en plus fort. Je commence à perdre le contrôle ; ma respiration est devenue irrégulière et je serre les poings, attendant d'être libérée. Frost se retire un instant et j'inspire profondément. Des étincelles volent autour de nous comme des lucioles. Elles sont minuscules, mais scintillent de mille couleurs.

— Vous les voyez ? murmuré-je, ne sachant pas si mes yeux me jouent des tours.

Storm s'arrête un instant et je regrette d'avoir posé la question. Ma curiosité n'aurait-elle pas pu attendre quelques minutes de plus ? Enfin, des heures. Avec un peu de chance.

Puis il se plaque à nouveau contre moi et je couine.

— Oui, confirme-t-il en se retirant. Je les vois.

Et il s'enfonce à nouveau, établissant un nouveau rythme rapide. Je ne tiendrai pas longtemps.

Les petites étincelles produisent des formes dans l'air, des spirales animées, d'étranges nuages scintillants.

Il se passe quelque chose. Mais pour l'instant, je m'en moque éperdument. Mon esprit est vide, tout ce qui compte, c'est la chaleur qui envahit mon corps, l'électricité qui circule dans mes nerfs. Je suis tout près. Quelqu'un commence à frotter mon clitoris, mais j'ai les yeux fermés, et ça n'a pas d'importance. C'est bon. Plus que bon. Je flotte sur un nuage de bonheur.

— Wyn, grogne Storm.

Je gémis avec lui alors qu'il s'enfonce d'un coup sec et profondément en moi, jouissant en même temps que mes parois intérieures se contractent, l'étreignant étroitement. J'atteins l'orgasme, mon corps n'étant qu'un grand havre de plaisir. Des mains se posent sur moi, caressant doucement ma peau, mais je suis trop épuisée pour leur rendre la pareille. Mes Gardiens m'entourent. Storm est toujours en moi.

Le lien palpite en moi et, de loin, j'entends le ronronnement de ma magie. Enfin, ils sont satisfaits.

Je reviens lentement à la réalité. Enfin, la réalité arc-en-ciel dans laquelle nous nous trouvons. J'ouvre les yeux et cligne plusieurs fois. Je suis couverte de paillettes. Les petites particules scintillantes qui flottaient dans l'air ont atterri sur ma peau – j'en ai partout ! J'ai l'impression d'être… eh bien, de m'être trouvée à l'extrémité opposée d'une licorne flatulente. Je lève un bras en signe d'émerveillement, hypnotisée par les paillettes qui reflètent la lumière de l'arc-en-ciel autour de moi.

— Qu'est-ce qui se passe, putain ? demandé-je enfin.

À en juger par leurs regards confus, mes Gardiens ne le savent pas non plus. Storm se retire de moi, me laissant avec un sentiment de vide. Je suis épuisée, mais j'en veux plus. Je veux Frost et Arc. Et Storm, encore. Ensemble, sur un arc-en-ciel couvert de paillettes.

J'émets un gloussement qui se transforme rapidement en un rire étourdissant.

— Tu l'as cassée, reproche Frost à son frère. Maintenant, elle se comporte comme… une fille.

Il frémit tandis que j'éclate à nouveau de rire.

— Je n'ai jamais rien vu de tel, dit finalement Storm.

— On dirait de la magie. De la magie qui n'est pas liée, réfléchit Arc, le front plissé.

Il ne se rend probablement pas compte qu'il a encore la main sur mon sein. Je ne le lui dirai pas. Les paillettes n'ont pas eu l'air de lui faire mal, alors pourquoi briser ce contact délicieux ?

— Mais la magie est toujours liée. Elle ne peut exister sans ancrage, affirme Storm. Sinon elle flotterait et ferait Dieux savent quoi. Des explosions. Des mutations. Ce genre de choses.

Je fronce les sourcils, les rires ayant soudain disparu.

— Attendez, donc ce truc ne flotte pas habituellement dans cet arc-en-ciel ?

— Un arc-en-ciel ?!

Storm me regarde avec incrédulité.

— Tu n'as pas remarqué qu'on se tient sur un arc-en-ciel ?

— Non, on est sur un nuage…

— Non, on est sur une vague, l'interrompt Frost.

— La foudre, murmure Arc.

— Donc, chacun de nous voit quelque chose de différent. Comment vous pouvez ne pas le savoir ? Vous avez déjà traversé cette porte, n'est-ce pas ?

Ils se regardent.

— Oui, mais en général, nous entrons d'un côté et sortons de l'autre. Il n'y a rien entre les deux. Pas d'arc-en-ciel, pas de magie. Pas de… sexe.

Je me couvre le visage de mes mains.

— C'est réel ?

Frost me pince la hanche et je sursaute. Il sourit innocemment.

— On dirait que c'est réel.

Salaud !

— Maintenant, on peut revenir aux choses sympas ? demande Arc en retirant sa main de mon sein.

Brusquement, tout tourne alors que je suis entraînée loin d'eux, le long de l'arc-en-ciel, volant dans les airs, de plus en plus vite, un nuage de paillettes volant derrière moi. Je crie. Et soudain, il y a un looping, un putain de grand looping de montagnes russes. Je m'agite, essayant de me débarrasser de l'attraction qui me fait courir le long de l'arc-en-ciel, monter le looping et – non, s'il vous plaît, ne me laissez pas tomber – redescendre. J'essaie de garder le contenu de mon estomac alors que je tourne autour de mon propre axe, incertaine de ce qui est en haut et de ce qui est en bas.

L'arc-en-ciel s'arrête et il n'y a rien au-delà.

Une force invisible m'attrape, me lance et…

J'ATTERRIS sur de la neige molle. Je n'éprouve pas de choc brutal, pas de douleur. Le froid glacial qui ronge ma peau me fait comprendre que je suis toujours nue. Font chier, ces mecs ! Et où sont-ils, d'ailleurs ? Je regarde autour de moi. Derrière moi se dresse un magnifique Portail en fer forgé, couvert de fougères givrées et de minuscules stalactites. Au-delà… un arc-en-ciel.

C'était donc bien réel. Les pulsations entre mes jambes le confirment. Je me regarde. Les paillettes ont disparu, Dieux merci.

Le Portail clignote et un crépitement se fait entendre. De l'autre côté de l'arc-en-ciel, quatre grandes silhouettes se matérialisent. Elles grossissent, se rapprochent, et mes Gardiens apparaissent. Si gracieux. Aucun d'entre eux n'est tombé comme moi. Typique.

Et Crispin les a rejoints d'une manière ou d'une autre. Bizarre.

Je me redresse, mais j'ai l'impression qu'on me tire en arrière. Je dois être collée à quelque chose sur le sol. Je me retourne pour voir ce que c'est, mais des cris de surprise de mes Gardiens me font pivoter vers eux. Ils me regardent, les yeux écarquillés.

— Regardez-la ! Elle a… des ailes !

DIX-HUIT

Des ailes.

Les mots résonnent dans mon esprit.

Des ailes.

Mais enfin, comment puis-je avoir des ailes ? Je ne suis pas un ange (certainement pas, demandez à mes parents adoptifs). Je ne suis pas non plus un Démon (je ne suis pas si mauvaise que ça). Alors, pourquoi j'ai des ailes ?

Elles ne ressemblent pas aux ailes de Démon que j'ai vues pendant la bataille, tout en cuir et épaisses. Ce ne sont pas non plus des ailes d'oiseau. Non, c'est comme… de la poussière scintillante, qui se regroupe dans une forme semi-translucide. Délicates, comme des ailes de papillon, mais encore plus fines. Elles sont de toutes les couleurs de l'arc-en-ciel, mais le violet semble dominer légèrement. Je plie les bras pour toucher l'endroit où elles poussent dans mon dos. Rien. C'est comme d'habitude, la peau est lisse, je n'ai pas d'excroissances osseuses bizarres, pas de plumes, rien. Mais je peux toucher les ailes. Je peux passer mes mains au travers. Elles sont comme de la gélatine – elles opposent une résistance, mais avec suffisamment de pression, on peut se frayer un chemin et les traverser. Curieusement, je les fais battre. Je ne sais pas comment, mais des muscles inconnus s'en chargent. Ou de la magie. Voilà, c'est probablement ça.

— Elle a des ailes, souffle Frost, les yeux toujours aussi écarquillés que les autres Gardiens.

— Nous le voyons bien, ajoute Arc en me regardant comme s'il ne m'avait jamais vue auparavant.

Le spectacle doit être sympa. Je suis nue, avec des ailes arc-en-ciel, dans la neige.

Ai-je mentionné que ma vie n'a pas beaucoup de sens ?

— Tu dois avoir froid, princesse, dit Crispin, qui s'approche de moi et m'offre sa veste.

Enfin, l'un d'entre eux a des pensées réfléchies ! Je frissonne et m'enveloppe dans la veste en cuir. Elle sent Crispin ; une légère odeur de pin et d'anis. Le bas de mon corps est exposé et…

Attendez, je viens d'enfiler un vêtement autour de mes ailes. Ça ne devrait pas faire mal ? Ou au moins être inconfortable ? Je regarde par-dessus mon épaule. Elles ont disparu.

— Elles étaient là à l'instant, n'est-ce pas ? demandé-je, la voix hésitante.

Avec un soupir, Storm passe son t-shirt par-dessus sa tête. Et me montre ses ailes.

C'est impressionnant.

Elles sont semblables aux miennes, mais beaucoup plus grandes et pas du tout translucides. Les extrémités arrivent au-dessus de sa tête, et le point le plus bas se situe juste au-dessus de ses genoux. Elles sont d'un bleu foncé presque noir, et brillent dans la lumière vive du paysage enneigé.

— Tu as des ailes. Mais tu n'en avais pas avant, bégayé-je, totalement sous le choc.

— Les gars, montrez-lui, ordonne Storm, et les trois autres Gardiens enlèvent leur t-shirt (et en ce qui concerne Arc, une partie de l'armure qu'il porte encore).

Trois paires d'ailes se déploient et me coupent le souffle. Celles de Frost sont d'un bleu turquoise, avec des nuances de saphir plus foncées qui les traversent comme les vagues d'un océan. Celles d'Arc sont d'un cuivre foncé, mais leurs extrémités brillent d'un rouge rubis. Et celles de Crispin sont... eh bien, dorées, assorties à ses cheveux blonds.

Je dois les fixer pendant plusieurs minutes, essayant de me faire à l'idée qu'ils ont des ailes.

Puis je craque. C'en est trop.

— Merde ! Pourquoi ne me l'avez-vous pas dit ? Pourquoi j'ai des ailes ? Pourquoi je sais comment les bouger ? Et pourquoi... ?

Crispin me fait taire en me prenant dans ses bras.

— Tout va bien, ma chérie, tu comprendras tout bientôt, murmure-t-il.

Mais je veux comprendre maintenant ! Je suis à deux doigts de taper du pied par terre, mais ce serait puéril. C'est trop pour mon cerveau. D'abord, j'ai été enfermée dans mon corps, ensuite j'ai fait l'amour sur un arc-en-ciel, et maintenant, nous avons tous des ailes. D'une certaine manière, ça ressemble à un *bad trip*. Peut-être que je suis encore à la maison, en train de me droguer avec des amis. Mais je ne me drogue pas et je n'ai pas beaucoup d'amis non plus. Alors, je ne pense pas.

— Merde, pourquoi vous avez besoin d'ailes ? Vous n'étiez pas suffisamment parfaits ? grommelé-je contre le torse nu de Crispin.

Il glousse.

— Tu en as aussi. Je ne sais pas pourquoi, mais tu en as. Et elles sont magnifiques.

Avec un soupir, je recule, quittant le confort de ses bras.

— Comment elles peuvent disparaître comme ça ?

— La magie, sourit Arc. Tout ici est magique. Tu verras, et tu apprécieras.

Ouais, je n'en suis pas si sûre. C'est un peu un choc.

Je regarde autour de nous. Je ne vois que de la neige et encore de la neige. Le Portail est le seul élément distinctif de ce paysage glacé.

— Des Gardiens ne devaient pas nous attendre ? demandé-je.

— Si, normalement, répond Storm d'un ton sombre, en remettant son t-shirt en place. Arc, trouve-les.

Celui-ci acquiesce et ferme les yeux, fronçant les sourcils. Un instant plus tard, il les rouvre, poussant un profond soupir.

— Il ont été appelés par la reine. Une urgence, a dit Thomas.

Storm fronce les sourcils.

— Ça devait être important. Elle ne laisserait pas sa fille en danger pour rien.

J'émets un rire triste.

— Elle m'a laissée seule toute ma vie. Pourquoi ça changerait maintenant ?

Arc passe un bras autour de mes épaules.

— Elle t'expliquera bientôt, ma belle. C'était pour une bonne raison.

— Ouais, j'en suis sûre, dis-je en soufflant.

J'en déciderai quand j'aurai entendu l'explication. À vrai dire, je ne vois pas ce qui pourrait justifier qu'on laisse son enfant dans un autre monde et qu'on ne la voie que quelques fois en vingt-deux ans. Quel genre de mère fait ça ?

— Regardez ! crie soudain Frost en pointant le doigt vers le ciel.

Je lève les yeux – et je sursaute en voyant un groupe de Gardiens voler vers nous. Au début, ils ressemblent à des oiseaux gigantesques, mais à mesure qu'ils se rapprochent, je commence à distinguer leurs traits. Trois hommes, une femme. La première Gardienne que je vois. Si c'en est une. Mais Crispin avait une sœur, donc les Gardiennes doivent exister. Ses cheveux blond-blanc forment une longue traînée derrière elle – pensez à une comète, mais humanoïde. Ses cheveux doivent lui arriver au moins jusqu'aux pieds. Sa peau est moka foncé sous une combinaison noire, ce qui contraste fortement avec ses cheveux clairs et ses ailes argentées. Même de loin, elle est éblouissante. Les trois hommes qui l'entourent se ressemblent tous. Vêtements bleu foncé, ailes bleu foncé, cheveux bleu foncé. Leur peau ivoire est la seule chose sur eux qui ne soit pas bleu foncé. Celui qui les a créés devait être obsédé par cette couleur.

Ils se posent à une centaine de mètres de nous, glissant gracieusement sur le sol avant de replier leurs ailes. La femme s'avance, flanquée des trois hommes. Il doit s'agir de triplés ; il est impossible de les distinguer.

Lorsqu'elle arrive à notre hauteur, elle s'incline profondément, et les hommes lui emboîtent le pas quelques instants plus tard.

— Princesse, bienvenue dans le royaume de l'Hiver. Je suis Ada, et voici Fox, Lynx et Phœnix. Nous avons été envoyés par Sa Majesté pour vous escorter jusqu'au palais.

Je ne sais pas trop quoi répondre, alors je me contente d'incliner la tête et de la remercier.

Jusqu'à présent, elle a ignoré mes Gardiens, qui ont pris position derrière moi. Deux de chaque côté. Protecteurs, mais sans dominer. Mon cœur se réchauffe à l'idée de les avoir tous les quatre si près de moi. J'aurai besoin d'eux dans ce monde étrange.

Évitant ostensiblement de regarder ma demi-nudité, Ada me tend un uniforme bleu ; le même bleu que portent ses Gardiens. Je l'enfile avec reconnaissance (tout en obligeant tout le monde à se retourner), me délectant de la chaleur.

— Nous vous avons apporté un TP pour vous transporter jusqu'à la capitale, dit Phoenix en s'avançant et en me montrant un paquet de cordes et de tissus.

— Un quoi ? demandé-je, n'ayant aucune idée de ce dont il s'agit.

Frost ricane.

— Un trône portable, princesse. Le palais est à plusieurs heures à vol de Gardiens, et il nous faudrait deux jours à pied.

— Je ne vous laisserai pas me porter comme un… comme un patient d'une ambulance aérienne !

— Quoi ? balbutie Frost, l'air confus. La reine elle-même voyage de cette façon.

C'est à mon tour de froncer les sourcils.

— Elle ne vole pas ?

— Elle n'a pas d'ailes, Wyn. C'est une Déesse, pas une Gardienne.

— Mais elle ne devrait pas pouvoir, je ne sais pas, se déplacer par magie d'un endroit à un autre ? Je veux dire, c'est une Déesse, elle doit être puissante, non ?

La femme et ses compagnons me fixent ouvertement. Apparemment, ils n'étaient pas conscients de ma méconnaissance de ma mère et de son monde.

— Wyn, ta mère est la plus puissante de tous les Dieux. Elle seule sait ce qu'elle peut faire. Pour autant que je sache, elle pourrait se faire pousser des ailes, se téléporter ou invoquer un dragon qu'elle chevaucherait, mais en général, elle voyage en TP. Ainsi, ses sujets peuvent la voir.

— Les dragons existent ?

Frost rit en passant un bras sur mes épaules.

— C'est tellement toi ! Tu t'arrêtes au détail le moins important de ce que j'ai dit.

Ce qui lui vaut un coup de coude dans les côtes. Il émet un petit cri.

— Oui, les dragons existent. Ils ne sont pas nombreux, cependant. Ils restent entre eux la plupart du temps. Ils envoient un ambassadeur à la cour une fois par an. Ça devrait être bientôt, d'ailleurs. Je suis sûr que si tu demandes à ta mère, tu pourras le rencontrer.

— Nous devrions partir, Madame, si nous voulons arriver avant la tombée de la nuit, nous interrompt Ada.

Pendant que je parlais à Frost, les Gardiens bleus ont installé le TP. C'est un drôle d'engin, mais il n'a pas l'air inconfortable. C'est un peu comme un fauteuil à bascule, mais avec des ceintures de sécurité et un repose-pied. Le matériau ressemble à un cuir à la fois lisse et doux. Je vais devoir apprendre beaucoup de choses sur ce monde.

Encore une fois, je suis reconnaissante d'avoir mes Gardiens. Ada n'a pas l'air très patiente, et je ne pourrai jamais savoir qui est qui parmi les triplés.

Le TP est plutôt confortable. Mais je ne suis pas sûre de pouvoir lui faire confiance dans les airs. Certes, il y a un harnais de sécurité, mais qui sait à quel point cette chose se balancera. Mais c'est probablement plus sûr que d'essayer de voler moi-même. Si j'en suis capable. J'essaierai plus tard, dans un endroit chaud, où je pourrai enlever mon t-shirt en toute sécurité pour déployer mes ailes. Mais…

— Comment font-ils pour sortir leurs ailes s'ils portent des vêtements ? demandé-je à la cantonade, en montrant les triplés.

— L'entraînement.

Arc hausse les épaules et déploie ses propres ailes, bien qu'il se soit rhabillé.

Je le contourne, vérifiant si elles n'ont pas fait de trous dans son t-shirt. Mais non. Elles flottent juste… à travers le tissu, ou peu importe comment ça s'appelle. Je ne comprends pas ces ailes… elles ne font pas tout à fait partie de leur corps, pourtant elles sont là, poussant à partir de leurs omoplates, se déplaçant à leur demande. La magie peut être si fâcheusement déroutante !

— Alors, pourquoi vous avez enlevé vos t-shirts, tout à l'heure ?

Frost ricane.

— Pourquoi pas ?

Je gémis. Les hommes ! Pourquoi ont-ils conscience de leur beauté ?

Ada se racle la gorge. Oui, j'ai compris, nous devons partir. Les triplés s'emparent des sangles qui maintiennent le TP, mais avec un grognement collectif, mes hommes s'avancent et les prennent. Bien, je me sens plus en sécurité avec mes Gardiens. Sans vouloir offenser les bleus, les miens sont… eh bien, les miens.

Quatre sangles épaisses partent des coins du trône. Mes Gardiens en prennent une chacun et l'enroulent autour de leur taille, puis se placent autour de moi, les ailes déployées. Ils portent tous des vêtements, à présent. Dommage !

— Lynx et moi volerons à l'avant, et Fox et Phoenix iront à l'arrière, ordonne Ada, immédiatement obéie par ses hommes.

Je me demande si elle n'est que leur chef ou s'il y a plus entre eux. C'est difficile à dire avec son apparence dure.

— Tout le monde est prêt ?

Tout le monde acquiesce, sauf moi, mais ça n'a pas l'air d'avoir d'importance. Ada plie les genoux et saute en l'air, ses ailes battent fort jusqu'à ce qu'elle plane plusieurs mètres du sol.

Lynx est le prochain à s'envoler – c'est maintenant notre tour. Hourra ! Je ne sais pas si mon estomac va y survivre. Quand j'étais plus jeune, j'adorais aller à la fête foraine, essayer tous les manèges, mais en grandissant, j'ai commencé à avoir des nausées dans la plupart d'entre eux. Pas au point de vomir, mais suffisamment pour me sentir mal. Je m'imagine en train de vomir dans le TP et je décide que je ne peux pas laisser cela se produire. Je suis une princesse, après tout ! Je dois garder la face, au moins pour l'instant, jusqu'à ce que tout le monde découvre à quel point je ne suis pas royale.

— Prête ? demande Storm.

Je soupire et acquiesce. Faisons comme si ça allait être amusant.

Comme un seul homme, ils sautent, réussissant tout juste à éviter que leurs ailes ne se touchent. Je plane au milieu, le TP se balançant doucement, mais surtout sous contrôle. Je suis vraiment contente que mes pieds ne soient pas dans le vide, mais en sécurité sur le repose-pied. Je regarde le sol qui s'éloigne de plus en plus. Les Gardiens volent vite – pas à la vitesse d'un avion, mais presque. Un vent froid ébouriffe mes cheveux et mord mes joues. J'aurais bien besoin d'une veste d'hiver, là, maintenant. Mais mes sacs sont… où sont mes sacs ? Avant la bataille, nous les avions laissés dans la voiture, prévoyant de les récupérer avant de franchir le Portail. Mais quand j'ai vu mes hommes sur le pont arc-en-ciel, ils ne portaient rien. Je suppose que le choc de me voir évanouie les a distraits. J'espère que ma mère m'a préparé des vêtements chauds. Oui, je viens d'Écosse, mais nous avons surtout de la pluie et pas beaucoup de neige, du moins pas à Édimbourg. Je ne suis pas habituée à ce genre de froid sec. Je frissonne et enroule mes bras autour de ma poitrine.

— Utilise ta magie ! lance Storm.

— Je ne peux pas ! répliqué-je en criant.

Je me rends compte que je ne leur ai pas encore dit que ma magie était bloquée. J'étais occupée à d'autres… choses. Comme faire l'amour avec Storm.

CHAPITRE

DIX-NEUF

Le palais est immense. Immense genre énorme. Gigantesque. Il s'agit en fait d'une ville fortifiée entière, mais dans un seul et même ensemble. Et elle aurait pu être imaginée par Tolkien. Des tourelles s'élèvent dans le ciel, surplombant des allées complexes et de grandes cours. Il y a des jardins partout, mais ils ne sont pas vert et coloré comme on pourrait s'y attendre. Ils sont plutôt bleu et blanc. Après tout, c'est la maison de la reine de l'Hiver.

Les drapeaux s'agitent au vent, mais je ne peux pas encore distinguer ce qui y est inscrit. C'est peut-être parce que j'ai les yeux pleins de larmes à cause du froid. Ma magie me manque terriblement. Un grand trou sombre demeure où elle vivait d'habitude. La grotte, toujours bloquée, est vide et froide. C'est presque douloureux quand je me concentre dessus.

— Nous allons atterrir sur la tour de la Reine ! crie l'un des triplés contre le vent glacial.

Storm a remarqué que je n'arrivais pas à produire de l'air

chaud, alors il m'en a procuré, mais j'ai toujours froid. Le vent est trop fort.

Nous changeons de cap et contournons le palais. En bas, les gens vaquent à leurs occupations, comme de petites abeilles qui s'occupent de leur ruche. J'aperçois des centaines de personnes à l'extérieur, et je n'ose même pas imaginer combien elles seront à l'intérieur des bâtiments.

Autour des murs du palais, une ville s'est développée. On voit bien que rien n'a été planifié ; les routes ne sont pas droites ni les maisons bien ordonnées. Au contraire, c'est un mélange chaotique de ruelles qui serpentent autour de bâtiments qui semblent avoir été posés au hasard sur le sol. Ils sont faits d'une sorte de pierre qui brille dans les dernières lueurs du jour. C'est magnifique.

Un visage apparaît dans l'air devant nous comme par enchantement. Le visage massif et effrayant d'un homme avec des sourcils sauvages et une barbe de père Noël. Il est aussi grand que mes quatre Gardiens empilés les uns sur les autres. C'est bizarre. Mais bon, ils m'ont dit que j'allais rencontrer une magie étrange, ici.

Nous planons devant le visage, en attente de quelque chose. Celui-ci ne bouge pas, ses yeux ne clignent même pas. C'est encore plus effrayant.

— Qu'est-ce que… chuchoté-je à mes Gardiens, mais le visage m'interrompt avec une voix tonitruante, qui est à la fois à l'intérieur et à l'extérieur de ma tête.

— Princesse Wynter. Que cherchez-vous au palais de Sa Majesté ?

Hmm, je veux rendre visite à ma mère ? Répondre à son appel ? Son… visage de garde ne devrait-il pas le savoir ?

— La princesse est venue à la demande de sa mère, la reine Beira, mère des Dieux, crie Storm contre le vent qui se lève.

— Et la princesse peut-elle parler pour elle-même ? répond le visage en clignant enfin des yeux pour la première fois.

D'accord, c'est toujours aussi effrayant.

— Elle le peut ! affirmé-je en criant. J'ai été invitée, alors, laissez-nous entrer !

Ce n'est sans doute pas la réponse la plus polie, mais j'ai froid. N'en faites pas toute une histoire.

— Sa Majesté est actuellement indisponible. Veuillez patienter.

C'est. Quoi. Ce. Bordel ! Est-il une sorte d'agent magique d'un centre d'appel ?

Soudain, une autre voix se fait entendre dans ma tête, une voix féminine et plutôt autoritaire.

— Bernold, qu'est-ce que tu fais ? Tu n'es pas censé… oh waouh, Votre Altesse !

Le visage de l'homme disparaît avant d'être remplacé par un autre. Une femme cette fois, avec des joues gonflées, des cheveux blancs et des rides de rire autour des yeux et des lèvres. On dirait une grand-mère qui vient de prendre l'un de ses petits-enfants la main dans le sac.

— Princesse, je suis vraiment désolée. Bernold a dû se glisser dans la salle de contrôle pendant que je ne regardais pas… Entrez. Pardonnez-moi, il sera *sévèrement* puni.

Les derniers mots sont dégoulinants de poison et, juste avant que son image ne disparaisse, elle se retourne pour regarder quelque chose derrière elle, la fureur se lisant sur son visage. J'ai presque de la peine pour Bernold, qui qu'il soit.

L'air scintille devant nous à l'endroit où se trouvait le visage géant il y a un instant, et sans un mot, Ada et ses triplés commencent à voler vers le palais. Nous les suivons et je me penche le plus possible hors du TP pour voir davantage la maison de ma mère. Plus nous nous approchons des bâtiments, plus ils semblent grands. Le palais de Holyrood, à Édimbourg, ressemble à une cabane, comparé à celui-ci. Je commence à compter les tours, mais des cris en contrebas me distraient. Des gens nous pointent du doigt. Je me tortille sur le TP, mal à l'aise. Est-ce qu'ils voient mes fesses ? De quoi ai-je l'air vue d'en bas ? Va-t-on souvent me dévisager à partir de maintenant ?

D'habitude, je suis du genre à éviter l'attention. Je ne me suis jamais battue pour être sous le feu des projecteurs, et même si j'ai souvent pris la tête de groupes scolaires au lycée et à l'université, je préfère travailler à l'intérieur du groupe, et non en tant que cheffe. J'ai le sentiment que tout cela pourrait changer, maintenant que nous sommes enfin arrivés dans les royaumes.

Nous avons presque atteint la plus haute tour. Elle est d'un blanc perle et scintille dans la lumière du soir. Comme tout le reste, elle a une allure hivernale. Cela ne veut pas dire que tout ici soit recouvert de neige ou fait de glace. Non, c'est plutôt la façon dont les choses semblent lisses et brillantes. Les couleurs sont toutes dans le spectre du blanc et du bleu, avec peu de choses en jaune ou en rouge. Voilà pourquoi je ne suis pas une artiste. Je suis nulle pour décrire les choses.

En gros, c'est magnifique.

Une grande porte s'ouvre au sommet de la tour, nous permettant d'entrer. Je soupire alors que nous volons enfin à l'intérieur, loin des regards de la foule. J'ai hâte de sortir du TP. Ce n'est pas inconfortable, mais je préfère ne pas être transportée dans les airs comme un bébé.

Quatre membres du personnel nous attendent, immobiles, tandis que mes Gardiens m'aident à quitter mon trône.

Je suis un peu instable sur mes pieds. Je serais heureuse de ne plus jamais avoir à m'asseoir sur ce TP. Pourquoi ne peuvent-ils pas utiliser des avions ou des hélicoptères ? Puis je me rends compte qu'ils n'ont peut-être pas d'électricité. Je regarde autour de moi. Une boule de lumière plane au plafond, à l'endroit où se trouve habituellement un luminaire. Elle pulse, d'une manière ou d'une autre, et donne une impression de vie. Elle n'est certainement pas alimentée par l'électricité, mais par la magie. Je me demande si je pourrais créer une boule comme celle-là. Ce n'est pas vraiment du feu, c'est plutôt un concentré de lumière. Je note mentalement de poser la question à Crispin plus tard.

Une porte en bois s'ouvre derrière les gardes et la femme au visage massif entre dans la pièce. Elle est un peu essoufflée ; je suppose qu'il n'y a pas d'ascenseur, ici, pour se rendre au sommet des tours.

Elle me fait une rapide révérence.

— Votre Altesse Royale, c'est un plaisir de vous accueillir au palais. Je m'appelle Tamara, je suis responsable des domestiques.

Frost ricane derrière moi, mais je ne veux pas être impolie, alors je ne me retourne pas pour savoir ce qu'il y a de si drôle.

— Enchantée de vous rencontrer, dis-je en lui souriant.

Elle a l'air sympathique, mais elle a un regard d'acier. C'est une femme forte qu'il ne faut pas contrarier.

Elle soupire.

— Et je vous prie de m'excuser encore une fois pour Bernold. Il a été affecté au service des pots de chambre à l'infirmerie pour le mois à venir.

Elle me fait un clin d'œil. Oh, apparemment, elle a aussi le sens de l'humour ! Je l'apprécie déjà.

— Suivez-moi, princesse.

Je fais ce qu'elle me dit, mais Storm est plus rapide et prend les devants. Il n'a sûrement pas besoin d'être aussi protecteur dans le palais de ma mère !

Les trois autres suivent, tandis qu'Ada et ses Gardiens restent en arrière.

Un court couloir mène à un grand escalier de pierre. Il

descend très bas ; le trou au milieu me donne le vertige. Pas étonnant que Tamara soit à bout de souffle ; c'est comme escalader une montagne. Heureusement, nous descendons, nous ne montons pas.

Sur les côtés de l'escalier se trouvent deux petites boules de cristal montées sur des piédestaux. Les nuages blancs qui tourbillonnent à l'intérieur me rappellent les boules à neige. Tamara pose la main sur l'une d'elles et elle s'illumine. Un grondement retentit et… oh, mes Dieux, la cage d'escalier bouge.

— Escalier ou toboggan ? demande-t-elle, mais je la regarde sans rien dire.

Frost répond à ma place.

— Toboggan.

Elle lui adresse un sourire complice. Elle ne parle sûrement pas d'un…

Les marches s'enfoncent et se confondent, formant un toboggan qui brille doucement comme des perles lisses.

— Wouah !

Je respire profondément.

— Bienvenue au palais, dit Arc en riant. La salle du trône ?

Tamara acquiesce.

— Regarde et apprends, ma belle, dit-il en se positionnant en haut du toboggan. Deuxième étage, ordonne-t-il à voix haute, tandis qu'une ligne rouge apparaît sur le blanc nacré, serpentant le long du toboggan et disparaissant au loin. Rapide, s'il te plaît.

En un clin d'œil, il est emporté, dévalant la pente à toute vitesse. Wouah ! Ça a l'air vraiment amusant !

— Il suffit d'indiquer la destination et la vitesse souhaitées, explique Crispin. Il y a la vitesse lente, douce, moyenne, rapide et reine.

— Reine ?

— Sa Majesté n'aime pas qu'on la fasse attendre, répond Tamara à ma question.

— Veux-tu monter avec l'un d'entre nous ? me demande Crispin.

Je lui lance un regard incrédule.

— Certainement pas !

Je m'assois en haut du toboggan et m'émerveille de la douceur et de la chaleur qui s'en dégagent.

— Deuxième étage, moyenne, dis-je avec confiance.

Le sol vibre légèrement, et c'est parti. Ce n'est pas comme un toboggan normal, où l'on descend de son propre chef. Ici, la *pente* bouge et je reste en place. C'est une bonne vitesse, mais je regrette de ne pas avoir choisi rapide. Ça avait l'air plus amusant. La prochaine fois.

Je ne vois pas grand-chose des étages que je traverse pendant ma glissade. C'est trop rapide. Tout ce que je distingue, ce sont des contours flous de portes. Au bout d'une minute, j'arrive enfin au deuxième étage, où le toboggan s'arrête. Derrière moi, j'entends déjà Frost crier de joie. Apparemment, il a choisi l'option la plus rapide. Je me lève d'un bond et descends du toboggan pour lui laisser la place. Je n'ai pas prévu de me faire écraser par un Gardien aujourd'hui.

Arc attend à quelques pas du palier, dans une grande chambre lumineuse, décorée de délicates tentures. Il n'y a pas de chaise ; le seul meuble est un piédestal à l'avant, à côté d'un ensemble de portes massives. Un homme s'y tient debout ; ses traits parfaits indiquent clairement qu'il s'agit d'un Gardien. Son costume immaculé et sa barbe méticuleusement entretenue lui donnent un air important. Lorsqu'il nous voit approcher, il s'éloigne de son pupitre et s'incline profondément.

— Votre Altesse Royale, c'est un honneur d'enfin vous

rencontrer. Je m'appelle Jonathan, et je suis le Lord-chambellan de votre mère. J'espère que le voyage n'a pas été trop difficile ?

Apparemment, personne ne lui a dit que nous avions subi des tentatives d'assassinat et une bataille les derniers jours. Je ne l'en informe pas. Peut-être que Beira a ses raisons de garder cela pour elle.

Au lieu de ça, je souris gentiment.

— Oh, tout s'est très bien passé ! Ma mère m'attend-elle ?

Derrière moi, Arc tente de réprimer un rire grinçant. J'imagine les vibrations que je ressentirais sur son torse si je m'appuyais contre lui… Non, ne pense pas avec tes ovaires, pense avec ton cerveau ! Tu es une princesse, maintenant, Wyn !

Jonathan se moque de moi. Apparemment, je n'ai pas répondu assez royalement. Désolée, je suis nouvelle dans tout ça.

— Sa Majesté est en réunion du conseil, mais ça devrait se terminer d'une minute à l'autre. Installez-vous confortablement en attendant.

Il fait un grand geste, comme s'il indiquait des chaises inexistantes sur lesquelles nous pourrions nous asseoir.

Nous attendons, mal à l'aise. Les autres Gardiens nous ont rejoints et nous restons ensemble, sans trop savoir quoi faire. Je comprends maintenant pourquoi ma mère n'a pas installé de meubles dans son hall d'entrée. Cela rend ses invités mal à l'aise et peu sûrs d'eux – et probablement plus flexibles pour les négociations.

Je redresse les épaules. Cela ne devrait pas m'affecter. Pourtant, c'est le cas. Je dois attendre ici pour voir ma mère, qui est occupée à une réunion. J'ai traversé tant d'épreuves pour en arriver là, et maintenant, elle n'est même pas capable de se dépêcher ? Veut-elle seulement me voir ?

Quelqu'un me prend la main et je lève les yeux vers ceux, calmes, de Storm.

— Ça va aller, murmure-t-il.

Je hoche la tête.

Il a raison. J'ai mes Gardiens avec moi. Même si ma mère ne se soucie pas de moi, eux s'en soucient.

Dans un grincement, les portes s'ouvrent et nous nous séparons. Les gars font un pas en arrière, me laissant respectueusement passer en premier. Je ne suis pas sûre que les Gardiens soient toujours aussi… disons, familiers, avec leurs protégés. Peut-être vaut-il mieux que je ne montre pas à quel point ils comptent pour moi ? J'ai tant de choses à apprendre !

Jonathan s'éclaircit la gorge.

— Votre Altesse, veuillez me suivre.

Je prends une grande inspiration et fais ce qu'il me dit, l'accompagnant dans la salle du trône.

Waouh !

Mon souffle se bloque dans ma gorge, tandis que j'observe mon environnement. C'est magnifique et intimidant à la fois. Tout brille et scintille dans la lumière vive qui provient de centaines d'étoiles pulsantes flottant près du haut plafond. Des colonnes de marbre blanc sculptées de motifs complexes mènent au trône. De hauts vitraux bordent les murs, entrecoupés de tapisseries. Des animaux et des personnes y sont tissés, et je note mentalement de les inspecter de plus près plus tard. Je suis sûre qu'elles racontent une histoire.

Essayant d'ignorer toutes les belles choses qui m'entourent, je me tourne vers le trône. Il se trouve sur une estrade au fond de la salle, on y accède par des marches de cristal. Je pense d'abord que les pointes qui partent de l'arrière du trône font partie d'une étoile, puis je réalise qu'il s'agit en fait d'un flocon de neige géant, qui entoure ma mère comme un halo.

Comme toujours, je suis émerveillée par sa sublime beauté. Ses longs cheveux blancs lui arrivent à la taille et ses yeux sont aussi perçants que l'hiver qu'elle représente. Elle est grande et mince, mais reste imposante sur le grand trône. Il a été construit pour elle, c'est évident. Il met en valeur sa puissance, son éclat, sa majesté. Ce n'est que maintenant que je réalise à quel point elle est puissante. Ce n'est pas seulement une reine, c'est une Déesse. La mère de tous les Dieux, comme ils l'appellent. Qui sait si c'est vrai ? Beurk ! Cela signifierait que j'ai beaucoup de demi-frères et de demi-sœurs. La plupart d'entre eux sont anciens. Non, c'est peut-être juste une façon de parler. Et qui sait comment les Dieux naissent. Sont créés. Jetés dans ce monde.

— Wynter, dit-elle doucement, se levant d'un seul geste. Je suis tellement heureuse de te voir, ma fille !

Sa voix est chantante et respire l'hiver – à la fois chaude et froide, amicale et distante. Je n'arrive pas à la cerner. S'agit-il d'une comédie ?

— Je suis heureuse de vous voir, mère, affirmé-je tout aussi formellement.

— Mes conseillers m'ont parlé de la difficulté du voyage. Je suis sûre que tu aimerais te reposer.

Je souffle.

— Non, en fait, j'aimerais vous parler.

Mes Gardiens grimacent derrière moi, mais je les ignore. Il s'agit de ma mère et moi. Nous avons des choses à nous dire. Beaucoup. Nous avons vingt-deux ans à rattraper.

Un muscle se crispe sur sa joue.

— Très bien, suis-moi. Tes Gardiens peuvent aller dans leurs quartiers. Je leur ai attribué des chambres proches de la tienne.

Storm me jette un rapide coup d'œil et j'acquiesce. Je me débrouillerai toute seule.

Je me dirige vers le trône où ma mère m'attend. Elle porte une longue robe fluide qui épouse sa silhouette. Si l'on ne regardait que son corps, et non son visage, on croirait qu'elle a une vingtaine d'années. Mais ce sont ses yeux qui montrent qu'elle est une très vieille âme dans un corps jeune. Ils sont pleins de sagesse et de savoir, mais aussi de douleur. Et en ce moment, ils me sourient. Peut-être est-elle vraiment heureuse de me voir.

Beira me fait passer par une porte étroite cachée derrière le trône, puis par un couloir sombre puis nous arrivons dans une petite pièce. Après la somptuosité et la magnificence de la salle du trône, cette pièce est très différente. Mais je la préfère. Deux grands canapés se font face, et quelques fauteuils entourent une cheminée allumée, encastrée dans les murs de pierre blanche. Là encore, il y a des tapisseries, mais elles sont chaudes et colorées, et illustrent des animaux que je ne reconnais pas. Je n'ai jamais réfléchi à la faune des royaumes, mais elle est apparemment très différente de celle de la Terre.

Ma mère me fait signe de m'asseoir et je prends place sur le canapé d'en face. Elle semble un peu déçue que je ne me sois pas assise à côté d'elle, mais son expression s'adoucit rapidement.

Elle claque des doigts et, soudain, une lumière jaune apparaît dans l'encadrement de la porte.

— Maintenant, personne ne pourra écouter, explique-t-elle en souriant.

D'un autre geste, deux verres à vin apparaissent sur une petite table entre nous. Au lieu d'en prendre un, elle me regarde. Je me tortille un peu sous son regard inquisiteur.

Puis elle sourit.

— Je suis contente que tu aies demandé à me parler en privé, si c'était venu de moi, les gens auraient pu avoir des soupçons.

Je la fixe, ne comprenant pas de quoi elle parle. Apparemment, elle peut lire les questions sur mon visage.

— Il se passe beaucoup de choses que je n'ai pas pu t'expliquer, Wynter...

— Les gens m'appellent Wyn, précisé-je.

Elle sourit à nouveau.

— C'est ainsi que je t'appelle dans mon esprit. C'est merveilleux de pouvoir enfin t'appeler ainsi dans la vie réelle.

Son expression redevient sérieuse.

— Tout n'est pas comme tu le penses. Nous devons parler de beaucoup de choses, et je suis sûre que tu as des questions… mais d'abord, dis-moi, qu'y a-t-il entre ces délicieux Gardiens et toi ?

Je la regarde, bouche bée. Pardon ? Ma mère – qui a été absente pendant la majeure partie de ma vie – me pose des questions sur ma… vie amoureuse ? Et est-ce qu'elle vient vraiment de les qualifier de « délicieux » ?

— Oh, ne me regarde pas comme ça ! dit-elle en riant. C'est évident, même si je n'avais pas eu mes sources pour me dire à quel point vous êtes devenus proches. Et je suis si heureuse pour toi ! Ce sont les meilleurs Gardiens que j'aie pu trouver.

Je n'ai toujours pas de mots pour répondre. C'est trop surréaliste. Sol, s'il te plaît, avale-moi maintenant. Je dois changer de sujet.

— Ma magie a disparu, lâché-je.

Elle hausse un sourcil, sachant exactement ce que je fais. Mais elle reprend son sérieux en réalisant ce que je viens de dire.

— Que s'est-il passé ?

Je lui raconte la bataille, ma tentative stupide de tuer plein de Démons en même temps. Quand je finis de décrire comment j'ai été piégée dans mon propre corps, elle fronce les sourcils.

— Je vais demander à mon médecin de la cour de t'examiner.

— Merci, mais je ne pense pas qu'il s'agisse d'un problème physique. C'est comme si ma magie était piégée et que je n'arrivais pas à la faire sortir.

— Ne t'inquiète pas, nos médecins s'occupent aussi bien des

urgences physiques que magiques, dit-elle d'un ton apaisant, tandis qu'une petite ligne commence à se dessiner entre ses sourcils, prouvant qu'elle n'est pas aussi sereine qu'elle en a l'air. J'avais prévu de te parler plus longuement, mais ton état ne devrait pas attendre.

Elle claque à nouveau des doigts et la lueur jaune autour de la porte disparaît. Ma mère ferme les paupières quelques secondes, puis les rouvre, me regardant droit dans les yeux de ses yeux bleus étincelants.

— Theodore viendra dans ta chambre. Tamara attend derrière la porte pour te montrer le chemin. Je te rejoindrai bientôt.

Elle reprend son rôle, le sourire de tout à l'heure n'étant plus qu'un faible écho sur ses lèvres.

Je lui fais un bref signe de tête, ne sachant que dire, et je quitte la pièce.

CHAPITRE
VINGT

Je fixe la fille dans le miroir. Elle m'est si familière et pourtant si étrangère ! Une peau lisse et sans défaut, des pommettes magnifiquement incurvées, des yeux entourés de longs cils qui rendent le maquillage inutile. Ses yeux sont plus brillants qu'ils ne devraient l'être.

C'est censé être moi. Et jusqu'à il y a un instant, je n'avais même pas réalisé que j'avais changé. La dernière fois que je me suis vue, c'était dans la maison de Chesca. Avant d'avoir des ailes. Avant l'arc-en-ciel. Avant la mort d'Aodh.

Quelqu'un se racle la gorge derrière moi et je me retourne, arrachant mon regard du miroir. Je ne veux pas penser à ma transformation. J'aime être normale, ordinaire. Je n'ai jamais voulu ressembler à une demi-déesse. Les ailes, je peux m'y habituer, mais ces pommettes ? Non !

— Votre Altesse, je suis Theodore, le médecin de Sa Majesté. On m'a dit que vous aviez des problèmes avec votre magie ?

Ouais, on peut appeler ça un problème. Un problème plutôt important.

— Oui, depuis… Je crois que j'ai utilisé trop de magie à la fois. Je me suis évanouie et depuis, je ne peux plus y accéder.

— Vous ressentez toujours le lien qui vous unit à elle ?

Je secoue la tête.

— Je sais qu'elle est toujours en moi, mais je ne peux pas l'atteindre. Elle est enfouie dans sa grotte et je ne peux pas l'en faire sortir.

Je soupire de frustration. En parler aux autres me donne l'impression d'être une bonne à rien. Comment ai-je pu enterrer ma propre magie ?

Il me regarde d'un air confus.

— Elle ? Une grotte ?

Je fronce les sourcils.

— Oui, ma magie vit dans une grotte près de mon cœur. Je croyais que c'était le cas pour tout le monde !

— La magie se manifeste différemment chez chaque personne, mais une grotte… et parler de la magie en tant que personne… C'est la première fois que j'entends ça.

Je hausse les épaules, mal à l'aise.

— À quoi ressemble votre magie ?

Il est visiblement surpris par ma question et prend un moment pour réfléchir.

— C'est une grosse boule de lumière dans ma poitrine.

J'attends la suite, mais apparemment, c'est tout. Sérieusement ? C'est vraiment ennuyeux !

J'imagine presque mon chat sortir ses griffes en réponse, mais non, les rochers recouvrent toujours l'entrée de sa grotte.

— Puis-je vous examiner, princesse ?

Non ?

— Oui. Que dois-je faire ?

— Installez-vous sur le canapé ; la plupart des gens préfèrent s'asseoir ou s'allonger. Fermez les yeux, je vais sentir votre magie et essayer de m'y connecter. Vous éprouverez peut-être une légère tension, mais n'y répondez pas pour l'instant.

Il ne se passe rien. Du moins, rien que je puisse sentir. Il fait peut-être des trucs avec ma magie. Je résiste à l'envie d'ouvrir les yeux. La patience, Wyn, est une vertu. On pourrait dire la même chose de l'impatience. À mon avis.

Enfin, il s'éclaircit la gorge et j'en profite pour lever les yeux vers lui.

— Je n'ai pas pu atteindre votre magie. C'est comme si... vous n'en aviez jamais eu.

Je reste bouche bée.

— Je peux vous assurer que j'ai eu de la magie. Elle est toujours là !

Je me lève d'un bond, mais je ne sais plus quoi faire. J'ai envie de sortir de la pièce en courant. C'est très mature, je sais.

Je parviens tant bien que mal à ravaler ma colère. Ce n'est pas sa faute si j'ai l'impression qu'on m'a arraché quelque chose, qu'on l'a mutilé, puis qu'on l'a remis à l'intérieur avec une nouvelle serrure dont je n'ai pas la clé. Putain de magie ! Je m'en veux tellement pour mon arrogance ! Putain de démons ! Je hais le monde entier.

Je frappe dans le mur.

Ça fait mal.

Quelle surprise !

Ma mère choisit ce moment précis pour entrer dans mes quartiers.

— Wynter, qu'est-ce que tu fais ?!

Je regarde ma main en sang et je fais une grimace.

— Je me dispute avec le mur ?

Ma voix tremble, et j'espère qu'elle ne le remarque pas. Je ne suis pas sûre de pouvoir supporter sa réaction glaciale face à mes émotions. Je me souviens qu'une fois, lors d'une de ses rares visites, je suis tombée et me suis blessée au genou. Je ne devais pas avoir plus de cinq ou six ans. J'avais très mal et j'aurais voulu que ma mère s'agenouille à côté de moi, me prenne dans ses bras, mette un pansement sur la plaie… enfin, bref. Mais elle, elle a continué à marcher, m'appelant à la suivre, ignorant totalement ma douleur. Je la suivais en boitant, en pleurant, dévastée par son manque total d'empathie. À l'époque, je ne comprenais pas pourquoi elle était si froide avec moi. Lorsque nous sommes rentrées chez mes parents adoptifs, j'ai montré mon genou à ma maman et elle m'a offert ce dont j'avais eu envie tout l'après-midi : un long et chaleureux câlin.

En ce moment, j'en aurais bien besoin.

Où sont mes Gardiens quand j'ai besoin d'eux ?

— Laissez-nous, ordonne ma mère, et le médecin s'incline, nous jetant un regard curieux en sortant de la pièce.

Bon débarras !

Beira s'approche de moi avec hésitation. La reine autoritaire qu'elle était il y a quelques secondes a disparu. Maintenant, elle a l'air peu sûre d'elle. Peut-être que je ne veux pas de cette étreinte, après tout. Je n'arrive pas à gérer la confusion de ma mère qui, soudain, n'est pas glaciale.

Mais je suis dans ses bras et je lui rends son étreinte. Elle commence lentement à me tapoter le dos, comme si elle n'était pas tout à fait sûre de ce qu'elle fait. C'est la première fois qu'elle me touche.

Sa peau est fraîche et douce lorsque nos joues entrent en contact, la mienne est mouillée par des larmes que je n'ai pas remarquées et qui coulent sur mon visage. Elle continue à me tapoter le dos et je suis tentée de lui dire d'arrêter, mais en même temps, je ne veux pas que cette étreinte se termine. Qui l'aurait cru, ma mère me prenant dans ses bras ? Bizarre ! Je crois que je commence à comprendre que la reine Beira est plus que ce que j'ai vu au cours des vingt-deux dernières années.

Lorsque nous nous éloignons l'une de l'autre, elle saisit ma main et souffle dessus, comme le ferait une mère pour un enfant en bas âge. Mais lorsque je lève ma main pour la regarder, elle est complètement guérie. Le peu de sang séché est le seul signe que j'ai frappé ce stupide mur. Waouh ! Je suppose que Crispin n'est pas le seul à pouvoir guérir. Bien qu'elle l'ait fait d'une manière très différente ; je n'ai pas vu de magie du tout.

Elle hausse les épaules en voyant mon étonnement.

— Je peux t'apprendre à faire ça.

— Vraiment ?

Elle me fait un petit sourire.

— Tes Gardiens m'ont parlé des capacités dont tu as fait preuve jusqu'à présent. Il faudra voir si elles correspondent à ce que je peux faire, mais je suis sûre que tu pourras apprendre certaines de mes compétences.

— Vous pouvez faire quoi ? laissé-je échapper.

Elle rit, un beau son de glace carillonnant dans la brise froide du matin.

— J'ai tellement de choses à te dire ! Mais avant d'en arriver là, nous devons réparer ta magie.

Ah oui, c'est vrai ! Mon humeur retombe au niveau dépression.

— Je suppose, d'après ta petite crise avec le mur, que le guérisseur Theodore n'avait pas de solution ?

Je hoche la tête.

— Il n'a pas senti ma magie. Mais je sais qu'elle est toujours là ! Elle est juste enfouie, enfermée. Elle est là, mais je ne peux pas l'atteindre.

Elle fronce les sourcils et pose une main froide sur mon bras.

— Je peux y jeter un coup d'œil ?

Je me demande pourquoi elle ne l'a pas fait dès le départ, mais j'acquiesce à nouveau.

— Ça risque d'être un peu… envahissant, m'avertit-elle, et une seconde plus tard, je sais exactement ce qu'elle veut dire par là.

C'est comme si je flottais soudainement dans l'espace, mon corps a disparu, rien que des étoiles autour de moi. C'est magnifique et effrayant. Il n'y a pas de bruit, pas de vent, pas de mouvement du tout. Rien que l'obscurité et les étoiles. Et moi, la petite moi, flottant dans le vide sans savoir comment je suis arrivée là. J'essaie de bouger, mais rien ne se passe. Je suppose qu'on ne peut pas bouger sans corps.

— Wyn, tu m'entends ? demande une voix forte qui retentit soudain autour de moi.

— Hmm, oui ? demandé-je dans le néant qui m'entoure.

Et je remarque que je n'entends pas ma voix. Elle n'est que dans ma tête. Celle, majestueuse, de ma mère résonne dans ma tête.

— Tu dois rester tranquille encore quelques minutes pendant que j'essaie de comprendre ta magie.

Je frissonne (sans corps, ce qui est bizarre). Ici, elle a vraiment l'air d'une Déesse. Je me retourne et regarde les étoiles. C'est beau d'une façon froide. Pas de nébuleuses, de trous noirs, d'étoiles filantes, juste des petites boules dorées parsemées dans le vide noir.

Je soupire et j'attends. Aussi beau que ce soit, je ne trouve pas grand-chose sur quoi me concentrer. Et mon corps me manque.

Je commence à fredonner une chanson au hasard, mais je m'arrête quand je ne m'entends plus chanter. Non pas que ce soit une mauvaise chose, on m'a dit que ma voix était plutôt… eh bien, disons qu'elle est suffisante pour un karaoké bien arrosé.

Dans un éclat de lumière, je suis soudain de retour dans le présent. Bon débarras, étoiles qui fichent la frousse !

Les mains de ma mère étreignent mes joues et ses yeux bleus perçants fixent les miens. Ils sont pleins d'inquiétude et de gravité. Oh non, s'il vous plaît, ne me donnez pas de mauvaises nouvelles ! Je préfère de loin les bonnes nouvelles. Par exemple, je claquerai des doigts et ta magie reviendra. Ce genre de choses. Pas le scénario de fin du monde qui me trotte dans la tête depuis que je me suis réveillée de mon état d'enfermement.

— Wyn, on a un problème avec ta magie, commence ma mère.

Je recule, loin de ses mains froides.

— Dites-moi quelque chose que je ne sais pas ! soufflé-je d'une voix plus aiguë que je ne l'aurais voulu.

Elle ne réagit pas, ce qui m'inquiète encore plus. Je passe mes doigts dans mes cheveux, leur trouvant une occupation pour les empêcher de s'agiter.

— Quand tu as tué ces Démons, leur énergie vitale a été libérée. Imagine que c'est un mélange de ta magie et de ton âme, de ton essence. La tienne est aussi brillante que la lumière des étoiles, mais la leur est sombre et corrompue. Il y avait tellement d'énergie dans l'air qu'elle aurait été nocive pour tous ceux qui se trouvaient à proximité de tes adversaires. Je pense que tu en as absorbé instinctivement une partie pour protéger tes Gardiens. Je ne sais pas comment, mais c'est en toi, une magie noire qui entoure la tienne. Et ta magie a été intelligente, elle a vu que les ténèbres te feraient du mal, alors elle s'est barricadée, s'emprisonnant elle-même et emprisonnant l'énergie des Démons.

Elle soupire.

— Je peux la libérer, mais ça signifierait aussi libérer la magie noire. Elle pourrait te tuer.

Wouah ! Est-ce qu'elle vient de me dire que je peux mourir ? Je secoue la tête.

— Il doit exister un autre moyen de récupérer ma magie. Vous êtes la mère des Dieux, bordel ! Vous devez bien pouvoir faire *quelque chose* !

La porte s'ouvre et, un instant plus tard, la voix grave de Storm me caresse l'oreille.

— Je suis d'accord.

Ses bras puissants m'entourent et je m'adosse contre son torse, absorbant sa chaleur. J'ai besoin de lui. Il peut arranger les choses, j'en suis sûre. C'est Storm, il est puissant.

Ma mère redresse les épaules. La reine est revenue, repoussant la mère inquiète que je venais de voir pour la première fois.

— Surveillez votre ton, Gardien, l'avertit-elle. Wyn, je vais demander à mon Conseil d'effectuer des recherches. Pour l'instant, ta magie doit rester verrouillée. N'essaie pas d'y accéder, quoi qu'il arrive.

Sur ce, elle quitte la pièce. Merci beaucoup, *maman*.

Storm m'attrape doucement par les épaules et me fait pivoter pour que je le regarde dans les yeux. Ils sont remplis d'obscurité, de tonnerre et de quelque chose de doux. Mon Storm. Je me dresse sur la pointe des pieds et je l'embrasse. Il lui faut une seconde pour répondre, puis sa bouche s'ouvre, me laissant entrer, tandis que ses bras me pressent contre son corps, me serrant fort. Je lui rends son étreinte pendant que nos langues dansent de désespoir. Je me noie en lui, et ça me fait du bien.

VINGT-ET-UN

Dieux merci, ma chambre dans ce palais dispose d'un grand lit. Sinon, je devrais dormir seule, et non pas blottie au milieu de mes Gardiens. Crispin se trouve à côté de moi, sa main m'enlaçant la poitrine. Il est très proche de mes seins, et je suis sûre que s'il s'en rendait compte, il se décalerait. Je ne sais toujours pas pourquoi il s'éloigne dès que nous nous rapprochons, mais pour l'instant, je dois accepter qu'il ne soit pas aussi tactile que les trois autres. Je regarde la silhouette endormie de Storm. D'accord, j'arrête d'être sentimentale. Oui, sujet délicat. Tout à l'heure, notre baiser s'est terminé par de petites caresses. Mais le guérisseur est revenu et nous a jeté un regard sévère. Oups ! Apparemment, c'est mal vu que la fille de la reine embrasse un Gardien alors qu'il a les mains sous son haut. Je dois en apprendre davantage sur la bienséance à la Cour.

Frost ronfle doucement et je suis tentée de lui donner un petit coup de pied. Pas seulement pour arrêter le ronflement. Je trouve aussi ça drôle. Arc est réveillé… il me regarde. Je ne suis pas la seule à ne pas pouvoir dormir. Je soupire et me glisse hors de la couette. Le sommeil ne vient pas. Arc sourit et me suit hors de la chambre, sur le balcon. Des étoiles brillent dans le paysage sombre. Elles ressemblent à celles que nous avons sur Terre. Oui, je crois que je distingue la Grande Ourse. Ou quelque chose qui lui ressemble. Peut-être qu'on l'appelle autrement, ici. La Grande Stalactite. Le Grand Flocon de Neige. Le Grand Yéti, peut-être ? Eh oui, je deviens bête quand je suis fatiguée.

Je cherche ma magie pour faire apparaître un peu d'air chaud afin de dissiper le froid de la nuit – et je me souviens que je n'en ai pas. Je soupire et réprime un frisson. Le balcon était peut-être une mauvaise idée.

— Tu ne trouves pas le sommeil, princesse ? me chuchote Arc à l'oreille en me serrant dans ses bras.

— Comment tu as deviné ? plaisanté-je en lui enfonçant un coude dans les abdos.

Il grogne et me serre plus fort contre lui.

— Tu recours à la violence ? Tu sais que ce n'est pas ce qu'une petite princesse est censée faire ?

Je ris et il se joint à moi. Sa poitrine se frotte contre moi à chacune de ses respirations rieuses. Je savoure le contact et j'en redemande.

— Tu arrives à t'adapter ? demande-t-il doucement lorsque nous redevenons tous les deux silencieux.

— Je ne sais pas trop. Tout est si… différent. C'est comme si j'avais été projetée dans un conte de fées, sauf qu'au lieu d'une méchante belle-mère, j'ai soudain une mère qui semble plus attentionnée que ce à quoi je m'attendais, et quatre princes charmants au lieu d'un seul.

— Je peux être plus que simplement charmant, murmure-t-il de manière séduisante, et je dois lutter contre l'envie de me retourner et de l'embrasser.

Comme je ne le fais pas, il baisse la tête et commence à m'effleurer le cou de son nez.

— Je ne sais pas pourquoi je suis ici, dis-je.

Il s'arrête.

Une seconde plus tard, je suis dans ses bras et regarde ses beaux yeux verts comme la mousse.

— Ta mère avait une bonne raison de te convoquer. Crois-moi, c'est ici que tu dois être. C'est ici qu'on a besoin de toi.

— Je ne suis pas très utile sans ma magie, grimacé-je, ce qui le fait froncer les sourcils.

L'une de ses mains quitte mon dos pour me caresser doucement la joue.

— Ta magie ne définit pas qui tu es. Ce n'est qu'une petite chose qui te rend encore plus éblouissante que tu ne l'es déjà. Tu es forte, Wyn, ne l'oublie pas. Merde, tu es la personne la plus forte que je connaisse !

Je ne le crois pas. Je ne suis qu'une fille humaine sans ma magie. Juste une humaine qui a été transportée dans un monde où toute la population a des superpouvoirs. Je suis perdue ici, et il le sait. Ils le savent tous.

— Écoute, tu…

Il s'arrête soudain et fait un pas en avant vers la balustrade, m'entraînant avec lui.

— Tu as vu ça ?

— Je te regardais, toi, petit imbécile de Gardien écossais ! Qu'est-ce que tu as vu ?

Il pose un doigt sur mes lèvres. J'ai envie de le lécher. Pas maintenant, Wyn. Il y a des priorités.

— Il y avait quelqu'un dans les buissons…

Je me retourne et fixe l'obscurité. La seule lumière provient des quelques fenêtres du palais encore éclairées. Il n'y a pas de lune qui… merde ! Il n'y a pas de lune. Comment se fait-il qu'il n'y ait pas de lune dans cet endroit ? Il faut qu'il y ait une lune. Pour les marées et tout le reste. La lune est essentielle. Les loups-garous, les marées, une excuse pour devenir fou quelques nuits par mois.

— Là !

Et je la vois enfin. Une silhouette sombre se faufilant dans les jardins ; une ombre dans la nuit. L'homme se dirige vers les quartiers royaux.

— Réveille les autres, murmure Arc en fixant l'obscurité.

Je me débarrasse de mes pensées de lune qui n'existe pas et retourne sur la pointe des pieds dans la chambre.

Trois hommes fatigués me regardent. Il n'est pas nécessaire de les réveiller, alors je leur fais signe de me suivre sur le balcon. Storm s'apprête à dire quelque chose, mais je pose un doigt sur mes lèvres et il se tait. Intéressant, je devrais faire ça plus souvent.

Malgré leurs grandes silhouettes, les gars sont étonnamment silencieux. Avant que nous puissions rejoindre Arc dehors, il arrive en courant.

— Vite, ils viennent de briser la fenêtre des quartiers de la reine !

Mère ! C'est impossible, n'est-ce pas ? Elle doit avoir mis en place un système de sécurité ; personne ne devrait pouvoir traverser les jardins et entrer dans le palais sans être vu.

Une peur étrange m'étreint le cœur. Elle pourrait être en danger. Elle est immortelle, mais est-ce que ça veut dire qu'on ne peut pas la tuer ?

Je cours derrière Arc, les autres hommes nous suivent. Les couloirs sont vides, la seule lumière provient de boules vacillantes qui flottent sous le plafond. Quelqu'un derrière moi frappe dans ses mains et les boules s'illuminent immédiatement, éclairant les couloirs que nous traversons.

Quelques têtes sortent des portes ouvertes, mais personne n'essaie de nous arrêter.

Un autre angle, et nous apercevons enfin, au loin, la grande porte argentée qui mène aux appartements de ma mère. Nous y sommes presque. Deux gardes se tiennent devant, inconscients de ce qui pourrait se passer à l'intérieur.

Storm fait apparaître une rafale de vent qui frappe la porte, l'ouvrant juste à temps pour que nous entrions en courant dans la pièce. C'est une petite pièce sombre : l'antichambre où les visiteurs attendent une audience privée avec la reine. Ignorant les bafouillages des gardes, nous traversons la pièce en quelques grandes enjambées et nous nous arrêtons devant une porte magnifiquement ornée. Storm saisit la poignée et tente de l'ouvrir, mais elle ne bouge pas.

— Vite, mets tes mains sur les ailes ! ordonne-t-il en me poussant vers l'avant.

Deux ailes sont sculptées dans la porte, déployées, prêtes à s'envoler. Elles sont si réalistes que j'aimerais m'arrêter pour les étudier, mais je n'en ai pas le temps. Je pose mes mains dessus, sentant la surface rugueuse et froide sous ma peau rougie. Il ne se passe rien.

— Merde, elle ne l'a pas encore ajoutée à la liste ! jure Frost.

Il se tourne vers les gardes qui courent vers nous.

— L'un d'entre vous a des privilèges d'urgence ?

Un hochement de tête collectif pousse Storm à donner un coup de pied dans la porte et Arc à lâcher un flot de jurons hauts en couleur.

— Reculez ! crie Storm et nous nous entassons tous contre les murs tandis qu'il crée un poing tourbillonnant d'air sauvage.

Jetant ses bras devant lui, il le fait claquer contre la porte. Celle-ci ne bouge pas. Encore et encore, il utilise son air comme un bélier, mais la porte reste fermée.

— Laissez-moi passer ! crie une voix grave.

La foule s'écarte et laisse place à un homme de grande taille portant le même uniforme bleu foncé que les trois Gardiens d'Ada hier. Avec, en plus, une longue épée accrochée à ses hanches.

— Gwain, Dieux merci ! s'exclame Storm. Quelqu'un est entré dans les quartiers de Sa Majesté et nous devons entrer.

— Comment ?

Gwain n'est pas seulement grand, il est fort. Intimidant. Autoritaire. Ses cheveux poivre et sel sont coupés court, encadrant un visage usé par le temps. Une fine cicatrice sépare son sourcil gauche en deux. Voilà quelqu'un qui en a vu d'autres. Des batailles, très probablement. Il dégage une impression d'autorité qui me donne envie de faire ce qu'il demande parce que je sais qu'il a raison. Ce qui est dangereux. Il est puissant, malgré son âge. Ou peut-être *à cause* de son âge.

— Quelqu'un s'est faufilé dans le jardin et a brisé une fenêtre menant à la chambre royale, Monsieur, rapporte Storm.

Wouah ! C'est la première fois que je l'entends appeler quelqu'un « Monsieur ». Ce Gwain doit être important.

— Écartez-vous, ordonne celui-ci et, sans hésiter, tout le monde s'exécute.

Il pose ses mains sur la porte, comme je l'ai fait tout à l'heure. Sauf que pour lui, elle s'ouvre d'un clic. L'épée dégainée, il entre dans la pièce sombre, et nous le suivons. Storm et Arc m'ont dépassée pour ouvrir la voie, et je suis flanquée de mes deux autres Gardiens.

C'est trop calme. Quelque chose ne va pas.

— Votre Majesté ? appelle Gwain, mais personne ne répond.

Arc murmure doucement « Lumières » et une grande boule glacée au-dessus de nous s'anime, inondant la pièce d'une lumière froide et brillante. Ma mère est allongée sur son lit. Elle a un couteau dans le cœur.

Je crie.

— Fouillez les chambres ! Luke, rassemble des hommes pour passer les jardins au peigne fin ! ordonne Gwain. Ado, amène Theodore tout de suite !

Tandis qu'une activité intense se déroule derrière nous, je m'approche du lit où ma mère est allongée, immobile.

— Beira ? murmuré-je, pendant que Crispin se précipite de l'autre côté, agitant ses mains au-dessus d'elle en un motif compliqué.

— Elle est encore en vie, mais à peine, dit-il, le souffle court, ce qui provoque des halètements autour de nous. J'essaie de la stabiliser, mais nous devons retirer ce couteau avant qu'il ne fasse plus de mal.

— Je dois le faire ? demandé-je, désespérant de me rendre utile.

— Non, j'ai besoin de Theodore. C'est un couteau d'Été, il doit être manipulé par un guérisseur expérimenté.

— Alors on reste là à attendre ? crié-je, la peur et la colère m'envahissant.

Je désigne les gardes qui grouillent dans la pièce.

— Comment quelqu'un a-t-il pu entrer ici et poignarder Bei… ma mère ?

Quelqu'un m'enlace par-derrière. L'air frais et salé remplit mes narines. Frost. Je me dégage de ses bras. Je ne veux pas qu'il me touche maintenant. Tout ce que je veux, c'est que ma mère se réveille. Oui, elle a été absente la majeure partie de ma vie, mais c'est ma mère, et elle est si près de me dire tout ce que je veux savoir. Tout ce que j'ai besoin de savoir. J'ai besoin d'elle. C'est la reine, et ma mère. Elle est censée être une Déesse, comment peut-elle rester allongée ici comme ça, en train de mourir ?

— Où est Theodore ? s'écrie Crispin. Elle s'affaiblit !

— Comment ce couteau peut-il la tuer ? demandé-je, la voix brisée.

— C'est un couteau d'Été, dit le guérisseur en serrant les dents. Forgé par le roi de l'Été lui-même. Lui seul peut blesser notre reine. Il répand son essence immonde dans son corps, détruisant sa magie, son esprit. Mais si nous ne pouvons pas l'extraire, nous devons d'abord siphonner son énergie pour la réinjecter dans le couteau. Sinon il continuera sa destruction.

Merde ! Qui est donc ce roi d'Été ?

— Monsieur, Theodore n'est pas au palais, il a été appelé dans l'un des villages, rapporte un garde, haletant.

Le guérisseur ne viendra pas. Nous devons faire quelque chose. Le visage de ma mère est cendré, avec une légère teinte bleue sur les joues. Ses cheveux ne sont plus lisses et soyeux, mais cassants et fragiles. Elle dépérit sous nos yeux et je ne peux rien faire. Si seulement ma magie était là ! Ma magie. Beira a dit qu'elle était bloquée à cause de l'énergie des Démons. Si je parvenais à m'en débarrasser, ma magie serait libre. Prête à sauver ma mère.

Une agitation à l'extérieur de la pièce nous fait tous nous retourner. Un homme en uniforme bleu entre, suivi de deux gardes qui tiennent un homme vêtu de noir. Il n'est qu'à moitié conscient, sa tête se balançant d'un côté à l'autre.

— Monsieur, nous l'avons attrapé non loin du Portail du royaume d'Été, rapporte l'homme en uniforme bleu.

Gwain est aux côtés de l'intrus en deux grandes enjambées et saisit le menton de l'assassin, lui soulevant la tête pour qu'ils se regardent dans les yeux.

— Un dernier mot ?

Gwain grogne, son corps est prêt à frapper. Il va lui briser la nuque, j'en suis sûre. Pas besoin d'interrogatoire, le couteau dit tout.

Le couteau.

— Arrêtez ! crié-je, attirant tous les regards, surpris, sur moi.

J'espère que j'ai raison. Sinon ça risque de mal se terminer.

— Qu'est-ce que tu fais ? chuchote Arc.

Je secoue la tête. Pas de distraction.

— Tenez-le bien, ordonné-je, surprise par l'autorité de ma voix.

Les gardes qui maintiennent le prisonnier me font un signe de tête et resserrent leur étreinte. Apparemment, ils me considèrent vraiment comme leur princesse.

S'il te plaît, fonctionne, me murmuré-je en fermant les yeux et en plongeant dans mon corps, à la recherche de ma magie. La grotte est toujours là, les rochers en barrent toujours l'entrée. Maintenant que je sais avec certitude que ma magie reste enfermée à l'intérieur, gardant une force démoniaque, je me sens encore plus mal pour elle. Non seulement elle est seule, mais elle mène un combat solitaire. Plus maintenant.

— Hé ! l'appelé-je, espérant qu'elle m'entendra à travers le mur de pierre. J'ai besoin de toi !

Je l'imagine presque rire amèrement. Elle sait qu'elle ne pourra pas sortir sans que la magie noire s'échappe. Mais c'est là-dessus que je compte.

— N'aie pas peur, nous allons pouvoir libérer cette énergie démoniaque ! crié-je. Mais j'ai besoin de toi maintenant, ma mère est en train de mourir ! Sors, aide-moi !

Un grondement sourd me fait réagir. Est-ce que ça marche ?

— S'il te plaît, magie ! Je t'en prie !

Je la supplie. Si mes Gardiens me voyaient maintenant, en train de crier contre un mur de pierre ! Mais je sais qu'elle est là.

Enfin, une pierre tombe sur le sol. Certes, c'est un tout petit caillou, mais c'est un début. D'autres pierres suivent, poussées du haut du mur par une force invisible. Ma magie se bat. Bien.

Enfin apparaît un trou assez grand pour me laisser entrer – ou laisser sortir ma magie.

Le seul avertissement que j'obtiens est un miaulement, puis elle saute dans les airs, les griffes sorties, la fourrure hérissée. Elle est suivie d'une forme floue. C'est la seule expression qui convienne. Une masse noire et gluante qui change de forme plus vite que je ne peux le voir. J'ai presque envie de vomir à sa vue. C'est comme si quelqu'un avait distillé des cauchemars, puis les avait mélangés à du désespoir et à une bonne dose de mal. Et cette forme chasse ma magie.

Je tends les bras et l'attrape au moment où elle s'approche du sol. Elle me griffe les bras, mais je m'en fiche. Je l'ai récupérée. Ma magie. Dans mes bras. Ahh !

Nous courons, suivies de près par la masse floue. Ça me fait mal à l'intérieur alors qu'elle nous poursuit à travers mon corps. Nous devons atteindre la surface avant qu'elle ne nous attrape. Je dois l'emmener à l'extérieur.

Ma magie gémit, mais je n'ai pas le temps de l'apaiser ni de la rassurer.

— J'ai besoin de ton pouvoir, haleté-je en courant. Je dois faire sortir cette chose de moi et la faire entrer dans le vaisseau.

J'essaie de ne pas considérer le « vaisseau » comme un homme vivant, qui respire. Il a essayé de tuer ma mère. Il a fait son choix. Il a mérité son destin.

Avec un doux miaulement, ma magie donne sa permission. Le pouvoir m'inonde, m'envahit avec une intensité que je n'avais jamais ressentie auparavant. C'est peut-être ce que ressent un toxicomane qui reçoit sa première dose après une période d'abstinence.

J'ouvre les yeux. Tout est plus lumineux, plus vibrant

qu'avant. Je vois à nouveau la magie, tourbillonnant autour des personnes présentes dans la pièce. Ce sont tous des Gardiens, ils ont tous leur propre magie. Et parmi eux, l'assassin. Les gardes le tiennent toujours fermement, ignorant ses faibles tentatives de lutte.

Je sens la masse floue me brûler les entrailles. Mes genoux faiblissent. Le moment est venu.

Je tends la main et l'attrape, luttant pour la garder dans ma main. C'est glissant et ça brûle quand je la touche, et je ne peux pas m'empêcher de crier en essayant de la sortir de moi. Elle s'accroche, elle espère que je céderai, alors je la serre de toutes mes forces. Putain, cette chose est forte !

Je mets toute mon énergie dans mon emprise sur elle, voulant qu'elle cesse de se battre. Mais je n'ai pas cette chance. Elle s'agite et me lance des missiles brûlants. Alors que je perds la vue et que je sens mon corps s'enfoncer dans le sol, quelque chose de nouveau me pénètre. Une nouvelle énergie. Non, quatre. Quatre brins de magie fraîche se joignent à la mienne et s'enroulent autour de la masse floue. Enfin, sa lutte s'affaiblit. Poussant contre sa résistance, j'aspire l'énergie noire hors de moi et à l'air libre. Je sens que je perds connaissance, je dois faire vite. Je pousse la masse floue vers l'homme qui se débat, en veillant à le maîtriser. Je ne veux même pas savoir ce qu'il pourrait faire s'il était libéré. Encore un tout petit peu… J'enfonce la masse floue dans la bouche de l'assassin et dans son centre. Il se bat, mais il est trop faible. La masse floue veut rester là, elle n'essaie plus de résister. Elle veut un nouvel hôte, peu importe qui.

Finalement, je libère mon emprise sur elle et bats en retraite. Dès que je lâche prise, une vague d'énergie m'envahit et me donne la force de rouvrir les yeux. Le visage de l'homme est devenu gris, ses yeux noirs. Des veines sombres apparaissent sur sa peau, le faisant ressembler à un zombie.

— Tuez-le, murmuré-je aux gardes, en supposant qu'ils exécuteront mon ordre.

En me redressant, je me retourne vers ma mère. Ce n'est pas encore fini.

— Aidez-moi à me relever, dis-je, à personne en particulier.

Des bras me soulèvent doucement et me mettent debout sur mes deux pieds. Enfin, presque. Je serais de nouveau au sol s'ils ne me soutenaient pas encore.

Ma mère a encore plus mauvaise mine. Son visage a vieilli, ses joues sont osseuses, son front est plein de rides qui n'existaient pas auparavant. Tout à l'heure, elle semblait à peine plus âgée que moi. Maintenant, elle vieillit rapidement. Je ne veux pas regarder. Ce n'est pas la mère parfaite et immuable que j'ai connue toute ma vie.

Je m'affale sur le lit à côté de son corps frêle et pose mes mains sur sa poitrine.

— Tu es sûre de pouvoir le faire ? me demande Crispin doucement. Je regarde ses beaux yeux bleus et, sans rien dire, il acquiesce. Il a vu ma détermination. Nous allons y arriver.

— Utilise tes mains pour retirer le couteau, tout en siphonnant sa magie à l'intérieur en même temps. Toute la magie de l'Été doit être à l'intérieur du couteau au moment où il quittera son corps. Je vais la stabiliser en même temps. Arc, elle aura besoin de tes pouvoirs, ajoute-t-il en regardant derrière lui.

Je ne me demande pas pourquoi c'est Arc et pas l'un des jumeaux, j'admets que Crispin connaît son métier.

C'est parti.

Prenant une profonde inspiration, je ferme à nouveau les yeux et me concentre sur ma magie. Elle est dans sa grotte, endormie d'épuisement – la grotte est encore partiellement bloquée, mais l'entrée est assez large pour me permettre d'entrer. Je m'agenouille à ses côtés et caresse doucement sa fourrure.

— J'ai encore besoin de toi, ma petite. Ensuite, tu pourras dormir.

Je murmure en la grattant entre les oreilles. Lorsqu'elle se réveille, elle me lance une grimace indignée.

— Désolée… marmonné-je.

Mais je me souviens que j'ai une bonne raison d'en exiger plus d'elle. Il s'agit de ma mère, après tout !

Je la sors de la grotte et la pose sur le sol. Elle s'étire avant de me donner enfin accès à son énergie.

D'accord, faisons comme si ça allait être facile. J'élargis mes sens pour parvenir à sentir le couteau dans le corps de ma mère. C'est une plaie affreuse et palpitante qui fait suinter une substance noire en elle tout en aspirant sa force vitale. Comme un moustique qui prend votre sang tout en vous injectant quelque chose qui vous démange. Mais dans ce cas, c'est mortel.

Je suis la matière noire à travers le corps de ma mère. Elle est partout. Elle n'a pas encore atteint toutes les cellules, mais elle inonde ses veines et entoure son cœur. Il ne battra plus très longtemps. Comment donc suis-je censée me débarrasser de cette substance ?

Je décide de remonter à la source : le couteau. Je peux peut-être l'utiliser comme une sorte d'ancre. Je l'agrippe fermement avec ma magie et commence à tirer. Mes mains sont toujours sur la poitrine de ma mère, donc le couteau restera en place – je travaille seulement la magie, pour le moment.

Comme on aspire dans une paille, j'aspire la magie noire de son corps. C'est un processus lent et écœurant. À chaque fois que je tire, je sens un peu de la substance s'infiltrer en moi. Ma magie s'agite frénétiquement, essayant de repousser la force envahissante, mais je l'ignore pour l'instant. Ce n'est pas grand-chose de plus.

Lorsque je ne trouve plus de magie noire à aspirer, je déplace enfin mes mains pour saisir le couteau. Il est froid et brûlant à la fois. Je sens des cloques se former sur ma peau et je suis tentée de le lâcher, mais je ne peux pas. Je dois le faire. Ça vaut la peine de souffrir. Je l'espère.

En m'armant de mon esprit et de mon corps, je tire, retenant la magie, ne la laissant pas s'écouler à nouveau du couteau. Puis je me souviens que j'aurais dû en parler à Crispin avant de commencer. Je n'ai pas la force de parler, alors je tire sur le lien qui m'unit à lui. Je sais que ça lui sera inconfortable, mais avec un peu de chance, il comprendra.

La magie noire se débat contre ma prise et, maintenant que je dois non seulement contrôler ma magie, mais aussi mes muscles qui tiennent le couteau, je lutte. J'ai dépensé trop d'énergie tout à l'heure, il ne m'en reste presque plus. Et en même temps, je sens la magie du couteau s'infiltrer en moi. Je suis presque sûre que je vais regretter tout ça. Je veux dire, c'est ce qui m'a mise dans ce pétrin : j'ai surestimé mes pouvoirs.

Puis le couteau sort. Je tremble de tous mes membres et il tombe sur le lit, manquant de peu ma mère. J'espère que Crispin s'occupe d'elle, parce que je ne peux pas.

Je me laisse tomber, sombrant dans l'inconscience.

— WYN, chuchote quelqu'un. C'est l'heure de se lever, petite princesse.

Je grimace. C'est trop fort, malgré le chuchotement. Est-ce qu'ils ont des marteaux dans les royaumes ? Parce que c'est ce que je ressens. Aïe ! Ma tête !

— Laisse-la dormir, dit une autre voix, qui n'essaie même pas d'être discrète.

Je veux les tuer, lentement. Mais ce serait trop de travail, il faudrait que j'ouvre les yeux. Non, je ferais mieux de me rendormir. Je rêvais de quelque chose de beau, quelque chose qui impliquait beaucoup de membres et... d'autres parties du corps.

— Mais je m'ennuie, se plaint la première voix.

Bon, ils l'ont bien cherché. J'attrape ma magie et en tire quelques fils que j'enroule autour de ma cible.

— Qu'est-ce qui ne va pas...

Je ne laisse pas l'autre finir et lui applique le même traitement magique.

Voilà, maintenant, je peux dormir.

— Wyn, réveille-toi. Tu dois libérer ces idiots de ta magie. Le commandant veut leur parler et ils ne peuvent pas répondre.

Je m'étire, sortant d'un sommeil réparateur. Il me faut un moment pour me souvenir. Ah, oui, j'ai pris leurs voix ! Crispin et Arc. Ce n'est pas ma faute, ils ne m'ont pas laissé dormir.

J'ouvre les yeux et je souris aux Gardiens assis autour de mon lit. Ils me fixent.

— Quoi de neuf, les gars ? demandé-je joyeusement, mais l'effet est quelque peu gâché par ma voix rauque.

Frost fait apparaître de l'eau dans le verre vide à côté de moi et je la bois avec avidité.

Arc se lève en gesticulant frénétiquement. Je fais semblant de ne pas le comprendre.

— Crispin, pourrais-tu m'expliquer ce qu'il essaie de dire ?

Ma voix est douce comme du miel.

Frost s'accroche à sa chaise, luttant pour réprimer son rire, et même Storm essaie de cacher son sourire.

Crispin me fait un doigt d'honneur. Oui. Crispin. Le gentil

guérisseur. Me. Fait. Un. Doigt. D'honneur. Il ne parlera plus jamais.

— Princesse, il faut qu'on y aille, dit Storm en riant. On est restés aussi longtemps que possible, mais le commandant veut un rapport. Crispin dit que tes signes vitaux sont revenus à la normale, et…

— Crispin *dit* ? m'interrogé-je, provoquant un nouvel éclat de rire chez Frost.

— Il l'a écrit, en fait, explique son frère, son masque reprenant lentement le dessus sur son visage.

Vraiment, j'aime bien quand il sourit !

— Je ne pensais pas demander ça un jour, mais s'il te plaît, laisse-les parler à nouveau.

Je soupire théâtralement et je retire la magie des cordes vocales d'Arc. En réponse, il se met à fredonner. Oui, pourquoi pas. Je l'ignore et me tourne vers Crispin, qui me regarde d'un air impassible. Il est furieux, ça ne fait aucun doute.

— Qu'est-ce que j'obtiens pour te laisser parler à nouveau ?

Il ne répond pas, mais je ne m'attendais pas à ce qu'il le fasse.

— Un baiser, peut-être ?

Je sais que c'est diabolique de ma part. Mais j'ai besoin de sentir ses lèvres sur les miennes, sinon ce lien va me rendre folle. C'est devenu beaucoup moins agaçant avec les trois autres depuis… l'arc-en-ciel, mais avec Crispin, j'ai toujours envie de lui arracher ses vêtements chaque fois que je le vois. Peut-être qu'un baiser arrangera les choses.

Il me regarde de ses yeux bleus et tristes. Puis il sort de la pièce, me laissant sous le choc. Qu'est-ce que j'ai fait ? Ce n'était pas juste. Honteuse, j'enlève ma magie qui comprime sa voix et je me blottis dans mon lit.

ÉPILOGUE

BEIRA

Elle a tellement grandi depuis la dernière fois que je l'ai vue ! Elle n'est plus la petite fille toute mince qui essayait de me montrer son monde. Maintenant, c'est une femme et je l'ai introduite dans le mien. Mais est-elle prête pour ce que je vais lui demander ?

Wyn est assise sur une chaise près de mon lit, l'air mal à l'aise. Elle ne sait toujours pas quoi penser de moi. Je ne lui en veux pas. Je l'ai traitée comme une étrangère pendant toute sa vie. J'aimerais qu'elle sache que tout n'était que comédie. Que je n'ai pas eu d'autre choix que de l'abandonner, de garder mes distances, de ne pas montrer mes vrais sentiments. Que j'ai toujours eu des personnes qui la surveillaient, qui s'assuraient qu'elle était en sécurité.

Mais elle m'a sauvée, et cela doit signifier que tout n'est pas perdu entre nous. Peut-être qu'avec le temps, nous pourrions nous rapprocher, avoir une vraie relation mère-fille. Mais le temps est un luxe que nous n'avons pas.

Ce n'était pas le premier assassin qu'Angus envoyait, et ce ne sera pas le dernier. C'est normal de sa part, c'est dans notre nature. Il est le roi de l'Été, je suis la reine de l'Hiver. Il est le père des Dieux et j'en suis la mère. Mais maintenant qu'il a essayé de tuer ma fille, il est allé trop loin. L'attaque du ferry, c'était lui, tout comme l'enlèvement. Mais pas les Démons. Je ne sais pas pourquoi ils étaient là, et ça me fait peur. Même Angus ne tomberait pas aussi bas.

Je ne sais pas ce que je dois raconter à Wyn. Elle ne sait rien de ce monde, et c'est ma faute. Au moins, elle a ses Gardiens. Au moins, j'ai fait une chose de bien. Ils la protégeront quand je ne serai plus là.

Parce que mon temps est compté.

Poursuivez l'histoire de Wyn dans L'Héritière de l'hiver.

Envie de plus de romance harem inversé ? Découvrez la série Les Assassins à Moustaches.

Si vous avez aimé ce livre, n'hésitez pas à laisser un commentaire.

DU MÊME AUTEUR

LES HIGHLANDERS DU STARLIGHT

Thorrn

Eron

Cyle

LES VIKINGS DU STARLIGHT

Vikingr

Drengr

Berserkr

LES ASSASSINS À MOUSTACHES

Chat perché

Chat glacé

Attrape-chat

Chat échaudé

Langue au chat

Chat et souris

Chat fâché

L'Arbre à chat de Noël

Les Assassins à moustaches : tomes 1 à 4

Les Assassins à moustaches : tomes 5 à 7

FILLE DE L'HIVER

La Princess de l'hiver

L'Héritière de l'hiver

La Reine de l'hiver

La Déesse de l'Hiver

À PROPOS DE L'AUTEURE

Skye MacKinnon est auteure de best-sellers. Ses livres racontent l'histoire d'héroïnes qui n'ont pas d'autre choix que de s'impliquer.

Elle revendique avec fierté son héritage écossais, utilisant les fantastiques décors de son pays et une pointe de mythologie, que ce soit pour parler de dieux celtes, de chats métamorphes ou des rues d'Édimbourg.

Lorsqu'elle ne se trouve pas dans son café préféré pour écrire ses livres, Skye adore la mangue séchée, ainsi que les thés exotiques, dont elle a rempli son placard jusqu'à ce qu'il n'en rentre plus aucun sachet. Ce qu'elle aime par-dessus tout, c'est être recouverte des poils de son chat démoniaque.

skyemackinnon.com/francais

Newsletter :
skyemackinnon.com/newsletter-francais